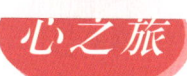

家庭出游助益孩子成长实录

有一种育儿叫旅行

陈寄 著

中国地图出版社
北京

图书在版编目（CIP）数据

有一种育儿叫旅行 / 陈寄著. -- 北京：中国地图出版社，2015.1
（心之旅）
ISBN 978-7-5031-8545-8

Ⅰ. ①有… Ⅱ. ①陈… Ⅲ. ①游记-作品集-中国-当代 Ⅳ. ①I267.4

中国版本图书馆CIP数据核字（2014）第286171号

策　　划	王　玮
责任编辑	王　玮
出版审订	张桂兰
责任印制	刘伟忠
宣传策划	张书龙　刘秋杉
	石　亮　朱　丹
版式设计	李　运
封面设计	伊　露

书　　名	心之旅·有一种育儿叫旅行
出版发行	中国地图出版社
社　　址	北京市西城区白纸坊西街3号
邮政编码	100054
网　　址	www.sinomaps.com
印　　刷	廊坊一二〇六印刷厂
成品规格	170mm×240mm
经　　销	新华书店
印　　张	11
版　　次	2015年1月第1版
印　　次	2015年1月河北第1次印刷
定　　价	28.60元
书　　号	ISBN 978-7-5031-8545-8/I·20

如有印装质量问题，请与本书责任印制联系，联系电话：010-83543904；
如有图书内容问题，请与本书责任编辑联系，联系邮箱：2645788346@qq.com

自序　我的育儿天堂

儿子轩宝是在 2004 年 10 月份出生的，在他生命的前三四年，对于初为人母的我来说，注意力更多地放在他的吃、喝、拉、撒、睡方面；从 2008 年 6 月份起，也就是儿子三岁半之后，我和轩爸开始带着他旅行。

起初，只是上海本地的近郊游，当天来回；稍后，略远一点的苏州、杭州，两天来回；然后，更远一点的苏浙一带，三天甚至四天；再然后，走入安徽、江西，走入福建、云南，走向北京，游程也拉长到了一星期，甚至十天以上。

刚开始外出旅行的时候，其实我和轩爸都没想得太多，而走着走着，当旅行的硕果越来越多地在儿子身上呈现的时候，对于旅行在育儿过程中的意义，我们豁然开朗。

近日，我一边整理这几年来所有关于旅行的育儿博文，一边又把儿子的成长过程回顾了一遍。时间一直在朝前走，如果我们始终不停下，如果永远不回头，其实就会忽略孩子成长过程中许多规律性的东西；而一旦回头看了，对于儿子身上那些鲜明的个性与特点，我就找到了明白无误的出处。

比如，儿子身上那令老师拍手叫好的专注力来源于他四五岁时最喜欢的智力玩具"龙博士金字塔"，儿子的数字计算力和思维力来源于他幼儿园时期反复操练的"聪明格"，儿子的音乐鉴赏力和节奏记忆力来自于他婴儿期就随着我们一起反复倾听的音乐和歌曲，儿子的交谈能力来自于他喜欢的动画片《蜡笔小新》……我发现，儿子迈出的每一步，都与记忆有关，与重复经历有关。

2010 年 1 月，我们买了一本美国著名的脑科学专家约翰·梅迪纳所写的《让大脑自由》，其中有一句话对我们影响巨大。作者说："记忆要像注射疫苗一样：在打入第一针后，别忘了后续的补注。"如果说，在之前的育儿过程中，我们已经隐约地体会到了记忆的作用的话，那么这句话就给我们提供了理论上的依据。记忆，尤其是重复的记忆，是我们在养育儿子过程中特别重视的事情。

而儿子最喜欢的旅行其实就是这种记忆育儿法的最佳实践途径。这几年来，每次去到一个地方之后，我就在博客里记录下来。儿子四岁的时候，就知道妈妈每天都在为他写一本叫作《轩天轩弟》的书，起初，我们读给他听；他识字后，就自己看，看着看着，他就说：《轩天轩弟》是最好看的书。

自序

　　所以，我的文字其实都是为儿子而写，是写给儿子看的。想到儿子放学回家后的第一件事，就是打开当天的《轩天轩弟》，我的文字就必须是简单清澈的，我的思想必须尽可能地透明，我的心当然也总是处在最柔软的状态；有时候，我甚至是小心翼翼地、怀着一种跟儿子对话、交谈的心情，记录着儿子的成长。旅行是儿子独特的成长方式，而这些记录他旅行足迹的文字则把那些旅行的时空进一步延伸、扩展着。每一次的旅程都会结束，而每一次旅程所带来的成长与收获则可以通过文字，随着儿子的年龄增长，随着他思想力的不断加强，随着他的每一次阅读，呈现出更深刻的意义。

　　谢谢中国地图出版社的编辑们给予我这个分享的机会，我觉得旅行是育儿的一种美妙方式，希望未来可以有更多的孩子享受到旅行成长的快乐。

　　谢谢儿子这几年来遇到的每一位老师，谢谢西外幼儿园的陆云老师，陆婷婷老师；谢谢西外小学部的张瑜校长，何方老师，周卫娟老师，冯蔚老师，李德兰老师，李欢老师，沈玉萍老师，江良华老师。我是个很会动情的全职妈妈，只要想到儿子在这些老师的呵护与教育下，长成如今的模样，眼睛就会感觉湿湿的。

　　谢谢我的丈夫，我家育儿的总设计师，也是儿子眼中"世上唯一仅有的"、最好的"老爸"。这几年来，为了儿子的行走，他是付出最多心力的一个人。

　　最后，当然要谢谢我那帅气的旅行家儿子轩宝。因为儿子，我才拥有了幸福的育儿天堂。

陈　寄（轩妈）
2014 年 12 月 11 日

代序　同行且珍惜

　　本书的作者，是我 30 年前的高中同窗、上世纪 80 年代的复旦大学校友、共同走过 22 年人生的结发妻子。

　　本书的内容，摘录于新浪博客推出之日起，即开始上传发布的育儿博客集《轩天轩弟》，它是一部 10 年来唯一一个主题围绕我们的独生子、今年 10 岁的轩宝的成长日记（除周末之外），其文字总量已近 300 万，是我们家的一部育儿《史记》，其中涉及旅游出行的精华部分编辑成本书，折射着关于带孩子旅行的思考和实践。

　　本书的价值，在我看来，是当下社会普通百姓的一个育儿理念的实践尝试，朴素、沉实和丰硕，它值得和大家一起分享。

　　因为当今，带孩子玩，是一个很大的"中国难题"。

　　10 年，我们生活的空间被打开了，可我们应走向何方？我们有了更多选择带孩子出行的机会，可这个出行的指向，该是哪里？

　　中国，给孩子留下了什么？世界，属于哪个坐标？

　　我们的孩子由着"三岁看大、七岁看老"的成长规律，那么，如何借助山水、人文来打造这个特殊阶段的孩子的心灵？我们会带着孩子玩吗？在学校之外，自然界这个老师，如何去拜学？

　　孩子如何逐渐走出城市的边缘？孩子的大脑发展，会不会在空间转换中被有意识地引领和更大地被激活？孩子的兴趣，随着跋山涉水，会出现怎样的奇妙现象？孩子的"行万里路"，如何实现类比"阅万卷书"，且更有价值？

　　中国古代哲学关于人的认识论中，将君子的境界进阶归结为八目，即"格物、致知、诚意、正心、修身、齐家、治国、平天下"，我理解的早期教育中的"格物"是指区格事物，"致知"是指追究事理，"诚意"是指做实意念，"正心"是指端正心灵。这八目，用于指导孩子的早期教育，可谓提纲挈领。

　　这四个阶段，一般在小学结束前奠定基础，初中阶段开始进入了修正、优化、稳固、强化阶段，伴随着不断"修身"，走向"齐家、治国、平天下"的美好境界。

　　因此，本书的上、下篇分类，正是试图契合君子培养之道，在孩子早期教育上，通过出行的手段来优化培养。当然，这一切还无法用孩子的成果来验证，只是我们夫妻很早就有了这个共同的理念，以此分享给读者，是希望给予更多人启迪。

　　因为，在孩子出行问题上，父母的想法决定着孩子的玩法、未来的活法。

代序

　　从最早一次城市郊外走起，如今，轩宝的脑海已经布满了一张中国地图；从古村、古镇、古城，到高山、大海、雪原，轩宝的语言出现了绚丽的表达；从过目不忘地记住高速公路繁杂的地名，到孜孜不倦地创作地图的兴趣，轩宝的游戏世界里没有电玩，而是不断地想去走向山水和社会。

　　从出行中，轩宝对《新闻联播》《东方时空》《走遍中国》《远方的家》这些电视节目，产生了浓厚的兴趣；从出行中，轩宝对各地新闻、气象、地理、人文和数字，有了迷恋般的热爱；从出行中，轩宝开始构想"三国路线游"，每天吟唱着"云之南"，倒计时想着去北京……我发现，轩宝的思维在延展、心胸在廓大、审美在提升、情绪在饱满。我深信，作为中国人的后代，10岁前引领他对中国的熟悉、热爱乃至崇拜，对于轩宝的未来，一定有着深远的意义。

　　谢谢我们身处的时代，让我们有了出行的时空；谢谢轩妈的记录，让出行有了痕迹和理念的试验性的文字兑现；谢谢我们一家在外边住过的每一个地方、走过的每一段路、每一场阵雨、每一个与当地人的交流机会，谢谢家中老人的理解和支持。

　　有一种育儿叫旅行，时间都去那里了。

曹　峰（轩爸）

2014年12月6日于上海

目录 CONTENTS

上篇：格物、致知（3-7岁）

三岁起的不间断的有意识旅行，可极大拓展孩子的感知世界

❶ 走出家门，制造"内存"   2-5

出行，就是打开孩子脑海的最好行动

第一次出"远门"..................................2
"什么叫旅游？"................................3
走在朝圣路上....................................4

❷ 扩展时空，引导方位   6-17

将家庭出游，变成愉悦和激活大脑的最佳机会

为了普陀山，来到了宁波........................6
魂牵梦绕普陀山..................................8
江南十分美，绍兴九分九........................10
梵蒂冈小区......................................12
五岁生日庆贺系列篇：礼佛之旅................13
五岁生日庆贺系列篇：世界真奇妙..............14
从加拿大到智利..................................16

❸ 重复更迭，发掘脑海   18-34

出行的目的地不是目的，过程和培养大脑记忆是目的

幸福的周末......................................19
小脑袋里的秘密..................................20
一样的朱家角，不一样的玩法..................21
长兴有座古茶山..................................22
2010春节假期旅行：行千里路..................24
2010五一假期：再游宁波........................25
四万公里的爱....................................27
好山好水好人家：安吉行........................28
爬山小将..29

那山那水和再游安吉的那小孩..................... 30
天当房，地当床，野菜野果当珍宝................. 33

④ 强化"编程"，激发梦想　　　　　　　　35-56
每一次出游，都是植入教育和培养习惯的良机

十年一刻... 36
轩宝的田园情怀.. 37
收藏品.. 38
转角，遇见似水年华.................................. 39
周末行动派.. 41
风·雅·颂... 42
轩宝看到的一片天..................................... 44
初夏荷花图.. 45
云雾缭绕仙人顶.. 47
缶岳行：轩宝旅行的意义............................ 49
轩宝的天目山传奇..................................... 51
时光机.. 52
羊肉香味笼罩下的乌镇西栅......................... 54
好的事情，每天都在发生............................ 55

下篇：诚意、正心（7-10岁）

旅行，建立孩子完善的、终生的价值观

⑤ 自织"网络"，身心践行　　　　　　　　58-98
在旅行中，让孩子养成自发的思考和写作习惯

你好，2012... 58
彩色山水之一：白色三清山......................... 60
彩色山水之二：红土地上的古村和乡民........... 62
彩色山水之三：绿色湖水静悄悄绽放............. 64
后旅游时代的诗.. 65
一路"游"向二年级.................................. 66
轩宝自己的游记.. 68
一路向北... 69

自我介绍..70
烟雨江南之一：红粉池畔的精灵儿..................73
烟雨江南之二：五泄瀑布VS磐安负氧离子............74
烟雨江南之三：岩石王国东西岩....................76
烟雨江南之四：小火车开进时光隧道................78
烟雨江南之五：林坑很小，林坑很美................80
烟雨江南之六：坐海船，踏海浪，只为认识海........81
烟雨江南之七：悠悠长长、清清澈澈的楠溪江........83
烟雨江南之八：神仙居的美大约在冬季..............84
烟雨江南之九：小城市的大长城....................85
烟雨江南之十：一秤定乾坤........................86
去把记忆叫醒吧..................................88
与牛对话..89
"好爸爸，你带我去东海大桥吧"....................91
旅行途中讲得失..................................92
退一步，海阔天空................................94
一群鸭子的前世今生..............................95
轩宝自己撰写的第一个故事........................97

6 山水人文，凝固情趣　　　　　　99-129
设计旅行主题，打造孩子的精神情怀和创造思维

印象大红袍......................................100
看山看水看人文..................................101
放下的姿态......................................104
一样的蟹苗，不一样的味道........................105
走进大丰知青纪念馆..............................107
"妈妈，今天有一件很重要的事"....................108
暑假青岛游之一："我们去青岛吧"..................110
暑假青岛游之二：在八大关捏个泥塑................111
暑假青岛游之三："崂山比想象中更美"..............113
暑假青岛游之四：潮涨潮落之间....................115
洞里自有乾坤：从花山谜窟到龙门石窟..............116
跟水龙共舞：从卧龙谷到青龙峡....................118

横看竖看都是山：从黄山到嵩山.................119
如果时光可以倒流：从西递古村到齐云道观.........121
少林欢喜地：从少林寺到少林药局................122
有风、有浪、有意境的海边礁石群................124
鲤鱼跃龙门...................................126
行走途中话成长...............................127
2013，谢谢"七山八水".........................128

7 以点带面，走向远方　　130–166

旅行，会让孩子放大心灵，拓宽认识世界的境界

顶天立地的男孩儿.............................131
帅气的宏导航.................................132
"我感觉做了一场梦"...........................134
徒步松花"冰"................................135
哈尔滨的俄罗斯味道...........................136
自豪的轩宝...................................138
参观长春伪满皇宫.............................139
沈阳，看不尽的红墙，讲不完的清朝.............141
来一次说走就走的小旅行.......................142
挤点时间去旅行...............................144
如花人生.....................................145
桃花潭真美...................................147
宣纸的前世今生...............................148
轩宝心中的第一...............................150
有一种"六一"叫牯牛降........................152
从天蓝，到宝蓝，到瓦蓝，到深蓝：轩宝的洱海天空..155
朝圣路上的藏式体验：轩宝的香格里拉时光.......156
步步朝上，绝不退缩：轩宝的玉龙雪山征程.......158
北京，最熟悉的"陌生人".......................160
圆满可以凭一柱...............................163

上篇 (3—7岁)

格物 致知

设定小脑袋的『内存』

❶ 走出家门，制造"内存" (3岁半–4岁半)

懵懂之中，轩宝出发了……

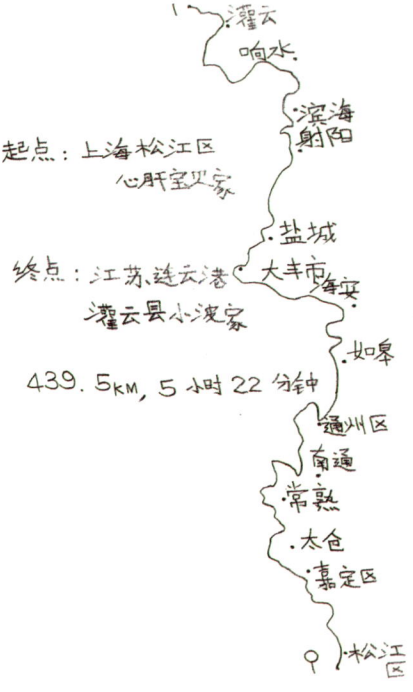

轩宝手绘地图

第一次出"远门"

出行缘起 轩宝三岁半，轩爸轩妈决定开启"旅行"大门

旅途特色 车程一小时之内，符合年龄特点

轩宝行为亮点 生活中的数字；寻找童真的风景

地点 上海朱家角古镇

时间 2008年6月

轩宝三岁半了。六月假期的第一周，轩爸轩妈小试牛刀，带着轩宝出了两次"远门"。其中的一处目的地是位于上海市郊的朱家角（入选理由：户外，车程45分钟左右，小桥、流水、人家，人文风光好）。

格物　致知　上篇

出发前，轩宝就从房间门口的写字板上知道了目的地是"朱家角"。一路上，轩宝兴高采烈，东张西望，对马路两旁的一花一草一木甚至一字都不放过。比如，轩宝看到了高速公路上的路牌A9，就问轩妈这是什么意思，然后以此类推，问A8、A5是到哪里的，有A10、A12、A80……吗？

到了朱家角，轩宝自然急着找门牌号。轩宝的概念中，既然朱家角是一个有人居住的地方，就该有门牌号呀。果然，在朱家角蜿蜒狭窄的小巷中，真的有许多的小铺号码。如果有一两家小铺没门牌号，轩宝就要上上下下仔细地找。在这过程中，轩爸轩妈一再提醒轩宝，除了号码，该看点别的东西啦，无奈作用不大，直到一家糕饼小铺里的阿姨拿出核桃糕请轩宝品尝，轩宝的注意力才转到手上那片松软香甜的点心上。见轩宝吃得开心，轩爸自然来劲啦，带着轩宝一家一家地尝核桃糕、芡实糕的味道。反正朱家角多的就是这种糕饼店，反正每家小店都用刚出炉的新鲜糕饼请客人免费品尝。就这样，轩宝在尝了五家店的核桃糕后，正式向轩爸宣布，"还是第一家那个阿姨的最好吃"。于是，折回那一家，买了各色糕饼。

朱家角是水乡，轩爸轩妈原计划带轩宝雇个小船，泛舟河上，弄点小情调。可是轩宝坚决地告诉轩爸轩妈："宝宝不要到河上去"，无论轩爸轩妈如何宣传小船的安全性，轩宝一点也不动摇，结果，轩爸轩妈只能放弃设计好的路线，任由轩宝走他喜欢的路。

虽然没有下水，但轩宝对河面上的各座小桥非常感兴趣，几乎每到一座桥，就要上上下下来来回回走几遍，一点也不觉得累。循着轩宝的赤子之足，轩爸轩妈亦得以领略以前数次到朱家角都未曾看到过的两处风景：一是幽居朱家角一侧的民居，这是远离热闹景点的另一片天地。有人在小船上晒小鱼，有人在河边洗床单，平常人家，平常小事，却是朱家角的"原味"；二是"圆津禅院"，需要跨过一座小桥才能到达。轩宝就这么兴之所至地"入了佛门"。

"什么叫旅游？"

出行缘起　选择家门口的旅游景点
旅途特色　车程15分钟，符合年龄特点
轩宝行为亮点　第一次提问"什么叫旅游？"
地点　上海松江青青旅游世界
时间　2008年6月

位于辰花公路的青青旅游世界离家只有15分钟的车程。一进大门，正好碰上某所学校的高二学生到那里拓展训练。轩宝跟在那些大哥哥大姐姐后面走，让轩爸轩妈不由得憧憬起若干年后轩宝"人高马大"的样子。

拓展训练基地充满野趣，无论是独木桥、斜拉桥、绳索桥、软梯等都颇具难度，对人的手臂力量、平衡能力都有要求。轩宝想去试，才跨出一步，就回头拉住轩妈，说"宝宝不行"。轩爸则是童心大发，一口气完成好几个项目，轩宝看得兴奋极了。

当然，青青旅游世界最大的特色，并非这些"勇敢者的游戏"，这个占地3000亩的大公园几乎就是一个原生态的绿色世界，天然的大氧吧。轩宝在树木环绕的小径上，断断续续地走了一个多小时。期间，轩爸轩妈不断提醒自己深呼吸，让身心彻底地放松。

回到家后，轩宝问轩妈："青青旅游世界中的'旅游'两字是什么意思？"轩妈解释了。没想到这一问一答，又将引出下个星期的一次真正意义上的"旅游"安排。

走在朝圣路上

出行缘起 来一次真正的旅行吧
旅途特色 杭州有山有水，也是轩爸熟悉的地方
轩宝行为亮点 轩宝说："旅游真开心！"
地点 浙江省杭州市
时间 2008年6月

轩宝满44个月了。如果有人问轩宝"你几岁了"，轩宝就会一本正经地回答："我3.7岁了"。3.7岁的轩宝不明白"旅游"是什么意思，那天从"青青旅游世界"回家，就要求轩妈解释这两个字。轩妈说："旅游就是爸爸开车带着宝宝出发，出去玩。"然后举例说："如果爸爸开车带宝宝去杭州玩，那就是旅游。"轩宝听后忙说："宝宝要去杭州旅游。"

去杭州，这并不在轩爸轩妈的六月计划中，但轩宝这么一提，就觉得也不是一件不能做到的事，孩子的心意嘛，尽量满足吧，再说，旅行即育儿，所以就决定在6月18日带轩宝走一趟杭州。

选择去杭州，因为那里有山有水，而且轩爸比较熟悉那座城市；而决定带轩宝出埠，其实并非是要去杭州看西湖，或者是登雷峰塔，对于轩宝来说，家以外的一切都是新鲜的；去杭州，就是想让轩宝在家以外的地方住两天，这样轩宝就能直观地了解"出门旅游"的含义了。

因为是赤子轩宝的第一次"外宿"，为了让轩宝对"出门旅游"留下美好的第一印象，轩爸轩妈选择住在西湖国宾馆。这家位列"西湖第一园"的国宾馆有近百年的历史（前称刘庄，是清朝刘姓进士的私家花园）。它位于内西湖的西侧，是离

格物　致知　**上篇**

西湖最近的宾馆。它的占地面积很大，有山有水有树，还有高尔夫球场。宾馆内一步一景，轩宝住的贵宾楼东楼是一幢两层别墅，西湖就在客房的百米之外。园内的自然生态好得连小松鼠也在此安家。轩宝到的时候正在下雨，宾馆内人烟稀少。漫步其中，真正体会到"上有天堂，下有苏杭"。

当然，轩宝还不会像轩爸轩妈这般沉醉在西湖的美景中，但他也同样是兴奋的。因为这是他人生的第一次出门旅游，也是第一次被允许穿着雨衣在雨中奔跑，轩宝甚至把脚伸到了西湖的湖水里。轩宝在雨中唱歌，在雨中跳舞，问轩宝为何这样，轩宝答："因为我开心呀！"

第二天，雨停了，起雾了，带轩宝在西湖上坐游船，从内西湖（宾馆住地）逛到外西湖，去了三潭印月，又经苏堤到雷峰塔上岸。问轩宝可喜欢这样的"雾西湖"，轩宝不回答，而是循着自己的思路问船工叔叔几岁了。稚子童言，煞是可爱。轩宝的世界跟成年人的世界相比，终究还是不一样的。

第三天，带轩宝坐缆车上了北高峰（灵隐寺上面），上山途中轩宝有点紧张，问为什么不像爬佘山那样靠自己的双脚爬，而是要坐缆车，轩妈说："佘山99米，北高峰有300多米，我们爬不动啊。"

轩宝人生的第一次出埠游，轩妈觉得意义非凡，因此借用哲学大师周国平的一本书名《走在各自的朝圣路》为题。人生漫长而辛苦，谨望轩宝用虔诚而决绝的心走好每一步。

❷ 扩展时空，引导方位 (4岁半－5岁)

在经历了前一阶段的孕育后，从这一阶段起，轩宝旅行的频率明显提高了，轩宝也鲜明地品尝到了旅行的滋味

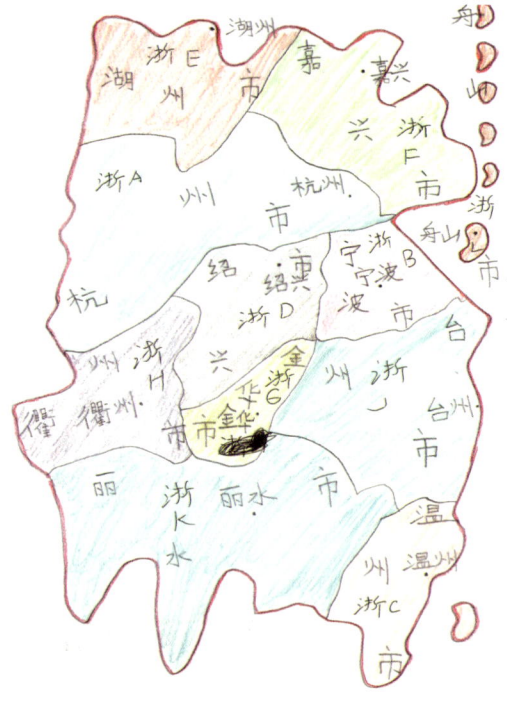

轩宝手绘地图

为了普陀山，来到了宁波

出行缘起 想带轩宝去普陀山
旅途特色 到普陀山之前，宁波也有好玩的地方
轩宝行为亮点 生活适应性进一步提高
地点 浙江省宁波市
时间 2009年7月

7月16日早上8点不到，轩爸驾驶小S（轩宝一家的汽车爱称）带着妻儿出发，一个小时左右就到了杭州湾跨海大桥，再开一个小时，就在高速公路上看到了"河

姆渡遗址"的招牌。之所以要去"河姆渡"，是因为轩爸几周前听余秋雨讲课时提到了那里新建的博物馆，轩爸估计喜欢数字的轩宝会对那些五六千年前出土的东西感兴趣，因此，即使骄阳似火，即使慈城当地的路不好走，仍然义无反顾地前去探访。

河姆渡博物馆值得一看，轩宝在里面看到了分为四层的挖掘层，最底下的一层距今7000年，轩宝也看到了挖掘出来的古代人的头骨，其中有一副小孩子的头骨，轩宝诧异："怎么小孩也会死掉的呢？"

离开"河姆渡"，轩宝一家三口驶入宁波城，在解放路、槐树路住下后，就去吃午饭。因为是自由行，所以时间安排很宽松，下午三点左右（太阳稍稍收敛一点）才出发去天一阁。在天一阁里，轩爸告诉轩宝"这里是古代人的图书馆"，轩宝马上说："我们学校也有图书馆，每星期一小朋友拿借书卡去借书。"看来学校老师真的已经教会轩宝不少东西了。

第二天，轩宝一家的目的地是宁波游的重头戏：游玩天童寺和阿育王寺。天童寺位于天童山上，是全国占地面积最大的一座寺院，也是禅宗第二大寺院。当小S历时一小时仍在山路上跋涉时，轩宝似乎体会到了一丝朝拜的艰辛。好在山路由窄变宽，两边的山体也更加雄伟起来。轩宝看着这些山脉，好笑地发问"这些山上怎么都长满了草啊"，轩妈纠正道"那是树，不是草"，轩宝就又跟着讲了一遍。终于，经过最后一段陡峭的山路后，轩宝看到了天童寺伟岸的大门。阳光特别耀眼，但轩宝仍顽强地睁大眼睛，在寺前留影。

在偌大的寺庙里行走，渐渐感觉丝丝清凉。在山顶的水龙头下洗手，那水如冰泉，沁人肺腑。因为正值炎夏，而且又处于深山之中，所以天童寺里的游客并不多，反而随处可见正在修行的和尚。轩宝见到入定的和尚，就稚气地发问"妈妈，他是人还是雕塑啊"，又问"他的头发会长出来吗"。后来轩宝见到了寺里的鸽子，特别洁白，也特别柔顺，就跑到它们跟前拍照，学着做鸽子飞翔的动作，人鸽交融，非常可爱。

在宁波的第三天，轩爸带轩宝到了宁波郊外的东钱湖。东钱湖的面积相当于三个西湖的大小，考虑到轩宝的体力，当天轩宝一家只是到了东钱湖景区中最有名的小普陀游玩。面对着浩瀚的湖面和湖边的群山，轩爸感叹

"东钱湖应该不亚于日内瓦湖吧"。不过，相较于自然景观，小普陀这样的人工景观就显得做作，好在轩宝不在意，仍然津津有味地学着观音摆手势。

至此，宁波三天的旅程基本结束。在宁波时，轩宝一家吃得很简单，午餐、晚餐既没有去品尝宁波有名的海鲜，也没有去吃什么特色菜，反而都在诸如味千拉面、必胜客之类地方解决，这样做的目的，就是要保证轩宝的肠胃健康，保证体力继续接下去的行程。

除了吃得简单，此次轩宝一家在宁波选择了住在经济型酒店。跟去年出门旅游相比，轩宝已经长大不少，适应性也强了一些，出门在外，以增长见识为主，不再需要室内的大空间。事实证明，轩宝很喜欢轩爸选择的桔子酒店。

7月19日一早，轩宝依约在5点起床，此次旅程的重头戏普陀山即将登场。从宁波去普陀山，轩宝要换乘三次车、两次船，算是轩宝出生以来一段最艰苦的行程，朝圣之路注定崎岖。

魂牵梦绕普陀山

出行缘起 多年前，轩宝的外婆带着轩妈去过普陀山，带轩宝去普陀山，正是为了怀念

旅途特色 使用多种交通工具，体验多种旅行方式

轩宝行为亮点 第一次见到大海，第一次为了旅行而早起，第一次坐轮船，"我的心脏有力气了……"，第一次参加大众化的旅行团

地点 浙江省舟山市普陀山

时间 2009年7月

7月19日清晨5点，轩宝一听轩爸说"宝宝，5点了，起床吧"，就马上翻身而起，清醒的状态一点不像贪睡的小孩。5点30分，轩宝一家从桔子酒店出发到旅行社指定的地点集合（轩爸事先了解到去普陀山的路比较难走，为安全起见，决定不再自行驾车前往，改随宁波当地的旅行社"易游天下"出行），登上大巴，前往位于宁波的北仑港码头。

除了幼儿园组织的郊游，这是轩宝第一次坐公共大巴，身边坐的都是陌生人，但对轩宝而言，"陌生"不是阻止其与别人亲近的障碍，反而激发起好奇心。轩宝一路观察同行的叔叔、阿姨、小姐姐、小弟弟，偶与前后座的人交流。那些陌生人有和蔼的，也有冷漠的，轩宝以一颗童稚的心，照单全收。

一个半小时后，大巴开上了大型渡轮，轩宝随爸妈来到二楼船舱，伸展腿脚，

格物　致知　上篇

放松一下。此趟船程45分钟，除了在船舱中休息之外，轩爸还带着轩宝到船头，体验"乘风破浪"的感觉。这是轩宝第一次与轮船、与大海亲密接触。

抵达舟山的鸭蛋山码头后，大巴继续在舟山本岛疾驶，目的地是普陀山的快艇码头。这一次的车程是40分钟左右，早起又没吃早饭的轩宝仍没有丝毫的倦意，极度期待着轩妈跟他预告的"等一下要坐小船了，小船开7.5分钟就到普陀山了"。

所谓的小船其实就是快艇，40座的规模，艇速很快，不一会儿就到了轩爸轩妈魂牵梦绕的普陀山。上午10点20分左右，站在普陀山景区的入口处，轩妈带着轩宝叫道："普陀山，我们来啦！"

为了多赶景点，旅行社的安排非常紧凑。抵达普陀山后，导游直接开始了游程的第一站：广福禅院。轩宝经过5个小时的旅程，体力明显下降。趁着其他团员买香的时间，轩爸轩妈带轩宝在禅院门口的大树下乘凉，擦把脸、喝杯奶，恢复一下。

20分钟后，轩宝再次坐上公车。这一次的公车是普陀山上专用的20座面包车，目的地是著名的南海观音景点。天气很热，下车后还要走一段长长的山路。走了三分之一段路后，轩宝说"妈妈，我走不动了"，轩爸马上买来冰淇淋"刺激"，轩宝边走边吃，一杯冰淇淋吃完后，南海观音终于出现在轩宝的眼前。轩宝在观音像前叩头许愿，还快速地奔上观音座的最高台阶。观音像很高，轩爸俯身在地，帮轩宝完成了与观音的合影。

南海观音，面向大海，心若莲花般纯净透明，全身透出从容之气。而被观音关照着的轩宝，因为阳光、因为疲劳，眉头微皱，但那身形还是挺拔的。轩宝虽小，但既然是男孩子，当然要有顶天立地的样子。

离开南海观音，上午的游程结束。午饭过后，轩宝一家跟着导游阿姨，参观山上最大的寺院：普济禅寺。没有午休的轩宝一路上依然觉得累，轩爸只能抱着轩宝走完去普济禅寺的最后一小段山路。禅寺内人头攒动，香火很旺，而本来已经"熄火"的轩宝此时突然来了精神，在寺门的台阶上蹦跳起来。

轩宝对轩妈说："妈妈，你知道我怎么有力气了吗？是我的心脏有力气了，所以现在我的腿也有力气了。"莫非轩宝已经懂得所谓"心的力量"？轩妈姑且以为那只是偶然的巧合吧！

当天旅行社安排的最后一个项目是浏览西山景区，导游预告那将是一段历时一个半小时的艰难行程。考虑到轩宝的体力，轩爸轩妈决定放弃，直接进酒店休息。

晚饭后轩宝在住处附近散步，白天的闷热已经荡然无存，吃过晚饭、洗过澡的轩宝体力明显恢复不少。轩宝在小路上怡然自得地行走。山路很干净，看到地上有莲花图案，轩宝索性坐下来，享受平日城市难寻的"仙气"。

因为不用舟车劳顿，所以第二天的行程感觉轻松不少。早上乘缆车到佛顶山，

有一种育儿叫旅行

山顶上有著名的慧济寺。进入寺院的小道尽头是"同登彼岸"的感召，转身进去，就是另一个天堂。

而跟上山时使用缆车不同，下山的路需要轩宝用双脚去走完。从佛顶山到山脚，有一条香云古道，据说有1088级台阶。轩宝听导游阿姨说到数字1088，马上兴致盎然，匆匆地拉着轩妈的手，开始下山。轩宝边走边数，速度很快，除了在走完250级台阶吃了几口西瓜外，剩下的路几乎是一气呵成。

下山以后，正是骄阳似火的时间，许多大人躲到树荫下乘凉，轩宝一家则来到著名的千步沙海滩。沙滩是轩宝很喜爱的地方，因为可以换上游泳裤，恣意地玩耍；而千步沙沙滩呈现给轩宝的，除了沙滩，更有阵阵海浪的大海。轩妈告诉轩宝"这就是大海，这就是海浪"，轩宝迎着海浪尖叫，在海水退回时，又紧紧地拽住轩妈的手。每波海浪一来，轩宝就尖叫一声，看来大海带给轩宝的新鲜刺激真的是无与伦比。

此次普陀山之行，轩宝晒黑了皮肤，却丰富了心灵。轩宝跟着大众化的旅行社，过上了一段大众化的旅行生活。吃饭时十个人围坐一起吃大锅饭，轩宝在白饭里拌上炖蛋或红烧豆腐，照样吃得津津有味；此外，因为要照顾到集体行动，轩宝也知道了出门在外，不能以自己为中心，必须服从大众。经此一程，相信轩宝的社会适应性又有了提高。

江南十分美，绍兴九分九

出行缘起 被"江南十分美，绍兴九分九"的广告语所吸引
旅途特色 文化之旅，兰亭景区与周杰伦的《兰亭序》联系起来
轩宝行为亮点 第一次为自己爬山而骄傲；体会到"一览众山小"
地点 浙江省绍兴市鲁迅故里，兰亭景区，大禹陵
时间 2009年8月

几次走沪杭高速，轩宝都在路边看到绍兴旅游的广告牌，广告语是"江南十分美，绍兴九分九"，广告牌上还有一行小字：鲁迅故里、沈园、兰亭、大禹陵、乌篷船、鉴湖……留给轩宝一家丰富的人文想象空间。上个周末，轩宝一家冒雨出发，开始一段文化之旅。

江南十分美，绍兴九分九。但是鲁迅故里并不如想象中那么美。狭窄的故居小

格物　致知 上篇

路上，充斥着以孔乙己的人像为招牌的所谓"咸亨系"，咸亨酒店、咸亨饭店、咸亨菜馆、咸亨楼……出发前，轩爸曾经告诉轩宝，孔乙己是他此行的看点之一，所以就拉着轩宝在某个雕像前拍了照，算是到此一游。照片中轩宝的神情也是疑惑的，似乎也搞不懂干嘛要跑这么远的路来看这个黑乎乎的雕塑。

几个月前，轩宝就听过周杰伦唱的《兰亭序》，当时轩宝曾经问轩妈歌名的意思，轩妈说："在很早的时候，有个叫王羲之的伯伯，他写的字太漂亮了，看到的人都不舍得把他的字丢掉，所以就把他写的字保存下来，放在兰亭这个地方。"轩宝听说轩爸要带他去兰亭看王羲之的字，就跟轩妈说"我要去看看他的字到底写得好不好"。

江南十分美，绍兴九分九。兰亭景区就是这其中美的一部分。景区的入口掩映在一排茂密的竹林中，走过小道，就是开阔的鹅池。

兰亭里面不仅竹子多，荷花也多。那荷花不似人们常见的开在荷塘一角，而是长得铺天盖地的态势，任人亲近。

再走几步，迎面看到硕大的"太"字，据说这是王羲之的父亲看到儿子所写的"大"字，就加上一点，意味要求儿子"比大多一点"。轩宝跑到这"太"字下留影，人加字，组成了一幅"太子图"。

在远离兰亭主景点的地方，还有一个书法博物馆和砚台博物馆。到这两个博物馆需要走过一条河中小道。轩妈孤陋寡闻，不知眼前清澈的河水源自何方，年幼的轩宝则不问小河出处，自是欢喜地跑到小道中央，跟潺潺的流水亲密地接触。

结束兰亭游已近下午四点，或许是兰亭那清澈的竹林风的关系，轩宝看上去一点也不疲累。于是，轩爸说再到旁边的大禹陵看看吧。大禹陵位于绍兴市郊会稽山上。一进大门，轩宝一家三口便被那宏伟的气势所震撼。

大禹的陵墓位于山的最高处，当轩宝一家步入山道时，山门已临近关闭（16:30）。但轩爸喜欢这样的山路，执意往上走。轩宝起初拉着轩妈的手，边数台阶边往上走，走了二十分钟后，停下脚步说走不动了。天气也确实潮湿闷热，轩爸见状只能让轩宝坐在肩上，继续前行。轩宝在轩爸的肩上休息片刻后，又被轩爸轩妈要求自己走完剩下的山路。终于，在轩妈也觉体力明显不行的时候，轩宝一家登上了山中间的一片开阔地，看到了大禹伟岸的形象。

在那里，轩妈问："宝宝，你为自己感到骄傲吗？妈妈真的为你感到骄傲呢，因为你爬到了这么高的山上。"轩宝马上跟着说："宝宝为自己感到骄傲的！"

11

有一种育儿叫旅行

江南十分美，绍兴九分九。这大禹陵也是美的，美在其身处江南却突显雄伟的气势。轩宝虽小，但能靠自己的脚力爬上这样的山峰，在体力提高的同时，更重要的是开阔了眼界和心胸。当轩宝在山上向下张望时，就惊叹地问"怎么下面的房子这么小啊"，轩妈说："因为宝宝已经爬到了很高的山上，所以爸爸妈妈为宝宝感到骄傲啊。"

梵蒂冈小区

轩宝行为亮点 书面地图与现实生活的对照与结合
时间 2009年9月

轩宝看世界地图的时候，发现世界上最小的一个国家叫梵蒂冈，面积只有0.44平方公里，人口1380余人。轩宝对面积的大小没概念，轩妈就启发他："你想想看我们小区最大的门牌号码是到几号呀？1002号，如果每户人家有3个人，那就是多少个人呢？梵蒂冈大概跟我们小区差不多大。"轩宝听到这里，马上说："这么小的地方，怎么好意思叫国家啊，它应该叫梵蒂冈小区。"轩妈听了，觉得轩宝颇有创造力，但却不认同轩宝称之为"小区"的观点，于是就用轩宝能够理解的话解释说："有时候不是越大越好，就像小朋友的体重也不是越重越好的，比如你们班上那个小胖子，超重50%，园长妈妈不是要找他爸爸妈妈谈话了嘛。小朋友太重的话，抵抗力反而会不好，容易生病；还有啊，如果宝宝手上只有10颗糖，但是有20个小朋友，那怎么分呀？但是如果人少一点，只有5个小朋友的话，不是每个人都可以吃2颗糖了吗？"

轩宝听到这里，觉得很有道理，就继续翻阅《世界国旗小百科》一书，看着看着，轩宝看到附录里有这么一句话，"世界上人均占地最少的国家是印度"，轩宝不明白，轩妈就说："印度人太多了，可是他们的国土面积并不算太大，就像分糖果一样，他们每个人分到的土地就是最少的了。"

轩宝向来对数字感兴趣，而对于包含数字概念的人口数量、国土面积等问题，因为有了多次外出的体验，因为对时空有了初步的认识，轩宝第一次结合现实的认知提出了问题。轩妈就事论事，回答了轩宝的提问。

其实，关于这个问题，轩妈还想告诉轩宝的是：山不在高，有仙则名，水不在深，有龙则灵。梵蒂冈虽小，但因为那里住持着天主教的教皇，所以对世界上无数的天主教徒而言，那是一方毕生都走不尽的圣土。几年前，美国作家丹·布朗就以梵蒂冈为小说的背景，写下一本《天使与魔鬼》，让无数小说迷领略了信仰的无穷力量。

格物 致知 上篇

轩妈相信，凡事皆有机缘。等过几年，轩爸轩妈一定会找到契机，让轩宝明白上面的道理。人不在老幼，不在性别，有容乃大。在这一点上，年幼的轩宝有时候更胜过轩爸轩妈。轩宝遇到不开心的事，哭闹一下就好了，真正是"提得起，放得下"。因为稚气，所以轩宝心无杂念，只是单纯地往前看，往前走。

想到这一点，每当轩宝淘气地捧着轩妈的脸说："一个大大的宝宝抱着一个小小的妈妈"，轩妈就再也不会纠正轩宝的话；轩宝有属于五岁男孩的、特有的生活逻辑，轩宝虽小，却也可以想象自己拥有如梵蒂冈般的精神力量，保护妈妈呢！

五岁生日庆贺系列篇：礼佛之旅

出行缘起	10月18日是轩宝5岁生日，轩爸轩妈策划了三大系列庆祝活动，分别是"人与神"、"人与人"、"人与自然"。9月23日，庆祝活动之一的"人与神"篇拉开了序幕
旅途特色	即使只有5岁，关于佛教，也可以用特别的语言，讲给轩宝听
轩宝行为亮点	乔达摩·悉达多，无常，无我，涅槃，苦，布施……轩宝的世界因为有了这些语言，而更加开阔
地点	江苏无锡灵山大佛
时间	2009年9月

离开上海前，轩爸就跟轩宝说，"去无锡看乔达摩·悉达多"。这几天，轩宝在路上来来回回地多次与大佛擦肩而过，心里又经常在想大佛说过的话："无常，苦，无我，涅槃、轮回、证悟、正见……"因此，站在灵山胜境的大门口前的轩宝显得悠然自得。根据门口的指示牌，轩宝依次跑到"降魔壁""百子戏弥勒""大佛手"等地方，嬉笑着与佛教诸神亲密接触。

走下佛坛，轩爸一头扎进佛器店的书堆里，轩宝就跟着轩妈走到大佛旁的亭子里，边吃冰淇淋边休息。休息完毕要下山了，轩爸说"我们不走老路走新路吧"。"新路"其实是大佛旁的一条山路，这条山路很安静，还有树荫，如果侧头回望，就看到大佛一直在轩宝的身边护佑着。

十余年前，轩爸还在凤凰卫视工作的时候，正逢灵山大佛开光圣典。当时轩爸作为直播队的一员，就是从这条侧面的山路进入开光现场的。十余年后，轩爸带着轩宝再次走上这条"开光之路"，心中一派澄明。轩宝边走边问："爸爸，大佛还讲过一些什么话啊？"轩爸就教轩宝"持戒"和"布施"，轩宝不明所以，轩爸说"持戒呢就是改掉坏习惯，布施呢就是把自己喜欢的东西送给更加需要的人，比如宝宝

13

喜欢吃冰淇淋，但是如果现在旁边还有一个小朋友，他肚子很饿，他也要吃，宝宝就要把冰淇淋让给他吃，这就叫布施。"

轩宝边走边回味着轩爸的话，不一会儿就走到了灵山胜境内新开放的梵宫前。梵宫集中了藏传佛教的精华，里面的建筑美轮美奂，中央大厅的穹顶内似有繁星闪烁，坐在轩爸肩上的轩宝看得目不转睛。对轩宝而言，这是一次绚丽的视觉冲撞。

对梵宫，轩宝是喜爱的，因为那里面璀璨夺目，因为那里面正巧有一所小学的小朋友来秋游。轩宝站在那些一年级的小朋友旁边，让轩爸看"宝宝不比他们矮"。因为这些小朋友，轩宝似乎找到了大佛与俗世的联系，这一发现令本来已经非常疲倦的轩宝振奋了不少，于是站在红墙前面手舞足蹈起来。

轩宝在灵山佛境内逗留了三个多小时，从进入山门到离开印度宝塔，轩宝一直靠自己的双脚走路。因为有了这样脚踏实地的经历，轩宝对灵山大佛有了更深的感悟。离开灵山大佛前，轩宝问轩爸"大佛几岁了？有一千多岁吗？"，后来又说"乔达摩·悉达多死了以后，就变成了菩萨，变成了大佛。"这是五岁的轩宝用自己的思维解析大佛的人生。

以虔诚的心顺其自然、顺应天意地成长——这是轩爸轩妈送给轩宝的第一份生日祝福！

五岁生日庆贺系列篇：世界真奇妙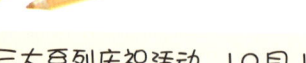

出行缘起 轩宝5岁生日，轩爸轩妈策划了三大系列庆祝活动，10月16日，庆祝活动之一的"人与自然"篇开启

旅途特色 古老的景点，因为岁月，而呈现无穷的力量，可以令轩宝最直观地感受到大自然的魅力

轩宝行为亮点 第一次知道了大自然的"年迈"，第一次喝茶

地点 浙江长兴古银杏长廊，金钉子远古景区，大唐贡茶院

时间 2009年10月

10月16日，轩宝一家按计划出发，前往浙江的长兴，开启轩宝生日庆贺大片的第三部：人与自然。

长兴有一条绵延12.5公里的古银杏长廊，有国家级的地质公园金钉子远古景区，还有重现唐朝贡茶制作过程的大唐贡茶院。这几处景点因为古老而显出自然的无穷力量，带轩宝去那里，正可以透彻地感受最原始的大自然。

走在那条古银杏大道上，轩宝满眼所及尽是粗壮参天的古银杏树。每走几步，

格物 致知 上篇

轩宝就会在树根旁边的铭牌上看到关于某棵树的树龄、树围等数据。站在那么古老的银杏树下,即使是自觉已经长大的轩宝,发现自己也只是遮住了几根小树枝而已。

那些经历了悠久岁月的古银杏,安静地与周围的民居和谐共处。居民们家家户户都在晒白果、卖白果、吃白果,因为白果,他们的生活富足了。古银杏于他们,是生存的工具;而于那些从城里赶过来、乐巅巅地住在"农家乐"里的城市人而言,则是回归自然、呼吸自由空气的象征。

在古银杏长廊的尽头,有一处叫作"古银杏天泉"的所在。那是一泓历经500年仍未枯竭的大潭水,深陷在高山之中,传说曾有两位天子在此驻足,故名"天泉"。让轩宝在"龙泉"那里洗手,哇,水真凉,凉到心里去了,轩宝笑得合不拢嘴。

这池潭水还是太湖的源头之一,青翠群山保护着潭水的纯洁。当地居民在潭水周围建起木制小桥,再配上几个小亭子,轩宝站在其中,站在自然的山水之间,充分汲取天地间的灵气。

从古银杏长廊出来,轩爸告诉轩宝,还有个地方比这里"年纪"更大。轩宝雀跃着要去,轩爸赶紧上路,半小时后,轩宝就站在了金钉子远古景区的大门前。轩宝身后的那座山已经2.5亿岁了,如果走近看,山肚子(石灰岩)用清晰的色彩标示着2.5亿年前的那一次地球生物灭绝事件。面对着如此高龄的大自然,喜爱数字的轩宝很兴奋,但更多的则是诧异。

轩宝说2.5亿年是个太太太大的数字,于是轩爸带着轩宝看年龄小一点的东西。几千万年前的碳化木就是这个远古世界景区里的小弟弟,轩宝走近"小弟弟",脸上的表情明显轻松很多。

对稚龄的轩宝而言,这个奇妙的"金钉子"里蕴藏的是一个他尚且不能理解的自然,不过,当轩宝走到下面这块石刻前,那一连串的数字令轩宝对人类的发展倒是有了清晰的概念。

走完古银杏长廊和金钉子远古世界景区,轩宝明白"这世界因为古已有之而奇妙"。

而对轩宝来说,接下来的那一站同样充满着惊喜。

时光回到公元770年的大唐盛世,茶圣陆羽偶然品尝到长兴顾渚山的紫笋茶,认为这种茶的味道堪称一绝,于是上书要求将此茶列为贡茶。后来,唐朝人就在顾渚山内建立了贡茶院,专制进贡皇上的紫笋茶。轩宝来到"大唐贡茶

有一种育儿叫旅行

院"，听轩爸讲了上面的故事后，就躲到巨大的木柱子后面，倾听来自唐朝的声音。

在茶院里自然要品茶。轩宝以前不喝茶，常说"大人才喝茶，小孩不能喝"。但是在紫笋茶前，轩宝破例了、开戒了，轩宝像模像样地品茶，结果惊喜地发现"茶很好喝呀"！

在连喝两杯紫笋茶后，轩宝跑到陆羽爷爷的雕像前叩头，感谢他令造物主的精华留存至今。

至此，轩宝的"人与自然"之旅结束了。回到家里，轩妈跟轩宝总结这次的奇妙之旅，经轩妈提醒，轩宝自己归纳如下：

❶ 看到了 200 年、300 年的银杏树；❷ 看到了 2.5 亿年的山；❸ 走过高高、长长的索桥（仙山湖景区内）；❹ 喝了好喝的茶。

归纳之后，轩宝对这次的长兴之旅充满了美好的回忆。懂得到大自然中汲取养分，并享受大自然馈赠的精华，让身心轻盈地与大自然共处，这就是轩爸轩妈对轩宝的又一重生日祝福！

从加拿大到智利

旅途特色　地图上的虚拟旅行
轩宝行为亮点　透过地图表面，认识真正的世界
时间　2009年11月

从加拿大到智利，也就是从北美洲到南美洲，全长四万多公里，相当于绕着地球走一圈。晚上，轩爸问轩宝："你觉得从加拿大能开车到智利吗？"轩宝看了一下地图，然后说："可以呀，但是要开几个小时啊！小S可以开吗？"轩爸告诉轩宝："开车是可以的，但是在巴拿马和哥伦比亚交界的地方，有块热带雨林，是凹进去的地形，没办法修路，所以开车开到那儿，要坐船到海上绕一下，然后再开回到陆地上。"轩宝听到这里，赶紧又趴到墙上看地图，地图上虽然没显示巴拿马和哥伦比亚交界的那块凹地，但从位置看，那里确实属于热带地区，热带植物应该非常茂盛。看完地图，轩宝静静地坐在沙发上，想了好几分钟。

两个小时后（睡觉前），轩爸问轩宝："今天老爸给你讲了好几个故事，你觉

格物 致知 上篇

得哪个故事最好听？"轩宝说："就是巴拿马和哥伦比亚的那个故事最好听！"

其实在轩爸讲的几个故事中，这个关于巴拿马和哥伦比亚的段子只能算是地理知识，不是童话，没有戏剧性，也没有什么情感线索，但轩宝反而对这个故事念念不忘。

所以，对轩宝来说，只要是他感兴趣的东西，就不存在年龄的界限，轩爸轩妈也不必担心他弄不明白。比如轩宝总是想弄清楚撒哈拉沙漠的气温，因为轩宝听说在夏季，沙漠里的气温非常高，如果把一枚鸡蛋埋在沙子里，很快就会焐熟。可惜的是，每次轩宝看电视上播报世界主要城市天气预报，都没有撒哈拉沙漠的温度介绍。看轩宝急于想知道那里的气温，轩妈就启发轩宝"你看这些城市里，哪个城市跟撒哈拉比较近的，它们温度应该差不多"，轩宝马上说："开罗！开罗今天是3度，那么撒哈拉沙漠5度差不多吗？"虽然不知轩宝的答案是否正确，但重要的是，轩宝学会了开动脑子，自己解决问题。

轩宝的地理问题有时候会令缺乏地理知识的轩妈很胆怯，但即使胆怯，也要上阵，也要在白天时到百度上补一补，总之是要对轩宝的问题有回应，只有这样，轩宝才会有继续思考的兴趣。

那一天，轩爸还跟轩宝讲到了马里亚纳海沟，轩宝也在地图上找到了马里亚纳群岛的位置。轩宝知道这个海沟是地球上最深的地方，即使把珠穆朗玛峰"扔"进去，山顶也无法冒出海面。地图在轩宝房间的墙上挂了几个月，经过这么一段时间的"眼熟"之后，轩爸开始引导轩宝不再单纯地在地图上面寻找各个城市，而是了解不同的地形和地貌，而轩宝也确实在地图里找到了无限的乐趣。

❸ 重复更迭，发掘脑海　(5岁–6岁)

通过反复地去长兴、安吉、宁波等地，强化记忆，开发大脑。千里之路始于重复

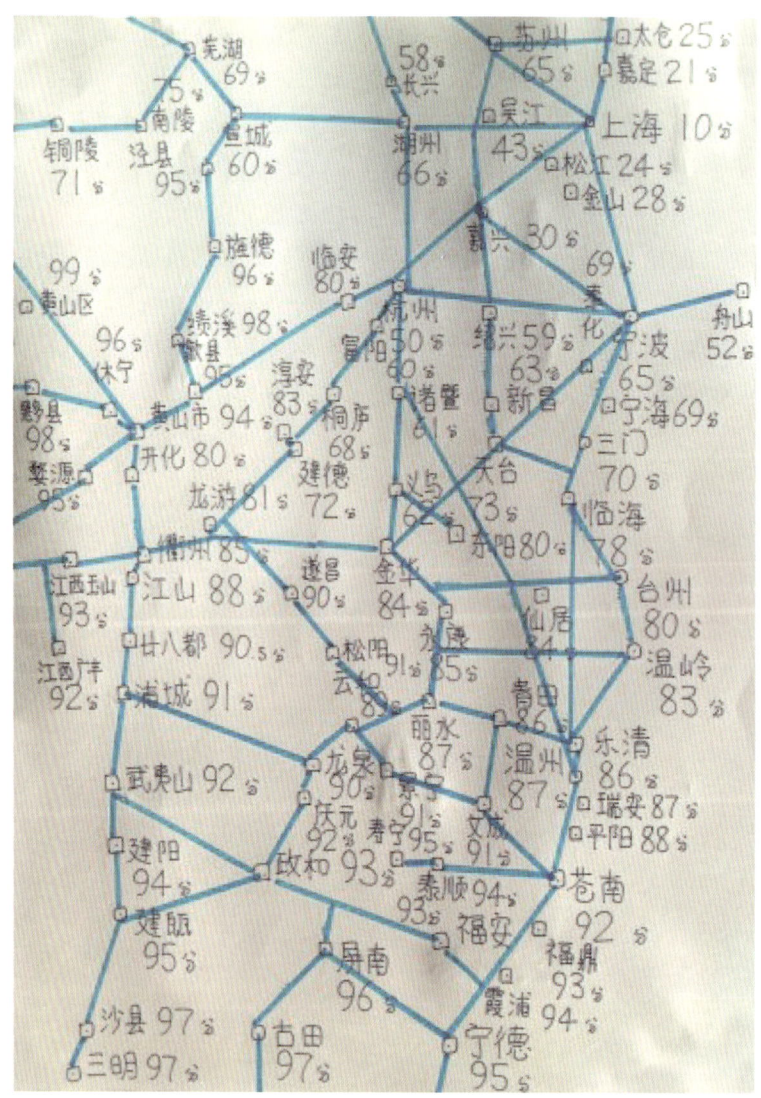

轩宝手绘地图

格物　致知　**上篇**

幸福的周末

出行缘起　周末，兴之所至的一次小旅行
旅途特色　轩宝第二次去长兴，第二次去古银杏长廊，天池，大唐贡茶院
轩宝行为亮点　记忆复苏；"三个人的天堂"（轩宝语）
地点　浙江长兴古银杏长廊，天池，大唐贡茶院
时间　2010年1月

周六上午，天气不错，轩爸说："去长兴吧！"

去长兴很近，从轩宝家出发，经莘砖公路上A5高速，两个小时零六分钟就到了长兴县水口乡的荣旺大酒店门口。去年十月份时，轩宝一家也是住在这家酒店。放下简单的行李，喝了杯水，轩宝就跟着轩爸轩妈前往不远处的大唐贡茶院。

轩宝故地重游，大步流星地走上台阶，一回头，一驻足，一顾盼，大唐盛世的感觉又出来了！

轩爸轩妈喜欢这个大唐贡茶院，因为茶院的建筑完全是木质结构的，古拙大气；茶院依山而建，在木质长廊上走上几步，就能看到窗外的山景；茶院内还附有详细的种茶、采茶、制茶、品茶过程介绍，茶文化的气息扑面而来。轩宝走到上次品茶

有一种育儿叫旅行

的那个位子，开心地喝茶。这一次，轩宝俨然喝茶老手：取杯子、观其色、吹一吹、品一口、叹一句"好香"。轩宝和轩妈面对面坐着，喝一杯茶，聊几句话，这就是天伦了。

轩宝足足喝了七小杯茶，直到黄昏时分才离开。到贡茶院的门口，轩宝憋不住要小便了，轩宝小便时，他的身后有几只走地鸡（笨鸡）在不停地啄食，很生活，很田园。

第二天长兴下起了绵绵的小雨，但这并没影响轩宝一家游玩的兴致，这一天的目的地是"十里古银杏长廊"，以及长廊尽头（也就是深山老林里）的古银杏天池。冬季，又下雨，偌大的天池里只有九个游客（门口卖票的人说的），轩宝打着伞前往林中的茶室"嘉木堂"，两只大白鹅一路陪伴，并且"曲项向天歌"，后来轩宝也不甘落后，唱起了自己的歌。

到了茶室，轩宝一家没有选择室内的茶位，而是拖了三把竹椅，坐在茶室门前的回廊下，既淋不到雨，又能大口大口地呼吸山里新鲜的空气。当三个人坐下来品茶的时候，轩宝突然说了一句"这就叫三个人的天堂，是吗？"轩爸轩妈很高兴小小的轩宝也能像大人一样，珍爱这样的自然环境。

此次长兴一天一夜游，因为没有事先计划过，所以令轩宝和轩妈有一种意外的惊喜。记得在去的路上，轩爸就问轩妈"你觉得幸福吗"，轩妈说"我很幸福"，轩宝就也在一边跟着起哄"我也很幸福"。幸福的旅途，幸福的滋味，幸福的周末！

小脑袋里的秘密

轩宝行为亮点 频繁的出行足迹，终于在轩宝的小脑袋里植入了大自然的湖光山色

时间 2010年1月

早上六点多，轩宝刚睡醒，还处在口齿不清的状态，却对着轩妈说了句"一半是湖水，一半是天堂"。轩妈原本也是睡眼朦胧，听到这句话，精神起来，马上问轩宝"你在哪里看到、听到这句话的"，轩宝想了一下，就说"在杭州湾跨海大桥上"，后来又说："哦，不对，是在福建，靠近厦门的地方，妈妈，你看到过吗？"

轩妈当然没看到过，不止在厦门，即便是在杭州湾跨海大桥上，轩妈也从来没见过这样的句子。不过，轩宝描述的那两个看到这句话的地方，其景致倒也与这句话有相符的地方。杭州湾跨海大桥，全程3万多米，那架设在杭州湾上的大桥似乎看不到尽头，放眼望去，只看到汹涌的大海，再往更远的地方看，就看到天空和大

格物　致知 上篇

海连成了一片，真可谓"一半是湖（海）水，一半是天堂"；再来看厦门，看著名的鼓浪屿，安静清洁的小岛上没有车辆的喧哗，爬到小岛顶峰，就能看到下面湛蓝的海水。据说在那里度假的人，经常会乐不思蜀，把鼓浪屿当成人间天堂。

所以，轩宝说的这两个地方，在意境上，与"一半是湖水，一半是天堂"非常地吻合。轩妈怎么也想象不到轩宝会说出这样的话，轩宝自己也不知怎么一醒过来，就把这句话说出了口，莫非昨夜轩宝做了一个美妙的梦？这是轩宝小脑袋里的秘密，轩妈破解不了，只好记录下来，看轩爸能不能解释。

"一半是湖水，一半是天堂"，轩妈喜欢这样的句式，这句子不仅好听、好看，更重要的是，表达了中庸、和谐的姿态。轩宝的小脑袋既然蹦出了这样的句子，那么，对这样的境界自然也会慢慢地熟悉，之后，或许会实践吧。

一样的朱家角，不一样的玩法

出行缘起　周末，天好，莫负美好的冬日阳光
旅途特色　轩宝第N次去朱家角古镇，第一次当肖像模特儿
轩宝行为亮点　重复更迭之中，体验不一样的朱家角
地点　上海朱家角古镇
时间　2010年1月

周日午后，太阳太好了，如果不去郊游，简直就是辜负了好日光。问轩宝"去爬山还是去朱家角"，轩宝先答"去爬山"，转念一想，"去朱家角"，因为"上次去是2009年3月15日，快一年啦"。

好吧，那就去朱家角吧。照例从莘砖公路转入A5，开了十几分钟，轩宝突然对着轩妈说"妈妈，就是那个，一半是湖水，一半是天堂"。轩妈顺着轩宝的手，终于看到了公路上方的巨型广告牌，那是一个位于昆山淀山湖镇的房产广告，广告语就是轩宝说的那句、轩爸轩妈一直在寻找出处的"湖水、天堂"。想不到去朱家角还连带着解开了这个谜底！

轩宝去过朱家角好几回，对那里的小巷小店非常熟悉。这一次，轩宝要来点不一样的，所以走到码头边，轩宝就说"我要坐船"。轩爸买好船票，轩宝开心地坐到游船上。在船上，轩宝这里坐坐、那里坐坐，轩爸则不时地向轩妈介绍两边的景色。轩爸让轩宝坐到船头拍照，轩宝小心地走过去坐下，嘴巴里吃着袜底酥（刚出炉，好香），一边还要"埋怨"船公"你不要让这个船晃来晃去呀"。

船游完毕，轩宝跟着爸妈在古镇的小巷里闲庭信步，还不时地拿着两边店铺的

有一种育儿叫旅行

小点心品尝。后来走到一个角落处，轩爸看到有画人物肖像的，就问轩宝要不要画，轩宝答应了，然后就坐到画师前面，当起了"模特儿"。可是这个模特儿太搞怪了，除了刚坐下的那几分钟比较老实以外，后来就在那里不停地搞怪耍宝，画师只能不停地"求"轩宝："小朋友，你不要再逗我了！"可是轩宝哪里听得进呢，就算听

得进，也做不到呀，所以轩宝即使身体不动了，嘴巴也在动，"叔叔，你几岁啊"，"你是什么叔叔啊"，"你画了这么长时间，你辛苦吗"，"你是最老的叔叔"……凡此种种，可以想见，要完成轩宝的肖像，难度太大了。

因此，最后完成的轩宝肖像，在轩爸轩妈的眼里，实在跟轩宝没啥关系，不过路过的陌生人倒都说"蛮像的"。而轩宝看到这幅画后的反应是什么呢？轩宝说："我没这么傻吧"，轩爸听后，大笑。

虽然画得不像，但对轩宝来说，做了一回模特儿是件很新鲜的事。晚上回到家里，轩宝也要给轩爸画像，就关照轩爸"你一动也不动哦"，几分钟后，轩妈跑到房间一看，轩爸竟然真的保持着那个似笑非笑的神情，而轩宝竟也真的在画板上认真地画着，只是最后的成品让轩爸以为"这是个妖怪"啊！

周末的时间虽短，轩宝的朱家角之行却走得从容，玩得尽兴。人生就是这样一天一天相加，一点一点经历叠加起来的。记得在去朱家角的路上，轩爸对轩妈说："你现在觉得开心不稀奇，关键要做到一辈子开心。"轩妈记下轩宝的这个周末，也就是希望在今后的某个日子里，当轩宝偶尔不开心的时候，想起自己在五岁多的时候，曾经在一个阳光灿烂的午后，拥有过一段开心的时光，然后，把这份儿时的开心深深地种入心田。

长兴有座古茶山

出行缘起 轩爸放假，想出去透透气，就带着轩宝第三次去长兴

旅途特色 经历了数次的长兴旅行之后，这一次，轩宝静下心来，欣赏古茶山的美

轩宝行为亮点 重复更迭之中，深度体验长兴的民风

地点 浙江长兴古茶山

时间 2010年2月

格物　致知　上篇

2010年2月2日-5日，轩宝第三次到长兴。

阴雨连绵，长兴的天，跟上海的天，似乎还是同一片天。

但，长兴的青菜不一样，很糯很香，轩宝一边吃着，一边说："公公，这里的青菜是好吃哦，上海吃不到的哦！"

长兴的面条不一样，很Q，轩爸每天早上一大碗阳春面，到后面两天，轩妈也跟着吃起来。早餐店老板娘说："我们的面当然不一样，我们不用机器的，全是手工！"

长兴的土鸡不一样，它们吃白果和玉米，喝山泉水长大，所以特别的香。有几次，轩宝吃饭时，就是白饭拌鸡汤，再来几根青菜，几分钟，就把一碗饭吃得精光。

长兴的水也不一样，那是山泉水，叮叮咚咚地从山上流下来，汇成小溪，长兴人用水桶去拎来，烧开后，泡上一杯紫笋茶，又香又甜。

长兴的空气更是不一样的，尤其是当轩宝登上那座古茶山的时候。

前两次去长兴，轩宝都没时间去爬古茶山，这次时间多，所以就在某天早上，顺着指示牌，让小S蜿蜒着进入古茶山区。前一部分的山路满溢着竹叶香，因为路的一边都是郁郁葱葱的竹子，被竹子环绕的山路很长，长长的竹子引领着轩宝一家往更深的山里走去。

当山上不再有车道的时候，轩宝从小S上下来，寻到一块古拙的指示牌"古茶山"后，就开始了登山的路。山路很窄，高低不平，还有点滑，走了几步后，轩宝觉得山路艰难，就对轩妈说"妈妈，我现在是不是探险家，我们要闯过几关"，轩宝想到了"朵拉"，那个爱探险的小女孩儿。

关口有好几个，比如，跨过溪水的那几步，石子路特别窄，只能一个人慢慢地通过；比如，有一段山路没有铺石块，就是泥地，特别滑，但轩宝都义无反顾地闯过去了，到后来，轩宝索性摆脱轩妈的手，往前追赶轩爸的步伐。

爬山间隙，轩宝停下来，看路两旁的茶树。轩妈欢喜着说，"到了春天，我们来采茶"，轩爸嘲笑："傻瓜，采下来的叶子还要经过处理的，又不能直接泡茶。"轩宝可不管，扯下几片茶叶，往轩爸轩妈的手上放，还说："宝宝下次要采几片茶叶送给老师。"

轩宝在半山腰上呼吸，眼睛看着一层又一层被雨雾围绕的茶山，说："妈妈，这是宝宝爬过的最危险的一座山了，是吗？"轩妈回答："对，所以妈妈为宝宝感到骄傲！"

下山后，轩妈觉得脸上还散发着清新的味道，好像被茶山上的空气洗过一遍，脸庞湿湿润润的；而轩宝的小脸也泛出健康的红色，虽然鞋子、裤子泥泞着，身心却一尘不染着。

心之旅 有一种育儿叫 旅行

长兴的古茶山很难得,因为它保留着几百年来的原貌,所以一踏入古茶山,轩宝就感受到了大自然真正的魅力。

2010春节假期旅行:行千里路

出行缘起 春节假期,来一次计划中的旅行吧

旅途特色 轩宝第N次去宁波,游玩的景点"以老带新",老景点有助于强化记忆,而新景点则令轩宝体会到祖国山水的丰富性

轩宝行为亮点 在几个出游地中,自主地选定了目标,并且给出了明确的理由;初显爬山小将的风采

地点 浙江宁波雅戈尔动物园,天童寺,五龙潭

时间 2010年2月

年初七的晚上,轩爸拉着轩宝问,"宝宝,现在爸爸给你几个地方的选择,你看看要去哪个地方玩,爸爸听宝宝的。"

轩爸给出的选择是:

❶ 长兴古茶山;❷ 杭州西溪湿地;❸ 浙江新昌大佛;❹ 宁波雅戈尔动物园。

结果,轩宝选择了宁波,选择了雅戈尔动物园,因为轩宝真的很想去看看,"动物到底有没有我们人类这么丰富"。

天鹅喜欢吃白菜,两只天鹅宝宝寸步不离妈妈,它们的爸爸则在周围警惕着外来者的入侵;在双峰骆驼区,轩宝感兴趣的是那几块介绍动物特征的字牌,因为那上面通常都会写到每种动物的寿命,或者是一胎生几仔,而这些与数字有关的信息正是轩宝最想了解的。

至于喂环尾猴吃香蕉和红枣,对轩宝来说,那也是一段颇为骄傲的体验。环尾猴很温驯,所以轩宝可以置身环尾猴群,任凭贪吃的小猴子站直了身子,把爪子伸向自己。

轩宝花了三个小时走遍整个动物园,最后实在有点累了(至少轩妈感觉累了),才坐上快艇,在动物园宽广的湖泊里驰骋。后来快艇还驶入一个人工的山洞,黑黑的洞穴里有模拟火山爆发的场景,轩宝靠在轩妈怀里,双手捂住耳朵,眼

睛则盯着那沸腾的火山。对五岁的孩子来说，即使是人工的"火山爆发"，也足以令其震惊。

轩宝还去了离宁波不远的风景区五龙潭。这是一个山地型的旅游景区，包含五潭十二瀑，风景奇佳。在历时两个小时的攀登过程中，轩宝除了喝水（喝的是飞流直下的泉水），几乎没有停顿。频繁的户外运动，令轩宝长成了小小运动健将。

走出五龙潭，轩爸轩妈共同的感受是：祖国的山水真的很美！

假期虽短，轩宝却也抓紧时间，行走千里，阅读江山。江山如此多娇，受此熏陶，假期过后，轩宝明显成长了。

2010 五一假期：再游宁波

出行缘起 五一假期，就近再跑一次宁波吧

旅途特色 轩宝第N次去宁波，虽然住在熟悉的酒店，游玩的景点却跟前几次有所不同

轩宝行为亮点 第三次在天童寺见到那位打坐的僧人；经历了一次两个多小时的爬山之旅

地点 浙江宁波天童寺，前童古镇，浙东大峡谷，五磊山

时间 2010年5月

五一小长假，按照预先制订的计划，轩宝跟着轩爸轩妈离开上海，驱车到达宁波，并以此为中心，再次游历浙东、浙北的山山水水。

"五一"假期第一天：

天童古寺。这已经是轩宝第三次到天童寺，对寺里的路径非常熟悉，一直在前面带路。在古寺的最高处，轩宝又看到那位打坐的僧人。去年夏天轩宝第一次到天童寺时，曾在同样的地方看见他，当时他身着薄薄的夏衣，安静地坐在那里。外面骄阳似火，但那位僧人却平静如水；今年二月份，轩宝第二次到天童寺，那位僧人穿着厚厚的棉衣，依然在那里打坐。这一次，已是春天，僧人依旧一成不变地端坐那里。轩妈端详他的脸色，光洁如玉，他的脸上没有时光流逝的痕迹。僧人放空了自己，即能见证永恒的岁月。轩宝从小就能见识到这样的一种人生状态，也算是一份佛缘。

"五一"假期第二天：

商量岗旅游区。这个藏在群山深处的地方被称为"第二庐山"，因为当年在此地度假的蒋介石被其山色所吸引，想着要按照"第二庐山"的目标打造商量岗。而之所以被称为"商量岗"，则是因为曾经有三位高僧在此商量如何弘扬佛法，之后

有一种育儿叫旅行

分别往东、西、南三个方向行走，建造了三座寺庙。轩宝一家在"商量岗"闲庭信步一小时，山路蜿蜒，轩宝走得很自在，边走边唱，好不逍遥。

"五一"假期第三天：

前童古镇。古镇始建于南宋年间，镇内"小桥流水遍庭户，卵巷古院藏艺文"，处处散发着儒家文化的古韵。看着出生于21世纪的、鲜活的轩宝行走于这样的古镇中，轩爸轩妈觉得，人生其实是一幅多层次、多色彩的画卷。

离开前童古镇，看见路标指示7公里外就是著名的浙东大峡谷，轩宝一家马上驱车前往。到了大峡谷，坐上驶入峡谷公园的游船，轩宝兴奋地大叫"宝宝好开心啊"。大峡谷的风景很美，但因为游客多，少了一份安静享受的空间，那美丽就打了折。轩宝倒不在意人声嘈杂，一样玩得兴致勃勃。

"五一"假期第四天：

五磊山，包括内五峰、外五峰，如果从天上俯瞰，那形状宛若一朵盛开的莲花。轩宝一家在高速公路上看到五磊山的广告牌，"那里的石头会跳舞，那里的溪水会唱歌"，想象着那样的意境应该很美，想象着这座不太出名的五磊山应该游人很少，轩爸轩妈就带着轩宝前往探访这座山。

果然，那里几乎没有游人；果然，那里奇石林立，溪水叮咚；果然，那里果树茂密，尤其是那一大片杨梅林，枝头上的杨梅果子已经露出了头。更意外的是，五磊山是一座著名的佛山，相传2000多年前，一位印度高僧到这里结庐传经，修建了五磊讲寺。这层佛缘为这里的一石一景添上了最动人的背景，而流淌其中的藏云溪也因此成为最动听的梵音。

从山下的蛇潭岙到山顶的天峙峰，全长二公里，山路不陡，几乎一步一景，轩宝走一段停一段，在溪水中洗洗手，在石板凳上吃个点心，走了一个多小时后，轩宝叫着"我走不动了"，轩爸上前牵起轩宝的手，告诉轩宝"人生就是这样，要一步一步往上走，宝宝要加油，马上就能走到山顶了"。这句话正好被旁边的一位叔叔听到，笑着说轩爸，"这么小就跟他说这些啊。小朋友是不错，还没有这么小的小朋友爬上来呢。"听到陌生叔叔的夸奖，轩宝为自己自豪起来，马上加快脚步，终于登上山顶。休息片刻后，再次经原路下山。对轩宝来说，下山似乎比上山轻松一些，轩妈告诉他，"要一步步踏稳，下山虽然轻松，也不能太快。"轩宝边走边对自己说，"宝宝加油！"就这样，在经过两个半小时的跋涉后，轩宝重回五磊山脚。这是轩宝登山经历中相对耗时最长、体力要求也最高的一次，轩宝顺利地挑战了自己的体力和毅力。

假期结束后，轩宝带着请全班小朋友品尝的宁波烤鱼干，开心地上学去了。度假结束了，但那美丽的山水、那份自在的心情、那种放空自己的感觉，已经留在了轩爸轩妈和轩宝的心灵深处。

格物　致知　上篇

四万公里的爱

轩宝行为亮点　旅行人生初露端倪
时间　2010年6月

轩妈刚送轩宝上学回到家，把小S停在家门口，在关闭车子的一刹那，轩妈看了一眼里程数：40153公里。

上周五下午轩宝放学回家的路上，小S的公里数就跳到了40000公里，当里程表从39999跳到40000的时候，轩宝和轩妈齐声欢呼，因为按照轩爸的说法，40000公里就是绕地球一圈的距离，这是一段漫长的距离，绝对值得庆贺。

走啊，走啊，一圈又一圈。记得轩宝刚出生的时候，每天晚上，轩爸陪伴那么娇小的轩宝睡觉，感觉自己犹如在沙漠中行走，走不到尽头；而现在，五年半后，小S已经载着轩宝一家走过40000公里，回头看，当年的沙漠早就被抛在身后。走啊，走啊，轩宝的人生就这样累积着，轩爸轩妈的人生也如此这般地累积着。

40000公里之后，应轩宝的要求，轩妈记录下这两年里，小S引领轩宝走过的山山水水，那是轩宝的一张"世界地图"。

时　间	城　市	景　区
2008/6/18-6/20	杭州	西湖、北高峰、灵顺寺
2008/8/13-8/15	杭州	莫干山
2008/10/12-10/14	杭州	西湖、九溪十八涧、灵隐寺、永福禅寺
2008/11/15-11/16	奉化	雪窦山之露天弥勒大佛、蒋氏故居等
2009/2/8-2/9	杭州	西湖、九溪十八涧、六和塔等
2009/7/16-7/20	宁波	河姆渡博物馆、天一阁、天童寺、阿育王寺、东钱湖、普陀山
2009/8/1-8/2	绍兴	鲁迅故居、兰亭景区、大禹陵
2009/8/25	宁波	南北湖
2009/9/23-9/25	无锡	太湖、三国城、灵山大佛景区
2009/10/16-10/18	长兴	古银杏长廊、天泉、金钉子远古世界景区、仙山湖景区、大唐贡茶院
2010/1/9-2010/1/10	长兴	古银杏长廊、天泉、大唐贡茶院
2010/2/1-2/5	长兴	古银杏长廊、天泉、大唐贡茶院、古茶山等
2010/2/21-2/24	宁波	天童寺、雅戈尔动物园、东钱湖、五龙潭、南北湖
2010/4/3-4/5	长兴	扬子鳄乐园、仙山湖、城山沟、天泉
2010/4/30-5/4	宁波	天童寺、商量岗、滕头村、前童古镇、浙东大峡谷、五磊山

有一种育儿叫旅行

好山好水好人家：安吉行

出行缘起 前几次去长兴的仙山湖，总能看到通往安吉的指路牌，这一次，就到"近在咫尺"的安吉吧

旅途特色 轩宝第一次去安吉，第一次住在农家乐里，第一次见到那么多的竹子

轩宝行为亮点 盛夏之中，轩宝数次爬山，锻炼了体力，更锤炼着心灵

地点 浙江安吉江南天池，太湖源头，芙蓉谷，天下银坑，九龙峡，竹博园，中南百草园，灵峰寺

时间 2010年7月

到达安吉后的第一天午后，吃过午饭，突然下起雷阵雨，阵雨过后，空气更加新鲜。轩爸为轩宝选择的第一个风景区叫作江南天池。这江南天池其实是一个大水库，位置是在高山上，这个水库的规模达到了亚洲第一。天池的风景很美，可惜轩宝因为吃午饭时，贪嘴喝了四杯野生菊花茶，肚子一下子太凉了，闹肚子痛，没能好好地欣赏那里的美景。

好在当天晚上，轩宝就恢复了正常，第二天一早，轩宝走入中国大竹海。这个景区因为《卧虎藏龙》而出名，当年，章子怡演的玉娇龙就在这里的竹林里飘来荡去，而现在，轩宝也在其中尽情地蹦跳。

下午，轩爸驾车带轩宝和轩妈到了临安境内的太湖源头（小九寨沟）。顺着溪流，轩宝不断地向上攀登，寻找太湖源头。等到终于攀上山顶之后，轩爸为轩宝在那里的观音庙点上一盏长明灯。

安吉游的第三天，轩宝去了芙蓉谷，那地方就像是武侠小说里的场景，幽静险峻。主峰叫作伽蓝山，是观音菩萨的道场，所以在海拔1200米左右的山顶，有一个观音庙。

只是去往山顶的路实在漫长，而盛夏的太阳又如此地炙热，怎么办呢？轩宝觉得很辛苦很累，却开不了口说"放弃吧"，因为，在轩宝的爬山史上，很少有半途而废的事情。在轩宝的认识世界里，每当开始攀爬一座山，就总是要登上山顶才算结束，所以轩宝坚持爬到山顶，结果，在山顶的观音庙，轩宝获得老和尚送出的一串珍贵的佛珠，轩宝说，那是"很可爱的一串珠珠"。

下午轩宝到天下银坑玩。那里是多部电影的

格物　致知　上篇

拍摄地，其中最有名的当数《夜宴》。看过那部电影的轩爸怂恿轩宝在拍摄地学着电影中的"太子"起舞，轩宝很起劲地照办。

第四天是周日。轩宝再次爬山，这一次的目的地是九龙峡。

九龙峡不如前面两座山高，所以轩宝边爬边说，"今天是小菜一碟"。九龙峡又称白茶谷，安吉最著名的白茶就产在这儿，可以想见那里的山水实在与众不同。

为了丰富轩宝的生活体验，此次出游，轩爸特地选择"农家乐"。在中国大竹海旁边的"竹人居"农家，轩宝一家住了整整五天。一走进那户小院，轩宝就喜欢上了那里。轩爸轩妈也喜欢，小院被三座大山环绕，而正中的那座山就是当年拍摄《卧虎藏龙》武戏的所在。清晨起床，轩宝站在小院里，身后的山腰上飘着白色的、棉花糖般的云朵，轩宝就在其中唱歌。黄昏，轩爸用山泉水为小Ｓ"洗澡"，觉得幸福极了。晚上，轩宝在小院子里吃饭，石蛙、野菜与周围的山水如此贴近着，令人食欲大开。

轩宝行为亮点　盛夏之中，轩宝数次爬山，锻炼了体力，更锤炼着心力

时间　2010年8月

上周在安吉，轩宝先后爬上了太湖源头（小九寨沟）、九龙峡、芙蓉谷，这几处山虽然不算太高，但对五岁半的轩宝来说，也算是个考验。在这三座山里，芙蓉谷是最艰难的，天热、路窄且陡，轩宝上下山共花了三个小时。好在一路上，都有清凉的泉水相伴，热了累了，就到泉水边洗一把毛巾，全身上下擦一遍，轩宝就说"好适宜啊"。等到了山顶的观音洞，在观音池里流淌着的泉水据说是从唐朝起就有了，最最清凉。回到山下，正好有一处宽敞的泉水池，轩宝脱下小鞋子，把双脚泡在泉水里，轩爸告诉他"这就叫先苦后甜"。

轩宝爬山这么厉害，从安吉回来后，轩妈就送轩宝一个封号，叫作"爬山小将"。

轩宝爬山，始于两年前的秋季，那时候，轩宝家附近的东佘山免费开放，轩爸轩妈一有时间就带轩宝去那里。东佘山不高（一百米不到），最适合轩宝这样初次爬山的小孩。最初，轩宝爬一次东佘山，耗时一个多小时，到后来，轩宝走在那山路上如履平地，几乎四十分钟左右就能爬个来回了。再到后来，当轩宝觉得爬东佘山是"小菜一碟"之后，轩爸又带着他去了附近的天马山。跟东佘山相比，天马山稍高一些，山路也没那么平坦，但这一切显然并没有对轩宝造成困难。眼见轩宝如此热爱爬山，身体也明显强壮起来，在外出旅游时，轩爸总是挑选有山的地方，可

有一种育儿叫旅行

以让轩宝过一把"爬山瘾"。在宁波，轩宝爬了五龙潭、五磊山、天童寺国家森林公园；在绍兴，轩宝爬过大禹陵（会稽山）；在长兴，轩宝爬过古茶山、天泉。在同龄小孩中，轩宝绝对称得上是"爬山小将"。

至于爬山的好处，百度上列举了这么几条：

❶ 脚力锻炼；❷ 可促进毛细血管功能，感觉全身舒爽通畅；❸ 可以强筋健骨；❹ "森林浴"。进入森林，跋山涉水，静思养神，全身沐浴森林的精气和香气，洗净城市尘嚣，心旷神怡；❺ 可以明显提高腰、腿部的力量、行进的速度、耐力，身体的协调平衡能力等，加强心、肺功能，增强抗病能力。

这两年，轩爸轩妈跟着轩宝一起爬山，身体素质明显改善了。轩妈本来有个腰痛的毛病（曾经以为是坐骨神经问题），但因为经常爬山，这个毛病似乎已经消失了；轩爸体形较胖，还有哮喘，不过轩爸坚持通过锻炼改善症状。刚开始时，轩爸爬山爬到一半，就会咳嗽不断，现在爬到山顶也没事。而轩宝是从爬山锻炼中得益最大的，最明显的当然是身体肌肉的强壮，而轩宝的耐心和专注度也在这项运动中提高飞快。

就这样，轩宝一家爬山上了瘾，昨天上海的最高温度超过38度，但吃过早饭，轩宝一家三口又去东佘山爬了一圈。盛夏的佘山上面空无一人，轩宝轻巧地在山上走，轩爸也轻巧地走，两个人都觉得经历过安吉的山水之后，爬山的能力又提高了一大截。当感觉到汗水从体内朝外面"喷涌"而出的时候，轩宝叫着"宝宝流汗了，宝宝排毒了，无毒一身轻（一本书名）"，然后，轩宝索性脱掉汗衫，更加快速地行走着，速度快得连蚊子都叮不上！

那山那水和再游安吉的那小孩

出行缘起 有了第一次的安吉行之后，就忍不住再去第二次
旅途特色 爬山，天天爬山
轩宝行为亮点 爬山的能力提高了，情感体验丰富了，方向距离感更好了，再次体验农村生活
地点 浙江安吉龙王山，荷花山，深溪大石浪，藏龙百瀑；杭州西溪湿地，山沟沟，东天目山
时间 2010年8月

再游安吉，整整七天，轩宝那小孩随着轩爸轩妈爬尽了那山，玩够了那水，人与天，人与地，人与自然，亲密地在一起。

龙王山位于浙江黄浦江源第一村的章村界内，山高1500多米。原本以为登上那

格物　致知　上篇

座山是一块硬骨头,所以轩爸轩妈和轩宝特地选择在抵达安吉后的第二天清晨(体力最好的时候),去挑战这座山。到了公园门口,管理处的人说上山下山需要五六个小时,轩爸看着轩宝,就有点怯了,幸运的是,公园里有上山的电动车,下山才需要自己走。不过,下山的路也不好走,高高低低,上上下下,曲曲折折,等到终于抵达黄浦江源时,轩宝学着别人的模样,兴奋地大叫。

下山虽然难走,一旁的溪水却不断地给轩宝制造着惊喜。实在走累了,就把双脚泡到溪水里,放松一下。

在下山的路上,轩宝的腿曾经软了一下下,膝盖弯到了地上,磨破一小点皮,轩妈帮他擦了薄荷膏,告诉他,"多摔几下,你的皮会越来越厚,以后就不容易破了。"男子汉就是要这样练成的呀!

这两个月里,轩宝跟着轩爸轩妈二游安吉,游玩了 21 个景点,把安吉周围的风景区都跑遍了。在总共 14 天的旅程中,轩宝有机会与大自然的山水亲密接触,度过了假期生活中最丰富的几天。

那么,轩宝到底有哪些收获呢?轩宝到底如何成长着呢?现在,就帮轩宝总结一下吧。

❶ 进一步确认了轩宝对爬山的喜爱。21 个风景区中,有 10 个景区是需要爬山的,一开始,轩宝在爬累了以后,会发问,"还要多少时间才能到山顶啊?"每到这时候,轩爸就告诉轩宝,"知道目标之后,就要忘记目标,只要一步步往前走就行了。"轩妈不确定轩宝是否明白这话的意思,反正到后来,轩宝即使累了,也不会问关于山顶的问题,因为他知道,不到山顶,轩爸轩妈不会罢休,而轩宝自己也会觉得不好意思呢。爬山是个会令人上瘾的活,纵使爬的过程中又热又苦又累,等到登上山顶,那过去的艰辛就全部归零。回到住处,轩宝就会问轩爸"明天去爬哪座山"。在三伏天爬山,锻炼了轩宝的体力和意志。在这一点上,轩妈真是为轩宝感到骄傲!

❷ 出门在外,轩宝遭遇了几件在家里没有碰到过的事。比如,在山沟沟游玩的那天,刚才还阳光灿烂的天空,忽然就雷声大作,大雨倾盆而下。轩宝跟着轩爸轩妈跑进农家茅草屋避雨,虽然头上有东西遮住了,但那茅草屋没有门,所以闪电雷声显得特别厉害。在忽然发狠的大自然面前,轩宝有些害怕,躲进轩妈怀里哭,却

在雨过天晴之后，骄傲地宣布，"刚才这么大的雷，宝宝都不害怕了，宝宝长大了！"

还有一次，轩宝所住的农家在晚上八点左右突然停电。山区里断电可不同于城市里断电，那真的是伸手不见五指。轩宝当然有些怕，不过白天爬山爬累了，再怎么怕，躺到床上也马上入睡了。第二天早上，轩宝起床后"重见光明"，就跑到隔壁外公的房间，神气地宣布，"昨天晚上停电，宝宝一点也不怕，宝宝还拿了一个手电筒看电视呢！"嘿嘿，为了突显自己的"英雄气概"，轩宝吹牛吹"豁边"了！

❸ 轩宝在外面跋山涉水，不仅身体更强更壮，轩宝的心灵和情感也随着眼前的山水丰富细腻起来。在山水的浸润下，当轩宝再听流行歌曲时，就会有不一样的感受。那天在去杭州的路上，轩宝听着五月天的歌，当听到那首《我心中尚未崩坏的地方》时，轩宝宣布，"哎呀，我听这首歌都要流泪了！"轩妈闻言，就明白轩宝的感情世界也在发育成长。

❹ 轩宝住在农家乐，与农村生活零距离地接触，对农村生活产生了无限的好感。早上五点多，轩宝起床后，就呼吸到了最新鲜的空气，黄昏的时候，在农家小院里，拿个水枪、灌点泉水，跟着轩爸冲洗小S。这样的生活是城市小孩平日难以体验的。瞧着轩宝在农家小院里开心的模样，轩爸轩妈也被感染了呢！

❺ 小S载着轩宝一家一路前行，小S上没有导航仪，轩宝每次去的景点也都是新景点，一路上，轩宝跟着轩爸轩妈一起留意路牌，一起寻找目的地。路是人走出来的，路是小S开出来的。这样做的好处是，轩宝对浙江大地熟悉了。比如那天在家里，早上醒来，轩宝突然问轩妈，"宁国远还是肥西远"，轩宝说的这两个地方都属于安徽，肥西是格格阿姨的老家，宁国则是轩宝此次在浙江看到过的一块路牌。轩宝问完那个问题，也不等轩妈作答，就自言自语地说，"肯定是肥西远，因为格格阿姨说她回家要开七、八个小时的车，宁国离安吉只有80公里呀"。

❻ 在外面游玩，轩宝还接触到了许多陌生人，在与人接触方面，轩宝定是遗传了轩爸的基因，显得比较开放。比如在爬山过程中，轩宝即使大汗淋漓，遇到顺眼的阿姨，轩宝也会跑上去说，"哎，我们头碰头"，说完就格格地笑。还有时候，轩爸轩妈在咖啡馆喝咖啡，轩宝就跟周围的服务员聊天，如果人家脸圆圆的，轩宝就叫人家"胖阿姨"，如果人家见到有客人进来，说了句"欢迎光临"，轩宝就说，"我要走了，你怎么还说欢迎光临，你要说再见"；有次见到邻座有漂亮的阿姨一个人在喝咖啡，轩宝甚至跑上去说，"哎哎，你是不是单身啊"，哈哈，这样的问话就有些蜡笔小新的风格了。

那山那水那风光，是轩宝成长的大世界，也是轩宝最热爱的大世界。

格物 致知 上篇

天当房，地当床，野菜野果当珍宝

出行缘起　怀念安吉的空气，怀念爬山的时光
旅途特色　爬山，尝当地土菜
轩宝行为亮点　除了爬山，除了空气，轩宝发现，农家的野菜野果最鲜美
地点　浙江临安神龙川，杭州山沟沟，安吉藏龙百瀑，釜托寺
时间　2010年10月

这一次的安吉游，历时两天三晚（四号下午出发，黄昏抵达；七号一早返沪），时间不长，走过的路却不少。轩宝一家三口以安吉为中转站，先后去到临安和杭州，爬了两次山，尝尽了秋天的野菜野果，国庆假期终于完美。

临安有个神龙川，有山有水有草药。神龙川里面处处可见有关神农氏、有关李时珍的传说。那天，一直憋着劲想爬一座高山的轩宝走在最前面，几乎不费什么大力气就走完了长达1500米的山路，爬到了神龙川景区的最高点：仙谷东来。

第二天轩宝再去爬山，这一次挑战的是安吉的藏龙百瀑。经过一个半小时的攀登之后，轩宝站在海拔831米的上门楼，开心地大笑。藏龙百瀑里面多的是瀑布，山路围绕瀑布而建，所以有几段山路还是蛮陡窄的，一路上，轩妈鼓励轩宝挑战体力，更要挑战勇气。当轩宝小心翼翼地走完一座吊桥之后，就把玩偶小波想象成嘲笑对象，轩宝说"妈妈，小波看到这座吊桥，吓死了，已经逃回小Ｓ了"。

轩宝喜欢藏龙百瀑里面的长龙飞瀑，那是由三段瀑布组成的一条宛若长龙的瀑布，从高山上直飞而下，真正是"疑是银河落九天"。不游历这样的山水，轩宝又岂能明白这样的诗句。

经常地爬山，经常地"高人一等"看山川，轩宝不仅身体强壮了，心灵也变得宽厚丰富。轩宝和轩爸轩妈坐在海拔八百多米的农家乐小院子晒太阳，阳光晃得人睁不开眼，轩爸轩妈的那两杯绿茶在阳光下晶莹剔透着，轩宝靠在轩妈的怀里撒娇，那一刻，轩宝一家三口的心是暖暖的，满满的。

而秋天出游，与夏天相比，最大的好处是野菜野果都成熟了。九月份，临安的核桃成熟了；到了十月份，成熟的核桃从加工厂里面出来，香喷喷的。在农家乐吃饭，店主总是骄傲地送上一碟小核桃，轩妈夸奖核桃好，店主马上洋洋洒洒地说一大堆小核桃的来历。靠山吃山，靠水吃水，临安的山水让居住在这里的人过上了好日子。

有一种育儿叫旅行

除了小核桃，轩宝还尝到了野生猕猴桃。这猕猴桃小小的（跟杨梅差不多大小），皮上面没有毛，放一个在嘴巴里面，酸酸甜甜的，味道刚刚好。轩爸买了两斤带回上海，轩妈晚上制作猕猴桃酸奶，清香扑鼻。

那两天里，轩宝天天吃土鸡、土鸭。吃的时候，为了方便，轩宝直接用手。有一个晚上，轩宝连着吃了七块鸡，一下子把小肚子填饱了，轩宝问轩妈能不能不吃饭了，轩妈点头同意。虽然吃得不尽科学，但在天然的美食面前，理智就走开吧。

其实不仅仅是轩宝，轩爸轩妈也贪嘴。从釜托寺出来，轩爸就把小S开到了山沟沟。到了那里，轩宝一家熟门熟路地跑到古村落，找到酿酒坊，买了两碗甜酒酿吃。轩宝爱吃小圆子，轩爸叫店主特意烧一碗酒酿小圆子，轩宝吃完一碗不过瘾，大叫"再来一碗"，轩爸依言买单。

当轩宝在吃第二碗酒酿小圆子的时候，轩爸轩妈跑入隔壁的豆腐坊，买了一碗豆花品尝。虽然肚子饱饱的（中午的土鸡还窝在胃里面呢），但解馋还是需要的；吃完豆花，再吃一片年糕坊里的烤年糕，轩爸评价，"比三文鱼还好吃"。那年糕又软又糯又香，刚从火炉上烤好，什么味道也不用加，吃原味的最美味。

临走时，轩爸拿了酒酿坊、豆腐坊和年糕坊的名片，说是下次去之前，一定记得打个电话事先订货（那天轩宝一家是下午三点多到那里的，供外卖的老豆腐、年糕片都卖光光了）。

野菜野果是珍宝。轩宝和轩爸轩妈爱极了大自然的果实，回上海的那天早上，正好碰到卖土猪肉的，轩爸买了带回家；农家乐的老板从自家菜地里挖下一大袋小芋艿，也塞进小S里。除此之外，笋干、小山芋、小茭白、小核桃也乐滋滋地跟着轩宝回上海，虽然要远离出生地，但这些野菜野果仍是开心的，因为轩宝一家视它们为珍宝。"士为知己者死"，人与物，人与自然，就是这么融合在一起了。

而轩宝呢，就是要这样地看山爬山，这样地赏水喝水，就是要这样自然地成长。

格物 致知 **上篇**

❹ 强化"编程",激发梦想 （6岁－7岁）

经过上一年的重复旅行,轩宝初步确立了有关旅行的梦想

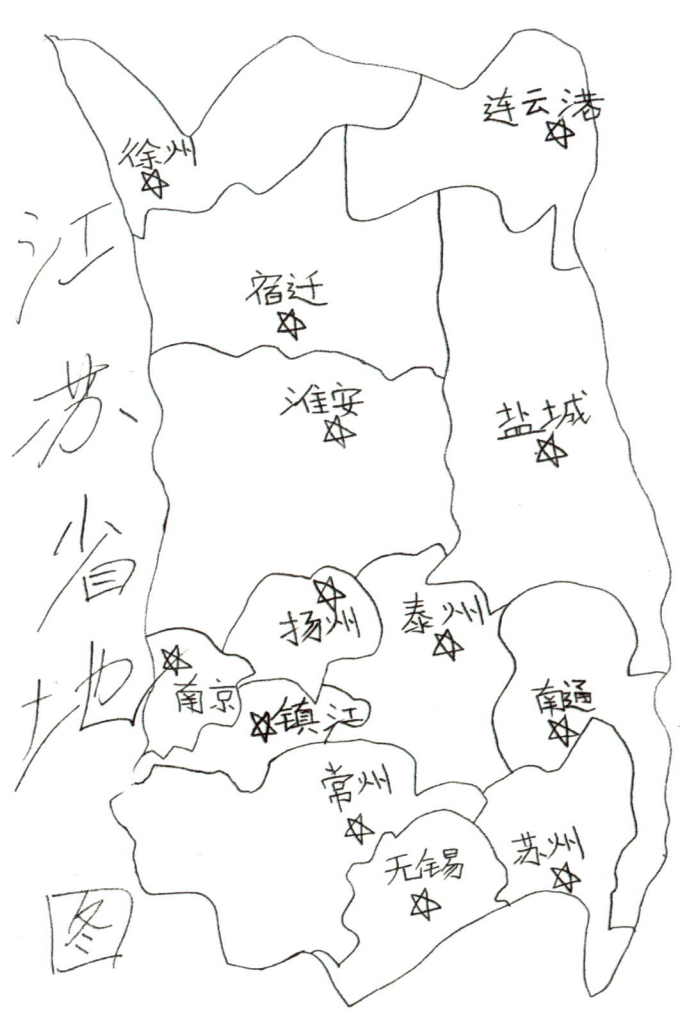

轩宝手绘地图

有一种育儿叫 旅行

十年一刻

出行缘起 想起了十年前的那次西山行
旅途特色 带着轩宝回到轩爸轩妈曾经去过的地方
轩宝行为亮点 一路上，听轩妈讲述十年前的事，轩宝对自己当下的存在真骄傲真自豪
地点 江苏苏州西山
时间 2011年2月

西山位于太湖边上，旁边的太湖波光闪闪，把轩宝弄得晃晃悠悠的，爬石公山（西山最佳景点之一）时，轩宝脸上的表情很紧张。即使边上有栏杆，轩宝还是那么小心地迈动脚步。轩妈招呼轩宝一起在太湖边上拍照，轩妈往下走一步，轩宝就紧张一下，而轩宝自己，则无论如何不肯走下岸边，结果，轩宝在上、轩妈在下，而太湖就在母子俩的身后，悠然自得着。

石公山上有清朝开朝皇帝亲笔书写的"敬佛"两字，那块石碑面对着太湖，把人类对大自然的敬意表露无遗。轩爸让轩宝在"敬佛"石碑前拍照，因为距离太湖比较远，而且又是在台阶之上，轩宝恢复顽皮天性，做出"小美"之姿。

水的力量很大，在湖水面前，石头顺势变形。石公山上的石头（石山）大都经历过太湖水千百年的洗礼，所以呈现多种不同的风貌。轩宝站在这些有年头的石头前，做出严肃的表情，而身子也跟石头似地笔直，人与自然其实真是相通的。

这次的西山行，是轩爸轩妈十年后的回归。十年前，轩爸轩妈曾两度与友人到过西山，也登上过石公山，也与太湖那么亲近过。

十年后的重归，在小S的引领下，一步一步地靠近西山、靠近太湖，当年的情景苏醒了。轩爸轩妈带着轩宝到十年前曾经住过的中国电信太湖度假酒店，历经十年，酒店老了、皱皮了，只有她面对着太湖始终是那一个姿容。

中午，要吃饭了，轩爸随意地把车停在面对太湖的一家农庄旁。到二楼餐厅，老奶奶在包荠菜馄饨，轩爸觉得亲切（轩爸喜欢一切农村的、新鲜的蔬菜），就叫轩宝站在那边上拍照。拍完照，轩爸信步走过餐厅旁长长的过道，欣喜地发现：十年前，轩爸轩妈也曾在这家农庄吃过饭。

轩爸说真是缘分，面对着这么多的农家菜馆，我们还是走进了这一家；岁月似乎对这个农庄格外地好，人来人往，这里还是干净整洁依旧。

轩爸激动地拉着店老板说："十年前我就到过你家，那时候我儿子还没生出来呢。"是啊，那时候，轩宝还不知道在哪里呢。

格物　致知　**上篇**

　　十年，只为这一刻；即使轩爸轩妈十年前到过这里，仍然是为了十年后这一刻的激动铺垫。故地故人故居，所有曾经发生过的经历，只为这一刻，与轩宝共享。

　　人生就是这么美妙。即使知道人生的终点是死亡，还是觉得生的过程很美妙。

　　享受当下，与轩宝一起享受十年一刻。

轩宝的田园情怀

出行缘起　乌镇西栅之后，轩宝对古镇的认同感陡增，那就再去同里看看吧
旅途特色　强化对田园生活的熟悉程度
轩宝行为亮点　经常走古镇、看古镇，走得多了，轩宝对古镇的元素了然于胸，而后，自然升腾起纯朴的田园情怀
地点　江苏苏州市吴江区同里古镇
时间　2011年3月

　　轩宝冒着淅沥的小雨，穿行在同里古镇的小巷中，嘴巴里哼唱着自己编的歌曲，眼睛似乎没有特别专注在古镇的风景之中，但因为处在那氛围之中，古镇风光被自然地刻画在轩宝的脑海里。走过几条小巷之后，轩宝说，"古镇好像都差不多的哦"。轩宝去过朱家角，去过锦溪，去过西塘，去过乌镇，去过前童古镇，现在又身处同里古镇，一样的小桥流水，一样的河边人家，一样的古镇糕点，一样的乌篷船，一样的古戏台……对轩宝而言，江南古镇的元素了然于胸。轩宝甚至能想象自己生活在古镇里的模样，因为轩宝"吵"着要登上那古戏台，哼唱心中的歌谣。

　　这两年，轩爸刻意安排轩宝反复地行走在江、浙地区的山水、民居中，让炊烟袅袅的田园风光一而再、再而三地出现在轩宝的视野里，这样做的结果就是，城市小孩轩宝就拥有了比同龄小孩更多的田园情怀！

　　轩妈还想到，当年王羲之练习书法前，他的老师不让他写字，而是带着他去看大江大山，看完天上的云彩、看完钱塘江潮之后，再让他下笔写"一"，看多了大山大水之后，山水跑进了书圣的脑子里，根植在书圣的心田中，因此，他的书法才能如行云流水。自然与人，在书法中融为一体。

　　轩宝在同里古镇的小巷中高声唱着自己喜欢的歌谣，轩宝为每首歌取了合适的名字，轩妈仔细欣赏，蓦然发现，那歌词、那节奏已然呈现出轩宝的田园情怀。

　　就这样，带着城市小孩轩宝穿行在古镇的小巷中，听轩宝哼唱抒发情怀的歌曲，轩爸轩妈享受着珍贵的幸福时光。

有一种育儿叫旅行

收藏品

出行缘起 初识乌镇西栅，惊艳，念念不忘，那就再去一次吧
旅途特色 二游西栅，走在相同的小巷里，却发现了许多第一次去西栅未曾看到的东西
轩宝行为亮点 重复地行走在同样的地方，轩宝享受着安全感与自在感，继而也会静下心来，发现西栅更多的美好
地点 浙江嘉兴乌镇西栅古镇
时间 2011年3月

周六早上七点四十五分，轩爸在微博里面发布：等一歇去西栅一日游。

再过一会，轩爸又发一条：千年的昭明太子如果想到今日的西栅街上走着一个王子的灵魂，应该很欣慰吧。轩爸对轩妈说："王子就是我家宝宝。"

周六去乌镇西栅，还没出发就觉得开心。那天早上，轩爸轩妈考虑过沙家浜，考虑过南北湖，最后还是选了乌镇西栅。决定之后，心就开始飘飘然。

小王子轩宝也爱去西栅，那里最吸引轩宝的是10元钱一份的酱汁豆腐干。一个月前，轩宝带着玩偶小蓝米菲去的西栅，这一次，轩宝要带小波去。

进入西栅，轩宝先带小波去看晒布场，无论在轩宝眼里，还是在小波的眼里，那高高的布条几乎就是直入云端了。轩宝说"小波肯定没看见过这么长的布"，所以兴奋地带着小波一起拍照。

接下来，小王子轩宝匆匆来到酱园，这里酿造出来的酱油还是一百多年前的那个厚实味道。坐在酱园对面临河的木条椅上，轩宝和小波"分享"一碗豆腐干，轩妈吃的则是在隔壁店家买的红米麻糍，轩爸吃的是炸酱面，普通的面条，淋上粘厚的甜面酱，上次吃完，轩爸就一直惦记着那味道。

去西栅是休息，是放松，是放空，轩妈告诉轩宝：出来玩就是走走，吃吃，坐坐，喝喝，再想想。离开酱园没多久，轩宝一家三口就在咖啡馆坐了下来。咖啡馆临河，旁边还有一座西栅的最高桥（轩宝数了桥的台阶：33级，其他的桥都只有二十几级台阶），那桥叫定胜桥，非常讨口彩。轩爸喝卡布基诺，轩妈喝拿铁，轩宝喝可可，后来还吃掉一盆土豆条，咖啡、可可的香味与店里几盆水仙花的香味奇妙地交织在一起，坐久了，轩妈误以为自己就是花仙子。

磨蹭一下，起身，再继续西栅的"探幽"之旅。

这一次，小王子轩宝走在河的南边，这一边的特点是咖啡馆、茶室一家接一家。每家咖啡馆或者茶室都以不同的面貌吸引游客。当你站在某家茶室内，贪婪地欣赏，

以为这已经是茶室中的极品时，再走几步，到达下一家咖啡屋，你会发现这咖啡屋又展现了另一种装饰的极致。

根本来不及拍照，或者说，西栅的美值得每个人反复地去寻觅。

走着走着，轩宝在一家叫作"老木头"的酒吧户外椅上坐了下来，这些椅子没有两张是一样的，因为它们全部是用老木头改造而成，木头长什么样，基本上椅子就是什么样。轩宝坐在一张椅背冲天高的木沙发上，感觉既特别，更安全。

轩宝带着小波走在西栅的小巷中，走累了，就在桥中央休息一下。终于，轩宝沿河走到了尽头，河的尽头是可以俯瞰西栅全景的白莲塔，塔下有座庙，叫作白莲寺，寺前堆着稻草，轩妈觉得奇怪，轩爸说："菩萨就是要老百姓都有饭吃，五谷丰登嘛。"

去了乌镇西栅两次，轩宝终于走完沿河两边的、东西走向的西栅大道。但这仅仅是西栅的一部分而已，在这块三平方公里的旅游度假区内，以河为原点，再向南北两边走，仍然有很深很深的庭院、高墙，以及茂盛的花草。昭明书舍就是其中的景致之一，离开沿河的热闹，昭明太子在古镇的一个角落静享千年的文化。

轩爸说，下次我们再来，就往这东西两边走，去看灵水居，看乌将军庙，看昭明书舍，享受 spa 或者足浴。轩宝则说，下次我们来，一定选个有太阳的日子，我们来了两次，老天爷都没出太阳。

所以说，乌镇西栅是轩宝一家的收藏品，轩妈说我们每个月去一次吧，轩爸说，每星期一次也可以吧！

这一天，根据腰间的计步器显示，小王子轩宝走了 20018 步，整整十公里。

回到家，轩爸在微博上说："买了几筒上好的胎菊、天暖和就泡茶给轩宝喝，乌镇的酱油品质好，跨越了三个世纪的叙昌老店的一碗炸酱面让轩爸吃得好爽，出去旅游最开心的是小吃。在西栅河边，一杯拿铁、一碟土豆条，拍照、讲话……这一切是真正的休闲。家人就是家中要有人，家人不在一起，总不完美。"

而这样的周末，家人在一起，向共同的爱好致敬，真是完美！

转角，遇见似水年华

出行缘起　初识乌镇西栅，惊艳，念念不忘，一次，两次，三次……

旅途特色　三游西栅，在名叫似水年华的酒吧里，感受珍贵的岁月如何在古镇静止

轩宝行为亮点　古镇古镇，去的次数多了，就轻易地变化成一幅幅的画面，镌刻在轩宝的小脑袋里

有一种育儿叫旅行

地点 浙江嘉兴乌镇西栅古镇
时间 2011年3月

在乌镇西栅，有一家西式餐厅（酒吧）叫作似水年华。轩爸喜欢似水年华，上次去的时候，在门前拍了照；这一次去，就在那里坐下来，喝杯菊花茶，看小船在水中荡漾，感受似水的年华。

很老很老的木桌木椅，很粗很粗的树干，象征年华流逝的风车轮，还有小船上那机警的鱼鹰，配上两个大人一个小孩，一壶胎菊茶，两盘西式薯条，年华在刹那间流转，又把当下，定格成幸福的生活画卷。

西栅古镇很美，美在哪里，美在似水年华里。光阴的故事通过古镇的一草一木传递开来，那样的历史厚实感，在上海的新天地里，无处寻觅。

带着轩宝行走在古巷小弄，转个角，遇见深墙，遇见老旧的木柱子，唯有阳光，不分岁月地倾泻而下，轩妈和轩宝一起收集阳光，轩宝撒娇，埋首在轩妈的怀里，于是，由里至外，轩妈感受到了岁月的温暖。

凑巧地让轩宝穿着民族风的外套走进古镇，加上那个流传了千百年的发型，轩宝站在老树前，站在老房子前，乍一看，那不是从明清画卷里走出来的小孩儿吗？光阴流逝，唯有单纯天真的小孩，永远是父母心中力量的源泉，过去是，现在是，将来也还是，人类就是依靠这样的爱心，在似水的年华里，一路走下来。

这一个多月来，轩宝三次走进乌镇西栅，从第一次差点弄丢玩偶小米菲的慌乱，到第三次那么悠游自在地穿行，看三寸金莲馆，看古旧的囍堂，看老药号，看古老的门楼……古镇古镇，到了轩宝这里，全部凝固成刹那的画面。轩爸说：现在我们三个都闭上眼睛，想一想刚刚看到的东西，再睁开眼仔细地看，这样就能把这儿的一切刻到脑子里去。

去古镇，对轩爸轩妈而言，是要在那转角处，遇见似水年华；对轩宝而言，一切皆是当下，一切皆是自然，一切皆是天与地。对于光阴，轩宝的想法是："宝宝以后要做一种药，给老爸吃一粒，给妈妈吃一粒，宝宝自己也吃一粒，还要给家里的十五个小朋友（玩偶宝宝）都吃一粒，这样我们就都能活到一万岁了。"

格物　致知 **上篇**

这句话是轩宝在去西栅的申嘉湖高速公路上，对轩妈说的。

让小孩儿轩宝的内心足够丰富，这样轩宝就不用像普鲁斯特那样，追忆似水年华，因为，年华就那么一圈圈地，堆叠在轩宝的心里。

周末行动派

出行缘起　重复记忆，重复行走，乌镇西栅，一次，两次，三次，四次，五次……
旅途特色　三游南北湖，发现了南北湖一侧的钱江潮源；四游西栅，走进水剧场
轩宝行为亮点　古镇、湖水、大坝，种种自然风情，渐渐融入轩宝的血液里
地点　浙江嘉兴乌镇西栅古镇，浙江海盐南北湖
时间　2011年4月

刚过去的周末，十足的阳春天。轩宝周六去了南北湖，周日去乌镇西栅；去南北湖单程一个半小时，去西栅，单程一小时十分钟，小S飞驰500多公里，耗油近四十升，通过空间距离的变化，还有时间的流逝，大自然把她的美丽与开阔再一次镌刻到轩宝的脑海里。

周六去南北湖，那是轩宝决定的。这是轩宝第三次踏足这片当年被隐士们视为天堂的地方，那地方也真算是奇妙，行驶在海盐的街道上，放眼望去，一片平原；可是再一抬头，山就出现了，再往前开，在山石与树木掩映中，南北湖的入口到了。入口很隐蔽，小小的，一不注意就会被错过；接着，就是一条小小的、平整的山路把人往里面引，山路两旁渐渐出现民居与度假村，每户民居前必定有大片的花果树；再往里面开，一直到南湖边，开到白鹭洲边上，停车上岛，轩爸叹一句：天地在此豁然开阔。

轩宝喜欢乌镇西栅，首要原因是：每次在那里，一圈走下来，轩宝腰上的计步器显示的数字都要近两万。这次也一样，从上午十点不到进入西栅，至下午三点离开，轩宝走了一万七千多步。

第四次去西栅，轩宝有两个新体验：一是西栅的水剧场。前几次去，轩宝都没有走到水剧场里面，这次终于走进去，舞台在水的中央，旁边有老墙，有断桥；而最吸引轩宝的则是那一排排石头椅子，因为椅子上标着几排几座。轩宝不顾炎热，兴奋地在每排座位上飞奔，还不住地叫轩妈猜测他所在的排数。天地间，红衣小孩虽然渺小，却是在不断移动、持续生长的蓬勃生命。

另外一个体验，用轩宝的话说就是"蓝宝宝遇险记"。轩宝昨天带了家中的玩偶蓝宝宝去西栅，走在河边时，轩宝一兴奋，小手一甩，蓝宝宝掉进了河里。幸好

有一种育儿叫 旅行

旁边有船工，轩爸请他用长长的网子把蓝宝宝捞起来。轩宝说："今天这件事情，可以拍电影或者电视剧了。"轩宝觉得这个事件很有故事性，这也是轩宝第一次有"编剧"的意识。

周末，轩宝一直在行走，一直在行动，一直在那么快乐积极地享受人生。轩爸说：山水、古镇、大自然，现在一定已经印在小家伙的心里了。这旅行中的人生啊，真是轩宝最最喜欢的成长方式。

风·雅·颂

出行缘起 五一假期，轩宝主动提出：再去西栅吧

旅途特色 当轩宝的行走渐成习惯之后，轩爸告诉轩宝：我们为每次旅行取个好听的名字吧。为旅行取名，需要结合地理知识，文学语言，内心感受等诸方面的元素；取名之后，轩宝对每一次的旅程更容易记忆了

轩宝行为亮点 第五次游西栅，第二次去金鸡湖，轩宝发现，古镇的小巷和湖光山水之间，春光最明媚

地点 浙江嘉兴乌镇西栅古镇，江苏苏州金鸡湖

时间 2011年5月

格物　致知　上篇

　　四月二十九日晚上，轩宝一家三口临睡前聊天，轩爸为即将到来的五一假期确立了风、雅、颂的主题。

　　主题确立后，大学读中文的轩爸就对轩妈普及《诗经》里面关于"风雅颂"的定义，简单地用现在的语言来概括就是：风表示流行文化，雅表示对文人墨客的追求，颂则是唱给皇室的一曲颂歌。轩爸说：定个主题，容易记忆，大人也可以围绕这些主题为小孩设计假日的活动。

　　30日下午，轩爸本想带轩宝去嘉兴南湖进行采风之旅，但到了南湖边上，发现记忆中蛮辽阔的那片湖实在乏善可陈，轩爸说"看来我们这几年确实见到了更好的风景"。轩宝建议再去西栅，轩宝说"这是宝宝第五次去西栅了"，轩爸记忆中的西栅是用数字一点一点叠加起来的。

　　假期第二天，轩爸定下的主题是"雅"，轩爸说要带轩宝去苏州的唐寅园，认识一下那位既能写出风流诗歌、也能逗笑美女的大才子。既然去了苏州，那就先去一下金鸡湖。两星期前，轩宝刚去过金鸡湖，那次主要玩了李公堤那一段；这次去就玩月光码头这一段。中午在久光百货附近的港式茶餐厅吃饭，烧肉、鹅肝、麻球、鲜虾肠粉……品种很多，轩宝的选择空间很大。这一餐，轩宝吃得满足得不得了。

　　饭后，该去"雅"了，但金鸡湖明媚的春光让人不愿离开。前一天晚上因为看桌球而晚睡的轩爸仰天倒在湖边的草地上，轩爸说"我要接接地气"，就这样，在微醺的湖风中，轩爸睡着了。轩宝和轩妈的精神都很好，趁着轩爸休息，母子两个就在湖堤上行走，轩宝的腰间别着计步器，走一段轩宝就低下头看一下，但大部分的时间，闯入轩宝眼帘的尽是那开阔的湖光美景。

　　等到轩爸休息完，去唐寅园的时间没有了。轩妈说"算了算了，大俗就是大雅"。这一天，轩宝一家在金鸡湖畔吃喝玩乐睡，享尽人间之俗事。想当年，唐伯虎大才子怕也是在这样的凡尘俗世中风流并优雅着吧。

　　第三天，轩爸要玩"颂"了。与《诗经》里把颂歌献给帝王不同，这一回，轩爸要带着轩宝把这曲颂歌献给荣荣小朋友。荣荣是轩爸好友的独生子，轩宝跟荣荣一起吃生日蛋糕，吃生日面，两小无猜的情谊在生日的颂歌中愈加地浓厚起来。

　　就这样，风、雅、颂的三天假期圆满地度过。轩爸尝到了甜头："以后如果有五天假期，主题就是金木水火土；如果有七天假期，主题就是赤橙黄绿青蓝紫。"对啊，生活的乐子就是这样，要靠自己去寻找。

有一种育儿叫旅行

轩宝看到的一片天

出行缘起 苏州西山青种枇杷成熟时节，快去尝尝鲜吧
旅途特色 不见阳光的春末，因为与湖光山色亲近，轩宝的心里照样暖融融
轩宝行为亮点 轩宝即将从幼儿园毕业，经过前几年的行走，轩宝不再需要轩爸轩妈的指引，可以用自己的眼睛发现大自然的美了
地点 巧苏苏州西山缥缈峰、东山启园
时间 2011年5月

上周六在苏州太湖西山的缥缈峰上，快到山顶时，轩宝停下脚步，回头看已经走过的山路，看身边的风景，然后说："妈妈，宝宝怎么只看到一片天呢？旁边的山都看不见了，真像是仙界呀。"

缥缈峰，号称太湖七十二峰之首，四周被太湖环绕，终年水汽氤氲，湖面上的水汽升腾至天空，与天上的云朵汇合，于是构成缥缈峰最美丽的装饰。山天一色，水天一色，这样的情景并不多见，难怪轩宝会发出宛若仙界的感慨。

轩宝虽小，对大自然的美，却已渐渐懂得欣赏。所以，上周六的午后，虽然没有太阳，虽然太湖边上的风力实在是大，轩宝却在某个瞬间，如凡人踏入仙界，全身沾满了仙气。爬到太湖第一峰的石碑前，轩宝的神情有些拘谨，是啊，小小的凡人，突然涉足仙界，怎能不拘谨呢！

不过，等到轩宝离开似真似幻的缥缈峰，来到太湖边上的启园（苏州东山席家花园）时，顽童本性马上显露无遗。天气有些阴，湖边的风实在是大，轩宝在湖边的石桌子上，随风起跳。在轩宝的眼里，那一个世界、那一片天，是因为他的跃动而存在的。

轩宝的这一片天感染了轩爸轩妈，轩妈在一边跟着轩宝跳跃（也为了驱感突然降温的寒意），轩爸则冲上石桌与轩宝一起唱歌跳舞，那一刻，轩宝心中的天空晴朗无比。

在启园的太湖边上，有一块御码头的石碑，当年康熙皇帝游历江南时，就在此地上岸。多年前，轩爸轩妈曾到此一游；多年后，轩爸轩妈带着轩宝重游故地，开心的轩宝为肃穆的石碑添上了当下欢快的色彩。

格物　致知　上篇

轩爸告诉轩宝，太湖很大，太湖石很美，苏州园林的主要特色就是以太湖石营造出一个又一个曲径通幽的美景。让轩宝在太湖石前拍照，轩宝摆出与太湖石媲美的笑容，那笑容很温暖，面对这样的笑容，轩爸轩妈的心被温暖着，而轩宝自己呢，虽然气温才十几度，可他身上竟然是汗湿湿的。

每个周末，轩爸轩妈跟着轩宝一起出去看世界。以前出去，轩宝眼里的那片天，是要靠着轩爸轩妈的指引，才会呈现实际的意义；近几个月来，轩宝越来越会自己看世界，自己看天空了。除了在缥缈峰上的仙界感受；在启园的某个竹影摇曳的角落，轩宝说："这里是不是有点像乌镇西栅"，轩爸轩妈闻言，细细品味一番，果然发现了两者相同的韵味。

回程的路上，轩宝一边品尝着"世界上最甜的枇杷"，一边看着车窗外的太湖，看着湖边那些迎风起舞的水草。读万卷书，行万里路，轩宝看到的那片天一定会越来越辽阔。

初夏荷花图

出行缘起　枫泾是离轩宝家很近的一个古镇，差不多半小时的车程就能到了
旅途特色　从荷花到"物是人非"的古镇，年年岁岁花不同，而那些能被记忆的点点滴滴却通过古镇的存在，留传至今
轩宝行为亮点　第一次走入防空洞，第一次打井水，第一次爬上退役的战斗机机翼
地点　上海枫泾古镇
时间　2011年6月

入夏了，江南的黄梅季节也到了，此时，杨梅成熟了，荷花也要绽放了！

轩爸轩妈和轩宝一起去枫泾古镇玩。天气湿湿的，很少有游客会选择在这样的天气到古镇游玩。可是如果你不怕下雨依然前行的话，你会发现在黄梅雨季中漫步江南古镇，实在是人生中不可多得的享受。

枫泾的地形是一瓣大荷叶，到盛夏时节，枫泾古镇将开满荷花，所以枫泾又叫"芙蓉镇"。

古镇里游人很少，入口处是典型的江南园林风，一踏入其内，江南的文化气息扑面而来。圆润的轩宝在青砖黑瓦前搞怪，又到进士坊、状元坊等地急走，那感觉既像进入无人之境，更像是回到了熟悉的故乡。

古镇多小河，多水井，轩宝看到供游客打水玩乐的井水桶，也想要玩。轩爸示

范一次，轩宝再依样画葫芦。轩宝力气小，只打上小半桶水，却也足够地开心，小心翼翼地把自己的劳动成果倾倒在石制的花生盆里，再洗一下手，身体和心灵都清爽得不得了。

因为下雨，古镇的青石板路很滑，下台阶时，轩妈不小心，滑了一跤，轩宝见状，猛拍胸口表示担心；后来顽皮的轩宝也在程十发祖宅的天井里滑跤，腰间的计步器飞出老远，轩宝马上爬起身，轩妈仔细检查他的身体，发现一点小伤也没有，真是奇迹！

走得累了，就到留香亭坐下休息。雨季中的古镇最高点，远离城市的喧哗，坐在那如诗如画的风景中，轩宝的心灵湿润丰盈。

年年岁岁花相似。即使落入轩宝眼中的荷花不再是去年的那一朵，荷花仍是高洁美丽的。在江南的古镇，物是人非的感觉特别强烈。多少年过去了，古镇的一砖一瓦、一桥一路还是一千五百年前的老样子，生活其中、或者是游历其中的人换了一代又一代，而古镇的历史和文化就这样被传承下去。

古镇中有个人民公社旧址。轩爸轩妈正是出生于那个疯狂的年代，轩爸怀旧地走入旧址，那间办公室令轩爸恍若回到当年轩宝爷爷工作的环境。轩宝倒也不觉得那些东西是老古董，反而是有些新奇，站在那架老式的电话机旁，轩宝还有些拘谨，毕竟是不熟悉的年代和环境。在那间办公室的几分钟里，时光倒退，环境没变，踏入其中的人却变成了新世纪的轩宝。在这里，"物是人非"讲述的是古镇的历史。

在古镇，属于"物是人非"的东西还有不少，比如防空洞，比如退役的米格15战斗机。轩宝绕着战斗机走，走到飞机尾巴那里，想寻找进入飞机的通道。后来才搞明白，当年的战斗员是从机翼旁边的机舱进入战斗机的。站在机翼上，轩宝显得小了；如果始终从历史的角度看人生，岁岁年年变化着的人生，终究只是沧海一粟。

初夏时节，荷花尚未绽放，池塘里的荷叶却已经青翠欲滴；轩宝那么潇洒自然地走在古镇的青石板路上，映入他眼帘的是历史，是文脉。对于六岁多的稚童轩宝来说，古镇行的意义也就在于此吧。

格物　致知　上篇

云雾缭绕仙人顶

出行缘起　轩爸抽出几天假期，带轩宝去熟悉的临安住几天
旅途特色　轩宝经历爬山史上最艰难的一次历程
轩宝行为亮点　想过放弃，却终于坚持下来，登上峰顶，这是轩宝送给即将进入小学的自己最好的礼物
地点　浙江杭州临安天目山，白水涧，浙西大峡谷
时间　2011年8月

这次在临安，轩宝第一天去了森林中的桃花源白水涧，在溪水边休息时，轩爸为追逐顺流而下的一块毛巾，滑倒在溪水里，全身都湿透了，轩宝说那一幕是此行最有趣的一个片断。

而第二天去到的浙西大峡谷，属于名气很大的景区。轩宝去过浙东大峡谷、浙北大峡谷，那么这个浙西大峡谷也是要去一探究竟的。大峡谷包含四大景区，分散在深山峡谷之中，小S在山路上蜿蜒颠簸许久，轩宝说这一天的旅程中，令他印象最深的就是这崎岖的山路了。当然，峡谷的风采也是独一无二的，剑门关胜在雄伟，白马崖则集爬山玩水于一体，最是适合爬山小将轩宝了。

而如果有人问轩宝，这次临安行，最艰难的旅程是哪一段，轩宝一定会说"就是爬上仙人顶的那一段"。

仙人顶，天目山的最高峰，海拔1506米。那天迈入天目山景区大门之后，轩宝就开心地等待着即将到来的爬山体验。

景区公交车在山路上行驶了半小时，绕过十一个山头，把轩宝一家送到了天目山的主景区（海拔800米至1000米），在游玩过四面峰、开山老殿、倒挂莲花之后，轩宝依然在等待更加激动人心的登山旅程。

从开山老殿通往仙人顶，只有一条窄小的山路，因为不属于大众化的游玩线路，所以这一条山路没有修整过，台阶高低不平，每一级台阶之间通常有一段泥地，如果是阳光灿烂的日子，那条路应该还比较好走，但轩宝登山的那天，正值台风季，山上时不时地下一场阵雨，所以泥地很滑，石头台阶上的青苔也很滑。

转入登山小道的指示牌上写着：通往山顶单程七华里，游客必须两人以上才能上山，而且必须携带通信工具，下午三点以后，则禁止再登山。轩宝仔细阅读了这块提示牌，但轩宝一家三口谁也没想到那是如此艰难的一段爬行。路窄（一旁就是深不见底的山谷）、路滑，脚使不上劲，走了一段之后，轩爸眼看情势不乐观，决定拉着轩宝的手一起行走。

有一种育儿叫旅行

爬呀爬，现在回想起来，应该是爬了三分之一段之后，从上面走下来一个二十几岁的小伙子，但见他全身都湿滑滑的，手肘上则是摔伤的痕迹，小伙子说："我建议你们不要再往上了，上面的路都是青苔，估计很久没人走了，你们还带着孩子，不要上去了。"轩宝听说后，心里有些害怕，就问轩爸："我们还上去吗？"

轩爸一门心思要登顶，轩爸的计划就是通过完成这段旅程，锻炼轩宝的毅力，培养轩宝的勇气，所以轩爸说，"再往上走走看吧，我们慢一点，只要保证不摔跤，就没事。"

再往上爬一段，轩宝一家遇见了刚才那位小伙子的三位同伴，本来他们三个还是打算登顶的，可是走着走着，觉得太艰难，又都摔跤了，所以决定不再往上爬。见到轩宝，这三个人也说："你们别往上了，路太滑了。"

怎么办？轩宝想放弃了，轩宝说："我累了，爬不动了。"轩妈说，"宝宝的体力没问题的，只是心里害怕。"轩爸闻言，就说，"放弃是最简单了，无论什么时候说放弃就能放弃，但是我们不要半途而废，我们再往上走。"出门在外，轩爸是轩宝的主心骨，轩宝听轩爸的话，同意继续往上。

爬呀爬，山路上除了轩宝一家三口，没有其他的人，那山路弯来弯去的，眼看快走到头了，转一个弯，却又是一段；那是一段太容易绝望的山路，因为山路两边，除了茂密的树丛、深不见底的山谷、呼呼的风声，其他的似乎都不存在。轩爸说即使现在外面的世界有"梅超风"、有股市风波、有甜蜜的情人节，但这沉睡了千年的山谷和古树，根本就不为所动，就是那么自管自地存在着。

轩宝走一步，害怕的心思就少一步，轩宝知道，自己的步伐虽小，却离山顶更近了。轩宝的心里还装着下面山门前的那块指示牌，那上面除了安全提示之外，最后还有一行字：只要爬上仙人顶，那就能算是半个仙人了。轩宝寻思着，"宝宝要做小仙人。"

终于，走在前面的轩妈感觉前方风声更大，山路的尽头不断地有白色的烟雾涌出，

加快脚步迎上去，那烟雾似乎又散了去，再一想，这不就是云雾吗？一抬头，蓦然看到"仙人顶"的指示牌。

到了，到了，一小时四十五分钟，轩宝一家到达了仙人顶！轩宝站在云雾之中，耳边是不断呼啸而过的风声，那风吹走轩宝身边的云雾，然后又送来新的一团云雾。轩宝离云雾如此之近，轩宝问："到底是山高还是云高？"轩妈说："云掉到了山顶上，现在如果山下有人抬头看，看到宝宝的话，他

格物　致知　上篇

一定会觉得奇怪,宝宝怎么踩在云里面呢?"轩宝说,"那么宝宝就是小仙人了!"

对啊,以前轩妈只知道,瑰丽风光在险峰;而真的登上险峰之后,就觉得瑰丽的风光其实是在人的心里,是在那一路的艰辛里,是在克服自身的胆怯之后,成为勇者的那一段心路历程里。轩宝虽小,轩宝虽然还不会写下这一路上的心理感受,但这一段山路却成为轩宝进入小学前最为壮丽的体验。轩爸说:"走过这一段,宝宝以后什么困难都不会害怕了。"

下山的路更难走,下山途中又下起几场阵雨,轩宝一家走走停停,又用了两个小时,回到开山老殿,回到景区公交车站。乘车下山,公交车再次颠簸于那十一座山峰的山路之间,也许是之前的登顶之旅耗尽了太多的体力(也没吃午饭),轩宝感觉胃里好难受,脸色也变白了,轩妈说一定是晕车了,直到下车之后,轩宝才一点点缓过来。

临安行结束了,轩爸轩妈很喜欢这次出行,轩爸说如果生命只剩三天,那么就是这样度过的三天已经足够;而轩宝呢,登上了仙人顶,当了一回小仙人,同时又能自如地在微博上述说自己的经历,这一个假期,轩宝是十足地成长了。

@宏波的远方:(1)上午十点半开始爬山,下午两点半下山,去仙人顶的路上,上面路不好走!下山更难走!(2)今天去了西天目山,仙人顶在海拔1506米的地方,下面就有1100米的路!仙人顶来回要走四个小时!但我还是坚持爬上去了,从8月5日,到今天8月7日,一共走了62599步(新浪微博2011/8/7)。

缶岳行:轩宝旅行的意义

出行缘起　中秋假期
旅途特色　关于旅行的思考
轩宝行为亮点　分清了"缶"字和"岳"字,出乎轩妈意外的收获
地点　浙江杭州临安大明山
时间　2011年9月

中秋假期,轩宝一家三口去临安青山湖,除了住在湖边赏月之外,最主要的是去攀登了大明山。一路上,轩宝尽享浙江的山川湖色。当小S在高速公路上疾驶,穿越一座又一座山底隧道之时,轩宝看到了其中的一个隧道前方写着:岳山隧道,轩宝问轩妈:这是缶(fǒu)山隧道吗?轩妈以为轩宝把"岳"看成了同是上下结构的"否",就说:"不对,这个字读岳",读中文系的轩爸比较博学一点,听明白了轩宝的疑问,听明白轩宝是"缶、岳"混淆了,赶紧说:"宝宝说的那个'缶'

有一种育儿叫旅行

字确实跟'岳'长得很像，但它们不是同一个字，缶是一种盛菜的器皿，昨天晚上我们吃的那个鱼头汤，就是用'缶'盛的，这个字在古代用得比较多；岳就是指我们去爬的大山。"

轩宝使用全拼法写微博，偶然的机会里，认识了所有发fou音的汉字，"缶"字很生僻，至少轩妈本来不知这个字怎么读，但轩宝知道了，而且在旅行的路上，弄明白了这个字的意义。

轩宝在大明山上，被云雾围绕，周围的景色如梦如幻，轩宝自己发微博，只写一个字："美"，再配上一张照片。轩爸说，"先要伴轩宝熟悉中国山水画：一江一山一水一石……"浙江是中国山川湖色的缩影，隔几个月带着轩宝走进这样的景色，看得多了，轩宝终于也会在微博上写"青山湖是梦想"之类的话了。轩妈表扬轩宝："微博就是要这样写，写出自己的感情，自己的想法，自己的观点，而不仅仅记录客观。"

所以对轩宝来说，旅行的意义是增长见识，是培养审美情趣，是把大自然的山山水水深深地印入脑海中。攀登大明山的路很辛苦，山上湿气重，气压也低，轩妈和轩宝的脚步都不如上个月攀登仙人顶那么轻盈，但轩爸始终坚持要登上山顶，去看千亩草甸，去想象当年朱元璋在那里屯兵的目的。终于登上去了，千亩田令所有目睹它的人心胸开阔，豪情万丈，轩爸如此，轩宝也如此。

对于城里人来说，旅行是为了放下城里拥挤的一切，放松身心；对七岁稚儿轩宝来说，旅行锤炼了身体，开阔了心胸。这样的心灵培养与熏陶越早开始越好，而因为经常拥有这样的机会，轩宝也许就能从容不迫地把中国的湖光山色尽收眼底，并且让这样的景色流入血液、流入心田，与自己的人生交汇融合。今天早上在上学的路上，轩宝正是那么从容地讲述（畅想）自己的一生："现在宝宝读小学，过几年读初中，再过几年读高中，然后读大学，然后上班，然后结婚，然后生小宝宝，然后宝宝变成老爷爷，然后宝宝就死了……"说完这句话，轩宝咯咯地大笑，逗得一边的阿姨也跟着笑。

在轩宝的眼里，人生，真的就是一段美好的旅程。

格物　致知　上篇

轩宝的天目山传奇

出行缘起　国庆假期
旅途特色　天目山"前传"
轩宝行为亮点　再次爬天目山，同样的一座山，却走在不一样的一段山路上，爬山令轩宝的人生充满力量与骄傲
地点　浙江杭州临安天目山
时间　2011年10月

爬天目山（西天目山）是轩宝此次临安行的主要任务。上次八月份去天目山的时候，轩宝从海拔1089米的开山老殿爬上天目山巅的仙人顶，这一次再登天目山，轩爸说"我们来个'前传'，从山脚爬到1089米，这样，宝宝就能清楚地了解海拔1500米左右的山究竟是什么样的了。"

十月五日，农历九月初九，重阳节。轩宝从山脚出发，花费了三个小时，走完近十华里的山路，落差一千米。一路上的山景美好得无需多说，轩宝脚踩的那条山路，是有着千年历史的古道，当年，在山上修行的高僧们用一块块的石头堆起来的山路，像是透着取之不尽的力量，促使轩宝越爬越来劲。走过一里亭时，轩宝说感觉蛮累；可是到了三里亭，轩宝却说："现在宝宝只有10%累了"；再往上爬，轩宝索性把自己的疲累指数降到了零，轩爸叫轩宝"要客观一些"，轩宝说："宝宝真的一点也不累了。"

对于一个七岁的小孩来说，连续三小时行走在并不平坦的山路上，轩妈觉得这算得上一个不小的奇迹。轩宝说自己喜欢爬山，轩爸轩妈也认为爬山既能锻炼轩宝的身体，更重要的是，锻炼了轩宝的意志品质；而当满世界的电脑游戏充斥在孩童们的玩乐世界中时，轩宝能自觉地、欢喜地选择爬山，更是体现了轩宝不一般的人生观。

完成了爬山任务的轩宝很是骄傲，一路上，只要碰到游人，轩宝就会告诉人家："我是从下面山门那里爬上来的，路上要经过一里亭、三里亭、五里亭、七里亭，还有狮子亭，还有佛面石。"碰到人家询问仙人顶的

有一种育儿叫旅行

山路，轩宝更是自豪地说："我上次已经爬过仙人顶了，那条路很难走的，没有几个人爬上去的。"跟同龄小孩相比，只要讲到爬山，轩宝真是拥有一份源自心底深处的骄傲和优越感。

不断地爬山，不断地行走在累积了千年历史的古道上，轩宝不仅满目青翠，而且满脑袋都是大自然鬼斧神工的创造力。旅行结束回到家，轩宝做功课，做语文作业，写笔画，写横竖弯折勾，轩宝下笔如有神，每一笔都透出了力度。对于爬过山的轩宝来说，写字，其实也是把眼睛中曾经见到过的山水描画下来，爬山让轩宝的笔画更有力。

轩宝说下次还要去青山湖，还要去爬天目山。山爬不完爬不厌，轩宝的人生因为爬山而更加生动、更加鲜活。

时光机

出行缘起 周末，随便寻找一个好玩的地方
旅途特色 在影视基地，偶遇正在吃盒饭的群众演员
轩宝行为亮点 看到了无法按时吃饭的辛苦的群众演员的生活，既激发了轩宝的同情心，也是一堂效果良好的社会实践课
地点 上海松江车墩影视乐园
时间 2011年11月

周日下午，轩爸带轩宝去上海影视乐园（车墩影视基地）玩。大概在三年半前，轩宝已经去过那个地方，那时轩宝三岁半，昨天再踏上那片乐园，轩宝的认知和感受有了天壤之别。

影视乐园的生意很红火，好几部电视剧的剧组正在里面取景拍戏。轩爸告诉轩宝，这个乐园里搭建的主要是上世纪二、三十年代上海的建筑。那个时候上海的建筑基本上没有高楼，房子造得蛮艺术，商店的橱窗里大都贴着旗袍美女招贴画，很灯红酒绿的样子。

循着有轨电车的轨道，轩宝看到了《代号十三钗》剧组正在拍戏。街上出现了日本人的军车、日本太阳旗、日本兵，当然也有许多的平民百姓，俗称"群众演员"。轩宝先是看到几个"日本兵"，脸上、身上、手臂上都是受伤的样子，有的伤口还有红色的鲜血流下来。轩宝起初并不知道那是假的，所以见到受伤的叔叔，非常地心痛，想上前安慰，又有些不敢，只是一个劲地问轩妈："他们痛不痛啊？"轩妈告诉他："那都是假的，你看那几个叔叔笑得多开心，如果真的受伤了，如果很痛的话，他们还笑得出来嘛。"对轩妈的话，轩宝有些将信将疑，轩宝再走近一些看，再跟那几个叔叔聊几句，发现他们真的很健康，轩宝这才放下心来。轩爸告诉轩宝："这个就叫演戏。"

接着，群众演员的吃饭时间到了，他们排着队领取盒饭。这样的场景再次震荡着轩宝的心灵，原因有二：一是当时已经是下午一点半过了，轩宝实在担心这些人，轩宝说："他们怎么这么晚才吃午饭，他们不要饿坏了吗？"二是盒饭发放到一半，米饭发完了，后面的人必须再多等一会儿，等着第二锅米饭的到来；再发了一会儿，眼看只剩下两个人了，可是菜发完了，只有白米饭了。怎么办呀？轩宝可真为那两个叔叔着急，轩宝挤在装着盒饭的塑料箱前，大叫一声："完蛋了，菜没有了！"

在昨天这样的场景之前，轩宝始终认为，每天吃饱穿暖是最自然的一件事。虽然老师、轩爸轩妈都会告诉轩宝，这个世界上还有很多人没饭吃没衣服穿，可是轩宝就算使尽地想，也想象不出那样的场景。但是当午后一点半钟，成群结队的人因为吃饭而排队等候的场面出现在轩宝眼前时，轩宝好像就慢慢地明白了什么似的。

轩宝一直围在席地而坐、就地下蹲的叔叔阿姨面前，"巡视"着他们的吃饭场景。轩妈看到轩宝如此情急的模样，对轩爸说："没想到今天让宝宝让了一堂社会实践课，这样的画面，比对着他讲一百遍不能浪费的话更有效果。"轩宝问吃饭的叔叔："你们吃这么一点东西，怎么够啊？"（那盒饭里的东西真是少得可怜）又问一位正在喝汤的阿姨："你喝的是鸡汤吗？"阿姨哭笑不得，阿姨告诉轩宝："这是咸菜豆腐汤，咸死了。"

轩爸问一位群众演员："你们每天能拿到一百元吗？"那人回答："没有的，四五十元，管两顿饭。"轩宝对每天四五十元没有概念，轩宝马上问轩爸："那你上一天班能拿到多少钱？"听到轩爸的回答后，轩宝对那些人的同情又加深了。

看着轩宝在身着上世纪三十年代戏服的人群里穿梭，轩妈感觉彼时的影视乐园如同一台奇妙的时光机，不仅是轩宝，就连轩爸轩妈也仿佛置身那个年代、那个环境。那个时候，老百姓的生活是清苦的，大家为了每天的三顿饭辛劳着；而时光流逝近一个世纪之后，底层百姓的生活依然没有太大的改变，为了每天的三餐饭，这些群众演员就把自己的青春时光都蹉跎在影视乐园的这一小条街道上。

眼前的画面促动着轩宝的成长，现在想来，轩宝的健康成长也需要这样的场景、这样的机缘。对于生活在物质生活相对富裕环境中的轩宝来说，用这样的场景刺激轩宝心中那份"先天下之忧而忧"的情怀，那么周日的车墩行实在是一个太有意义的安排了。

有一种育儿叫旅行

羊肉香味笼罩下的乌镇西栅

出行缘起 周末,轩宝又想去西栅了
旅途特色 第八次去西栅,熟悉的地方,熟悉的人情,轩宝怡然自得
轩宝行为亮点 通过西栅这个记忆载体,深度挖掘轩宝的记忆能力。记忆之井越挖越深,再也不会枯竭
地点 浙江嘉兴桐乡乌镇西栅
时间 2011年12月

轩宝说:"如果是住在外面的旅游,我最喜欢去青山湖;如果是当天来回的旅游,我最喜欢的是西栅。"虽说轩宝的这两个偏好有点"井底之蛙"的感觉,但对七岁的幼儿来说,路不在远,山不在高,海不在深,有趣有记忆则灵。

周六阳光很好,从轩宝家出发,先驶上G60,再接S32,到了浙江境内就是S12,到乌镇出口下高速,这一段路程轩宝已经了然于胸。与前几次不同的是,这次的路程竟然只用了68分钟,当小S在西栅停车场停稳之后,轩宝说:"今天真是个好日子,这么快就到了。"

轩宝说自己五个月没到西栅了,所以踏进西栅大门,轩宝犹如"久旱逢甘霖",脚步迈得飞快。习惯每天健步走的轩妈紧紧跟随着轩宝,母子两个一前一后地走在入口的木栈道上。可怜的是轩爸,那个上两周刚刚闪了腰、目前还戴着护腰带的轩爸,在努力地跟了几步之后,终于放弃了,轩爸说:"你们两个先走吧,在吃豆腐干的地方等我。"

西栅豆腐干,十元钱一小碟,那是西栅吸引轩宝的地方之一。轩宝跑到叙昌酱园店门前,先对着老板叫:"给我一份豆腐干",然后问人家:"你还记得我吗,今年我已经第八次来了!"老板说记得,特意给轩宝这个小老熟客多盛几块豆腐干。

古老酱园的阳光下,轩宝坐在长条板凳上,如痴如醉地品尝那浸透着百年文化的豆腐干;除了身旁的那一碟豆腐干,在轩宝的正前方,整齐地排列着一排排的酱缸,黑色的、粗重的样子,想着经过岁月、阳光的洗礼之后,那缸里面将流淌出浓厚的酱汁,轩妈和轩宝一起感叹岁月的奇妙。

走在西栅的小道上,除了跟久违的风景打招呼,轩宝也不断地跟各个小店的主人说道:"今年我已经第八次来了!"有一家小店的主人就对轩宝说:"那你真是个幸福的小孩",说完之后,那店主人扭头对同伴说:"就算住在当地,也不会一年来八次。"

后来,轩爸轩妈坐进丫丫茶馆喝茶,轩宝则喝枇杷膏水。在古老的茶馆里,

格物　致知 上篇

这一杯用古法炮制的润喉水，帮助轩宝真实地体会着传统的生活。茶馆老板见到轩爸夸奖他家的茶叶蛋，开心得很，除了把煮蛋"秘方"公开之外，还特地邀请轩宝："下次来，就到我家吃饭吧。"

再接下来，轩宝一家走到了昭明书舍。轩爸说："一月一日我们要去东天目山上的昭明禅寺，今天正好再来这个昭明太子读过书的地方看看，让宝宝的记忆串起来。"面对着刻有"六朝遗址"的门廊，轩妈不知道轩宝会有多少的感悟，但任何一个地方，反复地相遇，反复地品味，反复地走过，就总会在轩宝的心里留下一些痕迹，所以这个古代文人读书的圣地，必定与轩宝拥有不一般的缘分。

当然，在隆冬时节，西栅最最温暖人心的则是那一家家飘散出羊肉香味的民宿。西栅正在举行湖羊美食节，各种羊肉美食热气腾腾地出现在游客面前。在那活色生香的羊肉面前，昭明书舍的千年古书暂时地往后退几步，"民以食为天"，即使是文人，也懂得给予羊肉"优先权"，吃羊肉喝羊汤，中国人的冬天就是这样地度过。

回程途中，见到轩宝那副无限满足的模样，轩妈就对轩爸说："八次西栅，门票两千多，还不够我们三个去一个地方的机票钱，这样八次下来，西栅真的留在了宝宝的身体和记忆里，性价比真是高。"眼见故地重游好处多多，轩爸决定："下周末圣诞节，只要天好，再带宝宝去一个老地方。"

好的事情，每天都在发生

出行缘起　圣诞前，去苏州寻找圣诞的气氛
旅途特色　苏州的古典园林，融山水风景与人文历史于一体，拥有无限的魅力
轩宝行为亮点　在虎丘，轩宝第一次当起"导游小弟"，很成功
地点　江苏苏州虎丘，耦园
时间　2011年12月

圣诞到了，新年也要到了，轩宝的人生翻过了新的一页，轩爸轩妈也是。轩宝上了小学，一下子成长不少；而轩爸轩妈似乎也跟着轩宝，品尝到了新鲜的人生滋味。比如苏州的虎丘，那个存在了多少个年代的吴中第一山，这一次走近它，轩爸轩妈才真正觉得亲切、熟悉，虎丘不再是独立于轩爸轩妈生活之外的冷冰冰的风景区。

这样的变化原因何在呢？应该是年龄，或者说是岁月的功劳吧。轩爸轩妈每走一步，那虎丘的一石一井一池，就会走入身体里面似的，诉说着多少年来，多少僧人在此修道的故事。对这样典型的中国风景，轩宝是熟悉的，并且因为熟悉而产生依赖，又因为依赖而生出喜欢，所以轩宝在古井旁拎井水，在"石桃"前与玩偶小波共享美味，在云岩塔前反复地丈量那倾斜的美。

有一种育儿叫 旅行

轩宝在云岩塔的说明牌下沉思，把那些"塔的最大倾角3度59分"、"塔重6千吨"的字语在脑海里计算着回味着，直至刻在心里。之后，轩宝胸有成竹地抢下一旁导游阿姨的话筒，告诉围在身边的游客关于这座斜塔的奇妙。导游小弟轩宝的举动发生得很突然，轩爸轩妈来不及制止，轩宝已经成功地完成了导游首秀。想象一个七岁的孩子，向游客介绍那上千年的历史，那真是一件太过美妙的事情了。

虎丘之内还有一位清代名帝撰写的四个大字："香界连云"，轩妈看到这四个字，感觉触动了心底深处的某个地方，又像是点亮了思想里的某个点；在这之前，轩妈最喜欢的四个字是"真水无香"，而在那一刻，"香界连云"的境界似要引领轩妈往更好的地方走去。

果然，在虎丘之后，确实有美好的地方出现了。轩宝一家本来要去观前街的，却因为拥堵不得不放弃，没想到，一转弯，这个放弃换来了小巷深处的"耦园"。

"耦园"的英文名字是 the couple's garden，因为那里曾经住着一对不爱当官只愿看书的神仙眷侣。轩宝一家意外地与"耦园"邂逅，在斜阳下漫步那洋溢着书香气息的园子，轩宝惊讶地说"宝宝没想到里面这么大"，又说"怎么转了一个弯，又有一个花园呀"，轩爸告诉轩宝："这就是苏州庭院的特点呀。"

"耦园"不比拙政园等那样的名园，开发得晚，知道的人也不多，当轩宝一家身处其中悠游之时，只碰到了一个来自新加坡的旅行团。这些"新人"似乎很懂得品味中国古典园林的美，他们或低声赞叹，或三三两两地与古树、古石合影，或者驻足品味门上的对联，他们身上有一份沉静得下来的气质，与"耦园"真是相配得很。轩爸看到这样优雅的他们，不由得又是一阵感叹。

轩宝喜欢"耦园"，喜欢那兜兜转转、曲径通幽的氛围；在经历了大自然的山水之后，在自然风光之中，嵌入些许的人文气，轩宝和轩爸轩妈一样，都感受到了诗书的美妙。

下篇 （7—10岁）

诚意 正心

优化『内存』，植入程序

⑤ 自织"网络"，身心践行 （7岁–8岁）

旅行成为生活中的美好旋律

曹以轩 的 雪花报

关于雪花

1、当高空的温度低于0度时，云中的水汽会直接凝结到冰核上形成雪晶；雪晶不断地长大，就变成雪花掉了下来；这时候，如果云下面的温度也在零度以下，雪花就会一直落到地面上；

2、雪和冰雹一样，都是从云里掉下来的，是"固体降水"。

曹以轩的雪花发现

1、雪花都是六角形的；
2、雪花会飘进茶杯里、衣服上，甚至是眼睛、鼻子里；
3、雪花掉在地面上，如果不化掉，会越积越厚；
4、脚踩在厚厚的雪花上，就像踩在棉花上一样；
5、雪花真的非常白，眼睛盯着它看久了，感觉有点刺眼。

曹以轩的雪花图片

曹以轩的雪花小诗

白雪缭绕三清山，我们一家走栈道；今天蓝宝宝生日，小波留在宾馆里；上山先走西海岸，空中栈道好惊险；雪花都是六角形，飞到我的茶杯里；地上积雪六厘米，妈妈怕得脚发抖；山顶有座三清宫，已经一千六百年；今天走了八小时，雪山真的好难爬；不爬珠穆朗玛峰，那个想想就可怕；我们一家真幸福！

出版日期：2012年1月30日

你好，2012

出行缘起 近几年的新年第一天，轩爸都喜欢带轩宝走进一座庙，祈祷一年的平凡顺利

旅途特色 腊月的东天目山，行人稀少；在昭明禅寺内吃一碗腊八粥

轩宝行为亮点 第一次在寺院里吃腊八粥，那神圣的氛围令轩宝记忆深刻

地点 浙江杭州临安东天目山

时间 2012年1月

2012年元旦，正逢腊八节，揣着这样的日子走进2012年，人人都有好心情。跟其他人相比，轩宝的心情似乎更靓一些。元旦三天假期，轩宝并不像大部分

诚意　正心 下篇

同学那般，在家里埋头复习，准备期末考试，而是抛下书包里的所有东西，轻装上阵，与天目山约会。

这座东天目山，轩宝曾经在前年的暑假爬上去过，当时正值大伏天，轩宝爬到后来，索性光着膀子、无牵无挂地爬；当时天目山的各条瀑布呈现着蓬勃而泄的气势，壮观得令人只能远观，不敢靠近。而这一次，腊八、二九时节，天寒地冻，瀑布变细了，游人也稀少了，在东瀑大峡谷的那一路上，除了轩宝一家，竟然没有另外的游客。

轩宝对于攀登山顶的路，很熟悉的样子，始终走在轩爸轩妈的前面。也许在轩宝的小脑袋里，世界原本就应该是这个样子的，高山、密林、千姿百态的石头、川流不息的瀑布，以及始终陪伴在身边的轩爸轩妈。轩宝喜欢反复地去一个地方，除了安全感之外，轩宝更喜欢那种尽在掌握中的感觉。

轩爸一直推崇这种重复旅游路线，不过在安排出行计划时，轩爸还强调"以旧带新"。比如这一次元旦游，住老酒店，走老线路，但在老线路沿途，在老景点东天目山之外，适当地增加黄山脚下的屯溪老街游，增加临安八百里风情岛游，轩宝脑海中的记忆就一点一点地被丰富着。

而即使是在东天目山这样的"老"景区，因为时节不同，因为宗教意义不同，轩宝也收获了别样的经验。从东天目山回来后，轩宝在日历上写下了两行字："爬东天目山，吃腊八粥"，对轩宝而言，在这一次的东天目山之行中，吃腊八粥绝对是一项重要的、不容忽视的内容。

十二月初八，腊八节，佛祖出家之日，佛教传统里，所有的寺庙都会烧煮一大锅腊八粥，供香客们分享。东天目山顶那座存在了一千五百年的昭明禅寺当然也是这样。事实上，腊八前一天，就有不少香客上山，在寺院里住一晚，早上三点半起床，跟着庙里的和尚一起上早课；到中午时分，热气腾腾的腊八粥出炉了，大家围坐在桌边，让这碗带有宗教意味的热粥，缓慢地流进体内，温暖身心。

轩宝上山途中，轩爸一直对轩宝说："我们要在十二点前赶到昭明禅寺，十二点前喝到腊八粥，那样就最吉祥了。"轩宝走一段山路，看一下时间，终于赶在十一点四十五分左右抵达昭明禅寺。进寺之后，轩爸什么事也不做，直奔饭堂，"讨"一碗腊八粥吃。

这是轩宝第一次在庙里面与和尚、香客一起吃饭。这是一种全新的体验，男女分桌而食，吃粥时尽量不讲话，吃完之后还要用热水把粥碗清洗干净。轩宝挨着轩爸而坐，远远地看着坐在另一桌的轩妈，偶尔地跟轩妈小小地挥挥手，然后安静地喝粥。看到轩宝如此乖巧地守着庙里的规矩，轩爸轩妈都觉得全身心的舒坦。现在的小孩，因为生活太过优越，对食物、对周遭的环境、对大自然，往往少了一份敬畏的心，而那时那刻，昭明禅寺饭堂内的气氛，似有一种威严感，由不得轩宝不安

有一种育儿叫旅行

静下来，专注在眼前的那碗腊八粥上。

腊八节，喝到了古庙里的腊八粥，这样的体验对于轩爸轩妈来说也是新鲜的。轩妈的体会是，喝完这碗粥，除了身体暖和之外，心理上的暗示力量更强烈。喝完粥后，轩妈看到几个香客围绕在一位老和尚身边，向他探求着什么不解之题；轩宝见到了，也想去请师傅帮忙，解答自己的难题。轩妈问轩宝："你有什么想不明白的呢？你有什么困难呢？"轩宝说："宝宝想去问问师傅，学校里的白饭很难吃，宝宝都吃不完的，怎么办？"

结果呢，向来无所顾忌的轩宝在老和尚面前竟然害羞了，面对着陌生的和尚，轩宝第一次体会到了敬畏的心情。

尽管没有请老和尚解答人生的难题，但这碗腊八粥或多或少地让轩宝明白了腊八节的意义，明白了腊八粥内蕴含的心意。漫漫的人生长途中，轩宝有太多的东西要去了解，而在2012年的第一天，机缘巧合地，轩宝爬上了一座山，走进了一座庙，喝到了一碗腊八粥，这样的生活体验，应该会帮助轩宝，构造自己独特的人生吧。

你好，2012！万事万物，只要有心，只要用心，都能与人交融，都能化成轩宝人生中的一部分。2012是个年份，也是轩宝可以敞开身心拥抱的对象。所谓天人合一，如果轩宝能以同理之心看待周围的世界，轩宝就会感受到这个世界的亲切与温暖。

彩色山水之一：白色三清山

出行缘起　春节旅行，取名"三千金"，"三"就是三清山
旅途特色　三清山下雪了，雪景很美，雪山却很难爬
轩宝行为亮点　第一次爬"雪"山，轩宝激动而自豪，后来很长一段时间，
　　　　　　　　轩宝都把这次的三清山行当成人生中最难忘的经历之一
地点　江西上饶三清山
时间　2012年1月

轩宝假期旅行的第一站是江西的三清山，据说那是一座洋溢着浓郁道家氛围的仙山，山顶上的三清宫拥有1600多年的历史；而因为地理条件的得天独厚，这座海拔一千八百多米的山每年有两百多天都被包裹在云雾之中。轩宝一家三口还没抵达三清山，心里就因为三清宫，或者因为山的高度而心旌摇动着。

诚意　正心 下篇

而三清山竟然以一种纯白的绝色迎接着轩宝一家。早上起床之后，轩宝拉开窗帘看一眼，然后惊叫："外面下大雪啦！"轩爸闻言，赶紧扑向窗口，马上被山上、树上、路上厚厚的白雪吸引住，轩爸说："哎呀，我已经按捺不住了。"

轩宝也是，边吃早饭，边扭头望向窗外，一直跟轩妈"探讨"："妈妈，你说这雪算不算中雪啊？宝宝觉得雪很大，绝对是中雪了。"

终于，踏上了白色的三清山。雪花纷飞飘落，放眼望去，整座山显得特别地肃穆。轩爸说真正明白了"银装素裹"的意思，轩宝呢，则一直呢喃："感觉像在做梦一样。"轩宝循着这现实中的梦境，一步一步地踏在白雪上，轩宝觉得白雪像棉花糖，也像盐巴；纯美的白色山景让轩宝自然而然地成为一名小诗人。轩宝边走边吟诗，还让轩妈一起帮着记，准备下山之后写到自己的微博上："白雪缭绕三清山……"起首这一句，不用"白雪覆盖"或者"白雪皑皑"，而是用了"白雪缭绕"，明显是受到轩妈某篇博文标题的影响。轩妈品味着轩宝用在"白雪"上的"缭绕"两字，觉得虽有些出乎意料，却写出了雪花的轻盈与满溢，自有其不可言说的妙处。

而轩宝就在这样的妙境、仙境之中，沿着平均海拔1600米的空中栈道，贴着巨石，踩着积雪，一步一步地朝着山顶的三清宫行走。白色的三清山，对于轩宝一家来说，整整四小时的上山路是"玉树琼枝"，是强烈的视觉冲击，是绝美的视觉盛宴；那个时候，谁又会想到，穿过三清宫之后，那一长段的下山路，将是百般地艰难。

如果是在夏天，那段下山的路真的配得上"阳光海岸"的称号；那一路上的景色不如轩宝上山的"西部海岸"那么雄伟，那么奇石密布，却秀丽得令人的脚步也随之轻盈。可是下雪了，那往下延伸的台阶上全是积雪，这样的下山路就真的令人胆战了。

轩宝上山的时候一直拉着轩妈的手，要下山了，轩妈得先管好自己，只好把轩宝交到了轩爸的手上。台阶又滑又陡，轩宝虽然穿了雪地靴，下山的时候还是本能地弯下了腰，感觉那样更安全一些。轩爸要求轩宝挺直腰，心态放松，轩宝起初不敢，多走几段之后，找到了一点安全下山的感觉，腰直起来了，速度也快了一些；倒是轩妈，见到几段特别陡的阶梯，旁边还没有固定的栏杆可拉，有一瞬间几乎就想一级一级地坐着下山，可是刚蹲下，又觉得人往前倾（台阶顺着山势，往前、往下倾斜），马上再站直，总之模样狼狈得不得了。轩爸一边拉着轩宝，一边观察轩妈的身姿，担心轩妈脚步一滑，身体失去重心……

有一种育儿叫 旅行

所以说，下山的路上，轩宝一家没有闲心再去赞叹那白色的世界，眼睛只盯着脚下的路，一步一步往前走。平路时加快脚步（必须在四点半前赶到索道站），下台阶时以稳为主。走啊走啊，大概走了三个小时左右，耳边传来了缆车的声音，却怎么也看不到缆车的影子。这时候，走在轩宝前面的一个孩子滑倒了，小孩放声大哭，受这哭声刺激，轩宝也流泪了，轩宝问："怎么还没见到缆车啊？"轩宝冻得红彤彤的脸蛋上，挂着两行清泪。在爬山小将轩宝的爬山史上，这可是第一次爬山爬到哭。轩爸轩妈在安慰轩宝之余，也感谢老天爷安排的这趟白色三清山之旅，这样可遇不可求的经历、历练，对于轩宝来说，真是太宝贵了。

晚上回到酒店房间，轩宝放松了，轩宝在微博上继续着上山时编写的诗歌，写到后来，轩宝想到了要爬珠穆朗玛峰的事。既然雪中的三清山已经如此难爬，所以轩宝决定：放弃关于登上珠峰的梦想。轩爸告诉轩宝：有些山，就是让人仰望，而不是非得去征服不可的。

三清山很美，山上的奇石奇岩奇树不比黄山差，上山时，每走几步，轩宝就会看见一块长相独特的石头，有些简直就是"天外来峰"的感觉。中国的山色真的很美，而行走于其间、经历于其间的轩宝，无论是身体还是心灵都获得了新的能量。

彩色山水之二：红土地上的古村和乡民

出行缘起 春节旅行，取名"三千金"，"金"就是浙江金华，金华境内有诸葛八卦村和新叶古村

旅途特色 走入两座生活着的古村

轩宝行为亮点 看到红色的土地，在新叶古村，帮着村民一起在小河边洗东西

地点 浙江金华兰溪诸葛八卦村，建德新叶古村

时间 2012年1月

在距离金华不远的兰溪，有个叫作诸葛八卦村的古村落。

诸葛亮虽然没到过这里，却并不影响诸葛氏后人，靠着先人留下的八卦布局生存并且发财。古村最神奇的当然就是中央的那一泓池子，阴是水，阳为地，见到这个八卦图案的池子，轩宝想到的是门萨智商测试里面的某道题，几个八卦图案稍稍

诚意　正心　下篇

转个角度，就让人不明所以，不知选择哪个答案为好。而其实，早在那么多年前，诸葛某人就根据这样的智慧，在八座山头的包围之下（外八卦），沿着中心的那一池塘水，建造了村子里的八条小巷。小巷弯弯曲曲，轩宝说真像迷宫，轩宝担心自己会走失，若在多年前，这种担心也许还有理由，但在今天，当诸葛八卦村成为一个响当当的旅游景点之后，万一迷了路，只要顺着那最嘈杂的声音，必定能够走出古村。

离开公路，小S驶入乡间小路，又开了整整十公里，轩宝才在群山的包围之中，见到一座古塔，以及围塔而建的、拥有800年历史的新叶古村。这个古村景区是去年刚开发出来的，知道的人很少，景区停车场只停了几辆车。买好票之后，在正式进入古村村口之前，还要绕着田埂转上几个弯。走在这样的小路上，呼吸着特别新鲜的空气，轩爸感叹："这一站，我们来对了。"

新叶古村因为拥有数十幢800多年的大宅子，而被封为活着的明清建筑博物馆。进入古村之后，轩爸轩妈忙着欣赏那些带有浓厚徽派建筑风格的旧宅，轩宝则忙乎着观察古村内居民的生活。女人拿把小椅子，坐在太阳下，懒散着；小孩在石板路上蹦蹦跳跳地，或者在新建的健身器上玩耍；回乡过年的年轻男子聚在一张大桌子前赌上一把，而六十几岁的老年人就是缓慢地在小河边踱步，见到轩宝一家这样的游人，上前搭讪几句，指点着远处的山、近处的老宅子。

这个古村的氛围真的很安静很安详，轩妈说老天爷透过新叶古村，把我们对八卦村的期望还了回来；轩宝在老宅子里上上下下地跳跃，还跑到河边，帮着洗东西的中年女人拎河水。这个古村不大，却足以令轩宝一家驻足一个多小时，静下心来感受老宅子的韵味，体会村民的农耕生活。

围绕新叶古村的田野之上随处可见红色的泥土。轩宝边走边跟轩妈探讨："妈妈，这是特别的泥土，对吗？普通的泥土应该是黄褐色的呀！"是啊，神奇的红土地上就这么居住着一群村民，他们在先人的老宅旁建起新的家园，他们对老宅子没有特别的感觉，他们觉得这样的老宅子早就是生活的一部分，就如同他们每天都要烧起的灶火，那就是他们生活的世界。

从仙境般的白色三清山，回到厚实的红土地，回到纯朴的村民身边，轩宝的这一次春节之旅，在两个古村落之间，迎来了生命的原色。

彩色山水之三：绿色湖水静悄悄绽放

出行缘起 春节旅行，取名"三千金"，"千"就是千岛湖
旅途特色 对千岛湖有了最直接的认识
轩宝行为亮点 尝试用自己的眼睛定义千岛湖的美好
地点 浙江淳安千岛湖
时间 2012年1月

在踏上千岛湖镇的土地之前，轩爸轩妈天真地以为，那是个超级大湖，湖面上星罗密布千余座岛屿，沿湖地带安静悠闲，岛上居民很少（因为交通不便嘛）。但是轩爸轩妈想错了，从高速公路千岛湖出口下来，环湖大道、新安大道宽敞平坦，两边的加油站挤满了排队加油的车辆，真是一派生机勃勃的样子。

而在下午驶往游船码头的一路上，轩宝一家真正见识了千岛湖这个因为旅游而发达起来的小镇的热闹与繁华。小镇里最多的是各类鱼味馆，接着就是大大小小的度假村，人多，车多，房子多，小镇远非想象中的安静。即使是在游船码头，游客的问询声、停车声、喧哗声也是此起彼伏。

但这一切的尘世喧哗在千岛湖那硕大的绿色湖面之前，其实也算不得什么。轩宝跟着轩爸轩妈坐上快艇，驶离岸边，驶向中心湖区。几分钟之后，轩宝放眼望去，满目碧绿的湖水，波浪静静地翻滚，小岛一个接一个地、蜿蜒地出现在湖水中，尘世嘈杂、鼎沸的人声全部没有了。

绿色的湖水就这样不顾不管地静悄悄地绽放。在1078座岛屿中，轩宝在三个多小时里先后登上了五座岛，还在第六座岛屿脚下驻足观赏。轩宝每登上一座小岛，就尽情地玩，喂鱼、逗猴、观蛇，该玩的都玩一下，该走的吊桥、小山路也都走一下。在梅峰岛，轩宝随轩爸一起乘坐敞开式缆车，一路坐到岛顶（两百多米高），欣赏

千岛湖最美的一角。在梅峰岛的揽胜观景台，当数十座小岛千姿百态地呈现在眼前的时候，轩宝的绿色千岛湖之旅达到了高潮。

如果说大海能容纳百川，那么千岛湖那泓硕大的绿色就真的拥有消除尘世嘈杂的魔力。湖水浩如烟海，岛屿兀自肃立，面对着这样的自然风景，即使是如轩宝这样的稚童，也明白要静静地欣赏，静静地与这岛、这水交融在一起。

所以说，旅行的意义之一就是让人在大自然

诚意　正心　**下篇**

面前不再执着于自我，忘记自我。当轩宝和轩爸轩妈一起站在岛顶时，三个人的眼睛里看到的就是那一大片静悄悄地绽放着的生命之水。

就这样，短短几天的旅程，轩宝爬上了纯白雪景的三清山，走过了人间烟火的古村落，最后在大自然的一泓碧水前驻足着，回味着。中国彩色的山水，深深地走入了轩宝生活的世界里。

后旅游时代的诗

轩宝行为亮点　这世界，除了当下眼睛看到的模样，还存在于脑海中的记忆，存在于心灵里的感受

时间　2012年2月

午后，轩宝和轩妈徜徉在阳光下，徐徐地走，慢慢地聊。轩宝想到快开学了，就问轩妈："妈妈，你说宝宝的同学们会觉得宝宝有什么变化吗？"轩妈想了一下，回答轩宝："小朋友可能会说'你的头发长了'，或者说'你胖啦'，其实宝宝身体上的变化不是太明显；但是这一个月下来，宝宝的脑子更聪明了，更勇敢了，心里的东西更多了，这些变化都在宝宝的身体里面，小朋友是看不出的，只有宝宝自己知道呢。"

轩宝一个月的寒假生活马上要结束了，今天是轩宝按照自己制定的作息表执行的最后一天；轩宝的春节彩色山水之旅也结束了，轩宝的双脚回到了上海，心也回到了上海，可是轩宝的心里面多了好几个地方，包括三清山，包括八卦村，包括千岛湖，包括那漫天飞舞的白色雪花。

那天轩宝在iphone手机上做情商测试题，其中的一道题目是：除了你眼睛看到的世界之外，你的心中还有另外的世界吗？轩宝不解题意，轩妈告诉他："现在宝宝的眼睛只看到了房间的地板、窗户、写字台，宝宝的眼睛看不到三清山，可是宝宝的脑子里还记得三清山的样子，对吗？"

轩宝的后旅游时代，就是要慢慢地品味那些山那些水，再慢慢地悟出山水之中的美妙之处。

后旅游时代，轩宝还制作了一张《雪花小报》。这是老师布置的寒假语文作业之一，老师希望通过这张报纸，让小朋友了解雪花，认识雪花。轩宝的《雪花小报》分四个版块，分别是"关于雪花""曹以轩的雪花发现""曹以轩的雪花图片"和"曹以轩的雪花小诗"。因为与雪花亲密接触了八个小时，轩宝的报纸内容完全根据自己的感受而编，雪花真的融入了轩宝的生活世界。

有一种育儿叫旅行

后旅游时代，那些旅途中的点点滴滴经常地在轩宝的脑海里涌现。比如那天从三清山国际度假酒店返回市区的路程。因为前一天下过大雪，有好几段下山的路被冰住了。有些路段冻得不厉害，小S稍微曲线地开一下，就能冲过去；但有个路段冰冻特别厉害，当地政府已经派了铲雪车在前面铲雪，但铲雪速度赶不上结冰的速度，所以小S刚开上那段路（上坡路）就打滑，轩爸试了几次都不行，再看看前面、后面，也是横七竖八地停着几辆车。看到这情形，轩宝有些害怕，轩宝不住地问轩爸"怎么办"，轩宝的语气里满是担心。后来，当地专开冰冻路的驾驶员上到了小S，帮助轩爸把小S缓慢地开过了长达几百米的冰冻路，专业司机下车时，安慰轩宝："前面没事了，前面的道路都没结冰，你们放心开吧。"

轩宝才七岁多，人生中有许许多多的事情还没有经历过。虽然第一次经历冰冻的公路会有些慌张，但轩妈相信，当轩宝再次遇到这样的情形，一定会从容许多。旅途中的经历，成为轩宝珍贵的人生财富。从这个角度看，后旅游时代，真是有许多值得回味并能从中找到勇气的事情呢。

就让轩宝在诗情画意的后旅游时代里，清清新新地走进一年级下学期的学习生活吧。

一路"游"向二年级

出行缘起 四月梨花开放，去树山看花吧
旅途特色 春天，百花齐放，美好的季节
轩宝行为亮点 对方位感的把握更强，进一步了解春天的花朵
地点 江苏苏州树山，太湖大道
时间 2012年4月

周末的时候，轩爸在计划这几个月的出行路线——四月赏花游，五月人文游，六月摘果游，七月、八月暑假跋山涉水游……轩爸说，要让轩宝一路"游"向二年级。

轩妈蛮喜欢这个讲法，轩宝早上问轩妈："老师说，'学习是最重要的，你们爸爸妈妈也一定会这么说的'，妈妈，老师讲得对吗？"轩妈说："学习确实很重要，但是学习不仅指学校里的学习，最主要的还是要在平时的生活中学习。"

当轩爸让轩宝这么一路"游"向二年级的时候，轩宝其实就在吸收各种各样的知识，就在汲取天地精华呢。

周六轩宝跟着轩爸轩妈去苏州树山看梨花。小S行驶在S58上，轩宝拿着iphone，点开"指南针"，发现小S是在往正西方向行驶。轩宝起初有些不明白，

诚意　正心 下篇

轩爸指点轩宝："宝宝想一想地图，苏州是不是在上海的西面呀，而且树山又在苏州的西北方向。"轩宝把轩爸的话一琢磨，然后放到小脑袋里消化一下，后来在自己的微博上面，轩宝就写到了这个"苏州西北部的树山"。

树山生态村里的梨花真是多呀，轩宝走在梨花丛中，想起去年清明时节在姚庄桃花岛上看桃花、梨花、油菜花三花竞艳的情景，连续两年在同样的时节看到这样的花海，轩宝深深地记住了：从清明到谷雨，百花争相开放。而当桃花、梨花凋谢之后，它们的果实就会在盛夏成熟。

穿红衣的轩宝弯腰、低头，行走在梨树下。轩宝看梨花的花瓣，五＋五，分成上下两层，中间就是吐露着芬芳的花蕊。轩妈想起小时候经常读到关于"百花争艳，吐露芬芳"的文字，但那时候碍于环境、条件限制，仅见其字，不见其花；而轩宝就幸运得多，关于春天的百花，轩宝可以先看花，再联想文字，这样的学习过程，应该是更令轩宝欣喜的吧。

轩宝在春天的花海中游啊游，吃完午饭，轩宝从树山"游"到了太湖边上。这是属于吴中区的那段太湖。下午三点多钟，轩宝走在太湖边的木栈道上，抬头看波光粼粼的清澈湖面，真的很浩瀚。轩妈鼓励轩宝拍下那闪耀着阳光的湖面，可惜因为光线的关系，照片并不能真实地呈现。但那也没关系，当轩宝在这样的景色之中行走一个多小时之后，那情那景不是已经深深地走入轩宝的心田了吗？

在通向湖水的一座断桥上，轩妈把轩宝搂入怀中。几年来，每当轩宝在春色中行走之时，轩爸轩妈总是陪伴在轩宝的身旁。太湖很庞大，正配得上轩爸轩妈对轩宝的关爱。而在轩宝的小世界里，天与地、父与母，构成了最完美的大际线。

到了周日，轩宝继续出游。轩宝记得上个月二十四号跟同班小朋友佳乐、小吕去金山采草莓时，油菜花只有零星几朵；而昨天，从金山吕巷开往廊下生态园的一路上，桃花红，菜花黄，最最春天的气息就在那里无边无际地弥漫着。轩宝喜欢小小的、可爱的花朵，轩宝拿着手机一路拍，拍完之后，马上拿给轩妈看；回到家，轩宝也经常翻看那些照片，春天的花朵就这样幻化成轩宝生活的一部分。

而当春天的花朵凋谢之后，轩爸就要带轩宝去看那些树枝上渐渐饱满起来的果实。五月初，杨梅果实已然形成（前年的五一假期，轩宝在慈溪的五磊山初识杨梅果），那果子虽小，却在慢慢地积蓄着汁液与甜蜜；枇杷果也是这样，到五月中、下旬，苏州西山的枇杷进入采摘季；而轩宝在这个春天看到的桃花、梨花的果实，则要再经过几个月的酝酿，到盛夏时分，才会结出累累的硕果。

在轩爸轩妈的带领下，轩宝一路目睹四季美景，一路学习，一路采风，一路"游"向二年级。

有一种育儿叫旅行

轩宝自己的游记

出行缘起 轩爸说西安太远，我们去横店影视城看兵马俑吧

旅途特色 横店影视城是个集大成的旅游景点，时空穿越感很强，对轩宝这个年龄段的孩子来说，是个省体力、省时间的好地方

轩宝行为亮点 经过多次的行走，这一次的行走过程中，轩宝对高速公路网的认识豁然开朗；并且可以自己总结旅行的重点了

地点 浙江金华东阳横店影视城，绍兴安昌古镇，绍兴柯岩风景区

时间 2012年4月

在这次三天两夜的行程里，横店影视城是轩爸计划中的重头戏，柯岩风景区则是轩爸意料之外的收获。利用周末出游，虽然身体有些累，但轩宝见识到了不同于上海街头的春光。回来后轩爸要求轩宝讲出此次旅程中，三件印象最深刻的事情，轩宝脱口而出："白宝宝失踪，讲佛经故事，买兵马俑雕塑。"后来轩宝又加上第四个闪亮的时刻："在秦王宫大殿拍将军照片。"

轩宝长大了，轩宝已经长大到可以自己总结旅行的收获。所以轩妈只要把轩宝说到的那四件事再记录一下就行了。

先说"白宝宝失踪"事件。每次轩宝出游，都要在家里的十几个玩偶小朋友里挑选一个随行，这一次轩宝带在身边的小朋友名叫白宝宝。那天从横店影视城返回绍兴的酒店时，轩宝看到前台有薄荷糖吃，就随手把白宝宝往柜台上一放，专注地吃糖。之后，又匆匆地走回房间，完全忘记了遗留在柜台上的白宝宝。直到吃晚饭时，轩宝想要带白宝宝去餐厅，这才发现白宝宝失踪了。轩宝在房间里找啊找的，轩爸也帮轩宝一起找，后来又跑到车上找（以为没有带下车），来来回回地找了好几遍，就是找不到。这一下，轩宝吃饭也没心思了，轩宝告诉餐厅的服务员姐姐："我的小弟弟不见了，他穿白色的衣服。"轩宝说这话时，满脸悲伤的神情，听得人家服务员姐姐也着急起来。后来，轩爸灵机一动，想到轩宝可能把白宝宝遗落在酒店大堂，就带着轩宝去前台询问。果然，前台的叔叔把白宝宝收得好好的呢。轩宝见到白宝宝，据说"开心得都要流泪了"，轩宝双手合十，不住地感谢前台叔叔。

虽说白宝宝失踪事件与此次旅游景点无关，但如果不出门，白宝宝就不会经历这样的失踪事件，而轩宝也不会如此真切地体会"失而复得"的感情。岂止是"失而复得"，轩宝觉得白宝宝是亲人，是亲爱的小弟弟，是此生不能失去的存在。轩爸说，经过这件事情之后，轩宝应该更加明白"责任"这两个字，既然是轩宝把白宝宝带出门的，就必须对他照顾负责到底，轩宝点头，并且保证，以后一定会加倍小心。

诚意　正心　**下篇**

在轩宝的排序中，名列此次旅行第二个亮点的事件是在柯岩景区的普照寺里，首次清楚地了解了佛祖释迦牟尼的一生。普照寺的大雄宝殿依山而建，大殿两边分别挂有十五幅壁画，形象地再现了佛祖从出生到圆寂的过程。看到轩宝在第一幅壁画前停留，轩爸念壁画下的文字，轩宝且听且看，等到走完前十五幅壁画、抵达大殿时，正巧讲到佛祖悟道成功。

从轩宝三岁半起，轩爸轩妈就经常带着轩宝出门旅游，平时在旅游景点，轩爸轩妈很少掏钱购买旅游景点的纪念品，因为那些纪念品多半质量不佳，轩爸轩妈不想花冤枉钱。但这一次在横店影视城的秦王宫纪念品店里，轩宝却执意要买一套陶土做的兵马俑。那个时候，轩宝刚从秦王宫的地下宫殿走上来，轩宝刚刚弄明白"兵马俑"的意思，轩宝体会到那是一种多么惨烈的命运，轩宝想着要跟"兵马俑"亲近一些，要向他们施予一些温暖的心意，以此减轻他们的悲苦，于是，轩宝挑选了这样的一套纪念品。回家以后，轩爸把"兵马俑"放在书橱顶上，他们的旁边是几年前轩宝和轩妈在念慈庵的油画照片。古往今来，人命天定，但对命运的把握与领悟却总是因人而异。

在秦王宫大殿，轩宝身穿将军服，威武地坐在那张帝王椅上，试图穿越，试图体会多年前某位将军的豪情壮志。轩宝是勇敢的男子汉，轩宝这样鼓励着自己；而当这些画面在轩宝的脑海中停留之时，轩宝又怎能不勇敢，怎能不豪气冲天呢？

旅行的意义就是这样，在游山玩水品人文景观的过程中，不经意地，某些画面杂带着鲜明的情绪被镌刻在脑子里，而轩宝的人生也将因为这点点如繁星般闪亮的时刻，越来越丰富，越来越厚实。

一路向北

轩宝行为亮点　设计了一份"一路向北"的自驾游路线图
时间　2012年4月

昨天轩宝放学回家后，轩爸拿着ipad招呼轩宝和轩妈一起看他设计的暑期浙南游线路。从上海出发，一路玩遍诸暨、丽水、遂昌、林坑、楠溪江、洞头、台州、仙居，轩爸说这条线路是从上海往南开，路线形似G字。

看完轩爸设计的路线之后，轩宝问轩爸："我们往南面开的这个路程，如果往北面开，能开到哪里？"轩爸还没有回答，轩宝已经自问自答："宝宝估计能开到连云港那里，爸爸，你估计差不多吗？"

如果一路向北开，就能开到灌云的话，那要经过哪些地方呢？想到轩爸设计的

有一种育儿叫旅行

浙南游线路图，轩宝决定，写一份上海到灌云的路线图。于是，拿出纸和笔，开始认真地写起来：

从松江途经太仓、常熟、张家港等地，历经十三个地区，最后由响水抵达目的地灌云。轩宝说这条路线比较长，预计小S要开八小时左右。轩宝设计完路线之后，拿给轩爸看，在得到轩爸的认可之后，轩宝松了一口气，那模样就像是完成了一件大事似的。

这份"一路向北"的路线图反映了轩宝目前的地理知识水平。几个月来，轩爸带着轩宝反复地出入于江浙（浙江为主）地区，什么G60、G15、G92等，开了好多圈。再加上以S打头的各省级高速，每经过一条新的路线，轩宝就记住它的起讫点、它的编号。而轩爸则在旅途中告诉轩宝："浙江的高速公路网像一个'用'字，我们从绍兴到横店，就是走在'用'字的当中一竖上面；去三清山的时候，走的是'用'字最右面的那条公路。"实地行走，加上适当的总结概括，再加上回程之后在家里的地图墙上的再验证，最近轩宝的中国地理知识（包括各省市、方向感、距离长短等）进入了"厚积薄发"的程度。

学海无涯，人生何处无知识。小S载着轩宝一公里一公里地远离上海，轩宝眼前出现的景致由熟悉到陌生，再由陌生变成熟悉；而因为熟悉，那些山水就会牢牢地在轩宝的脑海里占据一席之地。久而久之，轩宝视若生命中不可或缺的东西，除了轩爸轩妈、小波白宝宝之外，一定还包括大自然最美丽的山山水水。

所以，无论是一路往南，还是一路向北，轩爸轩妈都希望轩宝的心灵能够越来越博大，越来越宽广，朝着美好的未来岁月，一路勇敢地行走！

自我介绍

出行缘起 五一假期，为了重复的记忆，再去宁波

旅途特色 数次去宁波，依然还没把宁波周围的景点走完，这一次，去舟山看看吧

轩宝行为亮点 旅行是轩宝最喜欢最骄傲的成长方式，在微博的自我介绍里，轩宝写下了自己曾经去到过的地方；在记录旅行经历的微博里，轩宝用了"……便有风情调"，轩宝会抒情了

70

诚意　正心　下篇

地点　浙江宁波郑氏十七房，九龙湖，舟山大青山，奉化西坞黄贤村
时间　2012年5月

旅行归家，轩宝在房间里写天气预报，写《波天波妹》（轩宝为小波撰写的博客），写微博，写着写着，轩宝突然想起了什么，轩宝想起微博上的个人简介还是当年轩妈帮他写的，现在轩宝长大了，轩宝会自我介绍了，轩宝决定重新撰写"自我介绍"。

于是，轩宝在微博上介绍自己："今年八周岁，去过宁波、绍兴、舟山、玉山、金华、苏州、无锡、奉化、横店、临安、长兴、衢州、安吉、淳安等。出生日：2004/10/18。小学一年级一班。"

这份自我介绍一出世，轩爸轩妈都夸轩宝："写得真好，写出了宝宝最大的特点呢。"这几年，轩爸带着轩宝在江浙一带行走多次，轩宝对旅行的认识从无到有，旅行的感受从量的积累，到如今质的飞跃。轩宝欣然记录下了自己走过的地方，轩宝的旅行感受越来越清晰。

五一三天假期，轩宝第一天去了宁波镇海的郑氏十七房看老宅子，在老宅子前拍下弯着长脖子喝水的大白鹅，又在老式的长廊下看巧手的阿姨熟练地包裹小粽子，后来又到草地上拔草喂小羊，坐在长条凳上听社戏。在古老的氛围里，轩宝和小波灵巧地移动、跳跃，目光所及，除了池塘老宅，更有纯朴的乡民，以及跟这些乡民和谐地生活在一起的可爱小动物。

接着再到相邻的九龙湖游玩。轩宝在自己的微博里，说这九龙湖之行"太刺激了"，刺激何在？那个坐车环湖一周的旅程当然称不上刺激，轩宝说的刺激，是指在湖的一侧，顺着斜斜的山坡，一路滑草而下。当轩宝坐在滑草的起点时，湖光山色尽在眼前，接着，轩宝顺坡而滑，湖水从轩宝的眼前渐渐消失，湖水跑到了轩宝的身体里，因为那滑草的过程中，轩宝犹如经历着一段"波涛汹涌"的旅程，那么激烈、勇猛地往下冲，直到最后，湖水回归平静，轩宝安全地回到了平地。轩宝满脸通红，轩宝满头大汗，经历这样的旅程，轩宝太激动了！

而这第一天的旅程，按轩爸的计划，仅是此次出游的"前戏"而已，高潮大戏应该出现在第二天的大青山那里。大青山在舟山群岛朱家尖的最南端，全称是"大青山海岛生态公园"，公园里有里沙、青沙两个沙滩，还有各个风姿秀丽的山头、奇石，站在最高的青山峰上，可以看到海岛美景。

里沙的沙很细，浪很平，沙滩足够宽广，游客也不多（因为这是去年才开放的新景区，名气还不响呢）。轩妈跑到海浪那里，眼见一层海浪翻涌而来，扑打到轩妈的腿上，轩宝情急地大叫，轩宝担心轩妈被海浪冲走，轩宝跑过来拉住轩妈，非要轩妈退后十几米。海浪的声音一阵接一阵地传来，轩宝说"有点怕这个声音，听

到这个声音,宝宝就觉得很大很大的浪要冲过来了",所以轩宝玩沙玩得小心翼翼,甚至有些胆战心惊的。后来,当回想到这段沙滩经历时,轩宝说:"宝宝有点害怕,所以宝宝想忘记刚才的事。"轩妈就告诉他:"即使是害怕的经历,那也是属于宝宝的经历。经历的事情没有好坏的区别,经历都是宝宝的财富呢!"

直到上了青山峰顶,直到沙滩离轩宝那么远那么远,轩宝才放下心来欣赏美丽的海岛景色。海水、云雾、岛山的山峰、山峰上的丛林、被海水包围的秀丽的小岛,还有那几个弯弯、长长的沙滩,轩宝把这一切都看到了眼睛里,轩宝说"这里的风景真好",轩宝在微博上写"……便有风情调",轩爸轩妈问他什么意思,轩宝说:"就是很美,有风,很有情调的意思呀!"

旅行的第三天,轩宝一家来到奉化西坞黄贤村,那里紧邻象山湾,有海景,有修建在山上的海上长城。虽说是个山寨品,但正好适合轩宝理解所谓"长城"。轩宝吃力地爬长城,爬几步,停一下,从城墙口看出去,看到远方的大海,看到大海中那星星点点的小岛和渔船,看到云雾缠绕在山腰间,轩宝说:"真漂亮呀!"

后来在长城的南端,轩宝坐在山寨天坛的台阶上,欣赏民俗风情表演;轩宝看得津津有味,等到舞者退场,轩宝跑上去,把那舞台"占为己有"。蓝天白云之下,长城之下,天坛脚旁,七岁的轩宝跳得投入,跳得忘情;而在轩爸轩妈的眼里,那时的轩宝已经幻化成了风之子、云之子、海之子,轩宝拥有着人间最自由自在的心灵!

这样的旅程真是叫人难忘,经历了这样的旅程之后,即使回到家里,轩宝仍然在为自己自豪着。于是,轩宝重新书写"自我介绍",轩宝把去过的地方如数家珍

诚意　正心　**下篇**

般地写下来，从这段自我介绍开始，轩宝的自我意识又朝前迈进了一大步！

晚上，轩宝拿起笔，第一次画下一幅中国地图；轩宝画完先拿给轩爸看，轩爸说："嗯，不错，就是贵州小了点，宝宝去看看地图，贵州没这么小吧，你把四川给一点贵州，再去改一下，就很好了。"轩宝依言修改，然后拿给轩妈看。旅行真好，旅行让小小的轩宝把中国地图轻而易举地装进了小脑袋里。

烟雨江南之一：红粉池畔的精灵儿

出行缘起　轩宝放暑假了，计划了两个月的浙 G 游开启
旅途特色　即便表面看起来不太适合稚童的景点，多想想，多看看，也能叩响孩子的心房
轩宝行为亮点　把这第一天的行程，用最简单、最直白的两个字概括，轩宝说："美人"
地点　浙江诸暨西施故里
时间　2012年6月

轩宝喜欢旅游，每次旅游归来，轩宝都能学到很多东西。轩宝放暑假了，轩爸提前两个月精心策划浙江 G 字游，6 月 22 日，轩宝今年暑假的第一次出游正式启幕。

诸暨是此次浙 G 游的第一站，轩爸选择在这儿落脚，一是因为它位于浙江中北部，离轩宝一家将要去到的浙南、浙东比较近；二是因为诸暨的"西施故里"、"五泄"太有名，轩宝既然要在浙江走透，那么这两个景点总不应错过吧。

进入检票口之后，就是一个荷花池。荷花池不大，但在烟雨之中，却分外地清丽。喜欢荷花的轩妈马上走近细看，轩宝也跟着走近，然后，轩宝就发现了那条通往池子中央的石块路。如果是晴朗的天气，这几块石块干干的，那么游人一定会信步踏上去，更近地欣赏荷花；但雨滴下的石块就比较湿滑，轩爸不放心轩宝一个人走上去，就嘱咐轩妈一起沿石块走入池中。第一次，轩宝小心地走；第二次，轩宝加快了脚步；第三次，轩宝如履平地；第四次、第五次、第六次……轩宝来来回回地走，不知道走了多少回，甚至远离轩妈手中的雨伞的保护，就这么自由自在地走入了美人西施的红粉池。

轩宝在红粉池中玩得兴起，轩爸唤了好几次，轩宝才依依惜别那一池红粉。轩爸带轩宝走入西施殿，告诉轩宝："她是中国古代四大美人之一。"轩宝就仔细地凝视那雕像，轩妈也看。所谓美人，各人有各人的判断，西施之美一定不是妖娆的，而是清丽之中蕴含着纯净，恰如那一朵朵的荷花，只需一眼，就深深地留在了心里。

轩宝的心里留下了美人的印象,轩宝的小脑袋开始思考了,轩宝问轩妈:"那么西施比静茹漂亮几倍?比雅雅呢?比佳慧呢?"这几个女孩都是轩宝班上的小美女,古代美女离轩宝那么遥远,轩宝当然要在当下找几个美女呢。

在西施长廊,轩宝看到当年西施由越入吴的路线图,这可是轩宝的兴趣点呢!看到轩宝专注的神情,轩妈终于弄明白轩爸执意要带轩宝走入西施故里的原因。诸暨是西施的故乡,而在很北面的苏州灵岩山上,则沉睡着美人的灵魂。轩宝登过灵岩山,而这次再到西施的起点,轩宝终于对美人一生中走过的旅途有所了解。

当这一天结束之后,轩爸问轩宝:"宝宝觉得西施故里的关键词是什么?"一旁的轩妈满心以为轩宝会说"红粉池",但轩宝却说:"美人。"是啊,美人才是那一池红粉的主人与灵魂,轩宝的概括力与审美力真的有进步呢!

轩宝总结完之后,轩爸也在微博上用一首词记录旅行第一天。轩爸写完,轩妈看,轩宝看,看完之后,再回想,再品味,红粉池畔的精灵儿从此诞生。

"人在诸暨,三人悠行,遥想施家小女,别苎萝,赴会稽,吴王灵岩筑爱巢,明月古村思浣江,野史正传芳名远。雨中红粉池中戏,西施殿前寻倩影,煞风景,皆难沉醉。开元捧美食,观景宿一晚,登临城市灯火。今日轩宝情连两地,吴越换人间。写评语,给评分,微博传美图,美人入梦中。——浙G游轩爸首日感怀。"

烟雨江南之二:五泄瀑布 VS 磐安负氧离子

出行缘起　浙G游第二天
旅途特色　五泄瀑布激情,磐安空气醉人
轩宝行为亮点　继续概括这一天的行程,轩宝说五泄就是"瀑布",磐安就是"负氧离子",其中,"负氧离子"是轩宝在旅程中第一次遇见的四个字,轩宝"百度"了,轩宝长见识了
地点　浙江诸暨五泄瀑布景区,磐安
时间　2012年6月

浙G游第二天,雨继续下。轩爸早起,看到窗外的雨,一叠声地叫好,轩爸说:"今天我们去五泄,就是要雨水多一些,瀑布才更好看。"

出发前,轩宝先看轩爸送给他的浙G游宝典(轩爸自制的旅游攻略),那上面有五泄的介绍,轩宝知道这一天自己将看到五个大瀑布,比之前在安吉、临安等地看到的瀑布都要大好多,但是到底这瀑布会有多大,轩宝想象不出,轩妈也想象不出,曾经到过五泄的轩爸也说"我已经完全忘记了"。

诚意　正心 下篇

　　所以，三个五泄"新鲜人"带上雨具，奔赴五泄。进五泄，需要先乘坐大船，在宽阔的湖面上航行近二十分钟，才抵达真正的景区入口。这段二十分钟的船游穿越的是美如画的江南雨景，湖水湛蓝，两岸青山姿态各异，美不胜收。雨势很大，但轩宝不愿待在船舱里，而是穿上小青蛙雨衣，站到甲板上，让视线尽可能地宽广。轩宝深呼吸一口，然后开心地跳舞。

　　下船，行走在石板小路上，然后再乘坐景区电动车，往更深的地方走。这五泄虽说养在深山，却不愁无人识她。美人美景，总是会发光。渐渐地，轩宝听到了瀑布声，越来越清晰的瀑布声，瀑布近在眼前了。

　　轩宝快快地循着瀑布声而去，不久就见到了五泄之第一泄。这第一泄因为处于五泄的最低位，水势最猛，所以名字中有个"龙"字。轩宝第一次见到如此规模的瀑布，水声大，水流急，那一片白花花的瀑布急切地、大声地飞流而下。要走过"龙"瀑了，轩宝小心地走上一边的石块路，瀑布水溅到了轩宝的身上，虽然有些害怕，但轩宝还是稳稳地走过去了，瀑布的水滴留在轩宝的身上，那是大自然给轩宝的奖赏。

　　接下来，要穿过第二泄了，第二泄被命名为"烈马"泄，水势不仅急促，而且曲曲折折，非常有看头。只是，只是雨实在太大了，穿越第二泄、前往第三泄的石块路几乎被水淹没了。景区安保在路口拉起了保护绳，劝阻游客不要再往前，轩宝一家的第一次五泄行就此停止。虽然未能看完全景，但轩宝见识了特大瀑布，见识了雨水的威力，见识了自然之力，轩宝的心中对大自然生出了更多的敬畏之情。人无法胜天，人不要胜天，轩宝在"烈马"泄之前，闭起双眼，倾听大自然的声音。

　　离开五泄之后，轩宝一家按计划前往磐安。雨后初霁的磐安空气特别好，轩宝说"这里的空气好像不一样"，待走到宾馆大门前，轩宝发现了一块说明牌，那上面说磐安的负氧离子特别地丰富，达到了每立方厘米2510个。轩宝是数字宝宝，轩宝看到这个数字后，马上记住了，然后在百度上搜索"负氧离子"。旅行是最好的教科书，旅途中的轩宝呼吸到了新鲜的空气，也学到了新的知识。

　　一天即将结束，轩爸问轩宝这一天的关键词，轩宝说："五泄是'瀑布'，磐安是'负氧离子'"。五泄瀑布的气势是轩宝前所未见的；而"负氧离子"这个专有环境名词也是一个新领域，作为"禾土气象站"（轩宝的气象专题微博名）的站长，相信轩宝会在未来发布有关每个城市的负氧离子数。

　　轩宝评价完当天的旅程之后，轩爸也在微博上写下当天的总结。在陪伴、养育轩宝的这一路上，轩爸轩妈同样也在汲取各种天地之间的养料，这样的养儿方式真是利己利人呢！

　　"因为下雨，五泄更显出它的气势和清凉，惊涛击石，摄人心魄。午后，取道磐安，

有一种育儿叫旅行

> 造访猛犸岩石酒吧，云雾山头，氤氲水灵，休憩，才是度假核心。砌两杯好茶，轩宝看看阿童木，浪费掉迷离微雨时光。晚上，欲啖当地最好的山地猪、溪涧鱼、草鸡……明天一早，汲取这里引以为豪的晨气。——浙G游轩爸次日纪实。"

烟雨江南之三：岩石王国东西岩

出行缘起	浙G游第三天
旅途特色	雨天中的岩石王国
轩宝行为亮点	轩爸轩妈为东西岩的石头而震撼，轩宝却说，这一天行程的关键字是"畲族"。即将八岁的轩宝在旅途中发现了与轩爸轩妈不一样的关注点，轩宝的旅途鉴赏力持续加强
地点	浙江丽水东西岩
时间	2012年6月

东西岩又叫岩石王国或者悬崖王国，几亿几千万年前的地质变化造就了它独特的、摄人心魄的容貌。轩宝一家浙G游的第三天，小S来到了东西岩景区。

老天正下着大雨（浙G游的前三天，大雨、小雨不停地下），风也很大，站在岩石王国门口，轩宝看到好几株大树被几天来的大风吹折了腰，斜靠在地上。轩爸去售票处买票，得到的回答竟然是："天雨路滑，岩石王国有一定的危险性，建议不要入内。"轩爸抬头看看天，雨似乎小了，风也似乎小了，再回想从丽水市区一路开进岩石王国的坎坷，怎么舍得不进去呢？轩爸思前想后，觉得危险性不大，再问一边农家饭店的店主，她说："没关系，这种天气没问题，你们自己小心一些，觉得路不好走的地方不要去就是了，沿着台阶路走，肯定没问题。"于是，轩爸去跟景区领导商量，领导看轩爸如此钟爱东西岩，心里其实很骄傲着呢，所以答应了轩爸的要求，甚至大方一把："你们随便进去走走吧，门票不用买了。"

就这样，在午后一点多钟，当浙江的中南部（方位资料来源：轩宝）正下着大雨的时候，轩宝一家跨入东西岩的大门，放眼一看，心胸就有豁然开朗的感觉。

该怎么描写那一块接一块耸立在那里的、形状各异的巨石呢？那些石头看似无情，但如果细细地欣赏，就能发现它们身上的斑斑驳驳，就能隐隐地看到那斑驳之中讲述的故事。喜欢石头的轩爸真是激动，走几步停一下，用手机拍些照；轩宝和轩妈走在前面，轩宝一路跟轩妈絮语着，讨论雨势的大小。轩宝的眼睛好像没在看那些石头，但一路行走在石头的世界里，轩宝的心也被锤炼得坚硬起来。

诚意 正心 下篇

　　景区里面空旷旷的，雨水为岩石们营造了不一样的风貌。水让岩石表面的颜色深邃，水令岩石的形态流动，水还让沉默的岩石发出自然的声音。轩宝听不到雨水滴到青蛙雨衣上的声音，轩宝听到了因为丰沛的雨水而从岩石表面汇聚下来的水声。那水声很响，但已经见识过五泄大瀑的轩宝觉得，这只是"大珠小珠落玉盘"而已。

　　清风峡、十字峡、剑劈石、石桥……单听这些名称，就能想象岩石们的气势。而当身临其境之时，还是不得不震撼。清风峡那么凛冽，剑劈石那么硬朗，石桥又那么开阔，轩爸看得喜不自胜，差点忘记天雨路滑，想一直攀登到岩石顶。轩宝和轩妈阻止轩爸，轩宝和轩妈答应轩爸，下次，等天气好一点，一定再到东西岩。

　　对于喜欢石头的轩爸来说，东西岩是个值得反复去的地方；对于喜欢清冷氛围的轩妈来说，东西岩一定还要去第二次，第三次；而对于轩宝来说，东西岩虽美，那诱惑却抵不上山脚下的一个畲族小饭店。

　　轩宝说"浙G游第三天的关键词是畲族"，因为东西岩所处的位置正是畲族人聚居的老竹镇。在这之前，轩宝没怎么见识过少数民族，而在轩宝感兴趣的地理知识里，少数民族的概念占据着非常重要的位置。能够亲眼看看畲族人，那该是多么令人兴奋的一件事啊。

　　轩爸了解轩宝的想法，在进入东西岩之前，特意带着轩宝和小波在畲族饭店"吃少数民族饭"（轩宝语）。饭店服务员穿着黄色的畲族服装，肤色黑黑的，端上来的菜肴也别具风味。轩宝特别爱吃其中的一盆韭菜炒土鸡蛋，鸡蛋香，韭菜嫩，一个人吃掉了大半盆。轩妈爱吃畲族大妈手工现制的麻糍，温温糯糯的，吃完一个再吃一个，欲罢不能。

　　畲族人讲汉语，畲族人很和善，畲族人的生活悠然自得。吃完午饭，轩宝很开心，因为在浙G游中，认识少数民族是轩宝认为最重要的事情之一。虽然这一天轩宝的视野跟轩爸轩妈的不尽相同，但这又如何呢？轩宝已经是个有自己想法和爱好的八岁小学生了，旅行途中，轩宝会看到不同于成年人眼中的景色和人文；轩宝一家三口各取所需，各看所爱，皆大欢喜。

　　浙G游第三天，轩爸如此总结："千里奔丽水，一路旖旎景，云出群山间，雨湿东西岩。奇石惊天地，剑劈石'撒野'，畲家端麻糍，开元尽欢颜。"旖旎、奇石、畲家、欢颜，旅行途中的美景和美食，造就了一路美好的心情。

烟雨江南之四：小火车开进时光隧道

出行缘起 浙G游第四天

旅途特色 游山玩水很享受，而在享受的过程之中，如何让心中的人文情怀更丰厚，如何让心中的慈悲之情更浓烈，这就需要精心挑选、组合景点，然后巧妙地引导、启发，并且通过语言等方式强化

轩宝行为亮点 轩宝见识到了历史的力量，人的力量，知识的力量，轩宝当天的关键词：小火车，矿坑

地点 浙江遂昌金矿

时间 2012年6月

轩爸为轩宝设计的浙G游，力求山水景观与人文景观交相辉映。比如第一天的西施故里，那座小山、那座小庙和那池红粉就因为美人西施而显出特别的韵味；浙G游的第四天，轩爸要带轩宝去遂昌看金矿。那里既是国家地质公园，同时又积淀着几百年来的开采文化，而且，那里有非常特别的矿坑小火车，出发前，轩爸就断言："儿子肯定会喜欢的！"

果然，知子莫若父。轩宝一见到那黄色的小火车，就兴奋得可以。站在火车站台上，轩宝一遍又一遍跑进调度室，问管理员叔叔"什么时候开呀"。听说还要等上十来分钟，轩宝倒也不急，而是在小火车的前后左右绕进绕出的，那小火车可真是小呀，高度只比轩宝高出一点点，车厢很窄，每排只有两个座位，看着如此朴素的小火车，轩宝还真是想象不出坐在里面的情形呢。

终于，小火车开了，小火车要驶进前方的矿坑了。轩宝带着小波，跟轩妈并排坐着，"咣咣咣"，小火车慢慢悠悠地驶进了矿坑隧道，驶进了一片漆黑之中。这时，除了车厢里那一点微弱的灯光之外，轩宝什么也看不见，轩妈以为轩宝会紧张，没想到轩宝特别兴奋，瞧轩宝脸上的神情，似乎是在思考："前面究竟会有什么呢？"

下火车，往前走，前面有明代金窟。那是明朝时期矿工们开采金矿石的地方。矿坑里面阴冷潮湿，头顶上不断地有水滴下来。轩爸在前面引路，轩宝和轩妈跟在后面，一路上不断地"邂逅"明代的矿工们（雕塑），他们有的在低头开采，有的在生火煮饭，有的在操作开采机器。轩宝仔细地看，轩妈不时地把讲解牌上的文字念给轩宝听。轩宝的脚步很缓慢，轩宝在努力地想象几百年前，那些辛苦的矿工生活在黑暗环境中的情形。

离开明代金窟之后，轩宝走入了一条狭长的隧道。昏黄的灯光下，依稀可见两

诚意　正心 下篇

边的照片墙，那里述说着中国黄金开采的历史。轩宝没有"研究"那段历史，轩宝只是慢慢地走在呈现着那段历史的长长的隧道之中，一个人行走在最前方。

　　走在轩宝后面的轩爸轩妈，就这样看着轩宝小小的身影，行走在狭长的、黄色的隧道之中，一瞬间，两个人的脑子里都想到"时光隧道"四个字。乘坐小火车驶进时光隧道，这正是遂昌金矿游带给轩宝的心灵撞击与感受。

　　所以，当轩宝说到这一天的关键词时，轩宝说了"小火车"，轩宝也说了"矿坑"。也许在成年人眼睛里，遂昌金矿不是一个特别值得去的地方，风景不算美，地方不算大，参观游玩的就是那几个矿坑；但在轩宝看来，遂昌金矿足够好玩。

@ 宏波的远方：今天是我们出来旅游的第4天。我们去了遂昌金矿、鞍山书院。遂昌金矿我打了9.5分；爸爸9分；妈妈8.5分。总分27分。鞍山书院我打了7分；爸爸7.5分；妈妈7.5分。总分22分。（2012/6/25）

　　在轩宝这样的年龄，对过去、对未来都有好奇心，而乘坐小火车开进时光隧道，迈入几百年前的明代和唐代，轩宝感觉自己对这世界的认知丰富了，轩宝感觉能把握那已经流逝掉的、自己未曾经历的岁月了。这样的经历、这样的感觉非常地宝贵，过去是未来的参照，走出时光隧道之后，对于未来，轩宝的心里有了更具像的想象。

　　结束小火车之旅后，轩宝走进黄金博物馆参观。轩宝对于黄金矿石的开采史兴趣不大，倒是那个逼真演绎矿难场景的小屋子深深地吸引着轩宝。轩宝的心地很柔软，轩宝最最见不得有人受伤受苦，所以当轩宝知道那座小屋的意义后，轩宝不断地走进去，不断地让自己从倾斜的地板上跑下来，感受矿难发生时的场景。轩宝出门旅游，游山玩水很享受，而在享受的过程之中，如何让心中的人文情怀更丰厚，如何让心中的慈悲之情愈加浓烈，这就需要轩爸轩妈精心挑选、组合，然后巧妙地引导、启发，并且通过语言等方式强化轩宝的旅行收获。

　　浙G游进行到第四天，江南的雨停了。跟前一天巍峨的东西岩比起来，这一天，轩宝更多地见识了人的力量，知识的力量。旅行真好！

　　回到酒店房间，望着窗外的河山，轩爸在微博上写："如果有一个窗口，每天和山色相看两不厌，那是多么幸福的事！前四天和山水为伴，明天将赴海岛，433的浙G行程表，将跨入第二阶段，告别美女之故里，挥别磐安之云翳，惜别丽水之灵息，走进林坑，开启另一扇摄心之门。旅游和度假，是探寻，是涉奇，更是心律的整固和升华！"

心之旅 有一种育儿叫 旅行

烟雨江南之五：林坑很小，林坑很美

出行缘起 浙G游第五天，林坑是轩爸一直想去的地方
旅途特色 落后而原始的古村，生活在21世纪的轩宝该如何解读？
轩宝行为亮点 轩宝见识到了跟自己平日生活的环境完全不同的世界，轩宝说林坑"不干净"，而这"不干净"的世界，其实也是需要轩宝去熟悉、去理解的一方世界
地点 浙江温州林坑
时间 2012年6月

在为期十天的浙G游中，位于温州永嘉土地上的林坑古村是轩爸为自己预留的必去之处。这深藏于山坳之中的古村最早是由凤凰卫视的一位副台长在航拍之中发现的，副台长在天上为林坑的古朴美而心动，却不料航拍的小飞机撞上了村头的电线杆，副台长以自己的生命唤来了国人对于林坑的关注。轩爸曾经在凤凰卫视工作年余，所以这林坑古村就成为轩爸心中一直想去看一看的地方。

浙G游第五天，轩宝一家从丽水出发，前往林坑古村。浙江的高速公路网非常发达，原先预计三小时才能抵达，结果两个小时多一点，林坑古村就到了。

第一眼看林坑古村，就觉得美。古村只有几十幢木制房子，高低有致地坐落在山坳里，远看，木制房子背靠青翠的群山，白云在半山腰缓缓地行走，空气中飘荡着特殊的山野气息，桃花源般的感觉；走近看，小木屋前有土鸡，木屋前的小溪里有小鸭，门廊下，光头的孩子坐在竹椅上写作业，孩子他妈就坐在一旁帮他扇扇子，寻常人家的寻常气息，朴素，却足够吸引游人的目光。

村民们对于稀稀落落来往的游客不太关注，除非是那几家挂着农家乐店招的，见到有人走近，总会问一句"要吃饭吗？""要住宿吗？"老天让这些村民落户于此，几代人就在这里安静地生活着；直到上世纪的某一天，这些村民忽然明白自己的古村是块宝，自己的房屋是保护建筑，自己可以仰赖这屋、这山、这水谋生存，于是，古村的居民更加勤劳起来。

轩宝和轩妈走在前方，一路上不停地看到客栈的老板娘拿着布、拎着水桶擦拭自家的门面；轩爸走得慢，终于到了林坑，轩爸心中的那份释然、那份如愿以偿需要用缓慢的脚步去消化。轩妈看到轩爸经常站在某个点不动，然后就在那个点，转个身，再拿起相机，镜头下的林坑就会呈现不一样的风貌。

轩爸珍爱林坑，因为全球之下，这样的古村近乎绝迹；轩爸在林坑的小桥上伫立许久，不舍得离开的样子。

诚意 正心 **下篇**

　　林坑很小，半小时的光景，轩宝和轩妈就走完了全部的村落。轩宝想离开了，这几年来，大大小小的古村、古镇、古街，轩宝看得多了，轩宝觉得林坑也就是一个古村而已，并没什么特别的地方。轩宝还小，轩宝当然还看不懂多年前林坑先人的智慧，他们选择这个地形上得天独厚的山坳定居，为自己，也为子子孙孙营造了生存的天堂。

　　虽然轩宝只看到了林坑的皮毛，虽然轩宝为林坑定下的关键词是"不干净"，但轩爸仍然觉得林坑这一站是浙G游中必不可少的。暂不说轩爸自身的心愿，从轩宝的角度，多多地认识中国各地方、各阶层百姓的生活状况，从对比之中，学会珍惜自己生活的环境，对轩宝而言，这样的作用，相较于历史的传递，似乎更为现实，更为明确。

　　离开林坑古村，轩宝一家奔赴温州洞头海滩。海岛游是此次浙G游的重点内容之一，轩宝喜欢海岛，因为轩宝想玩水；轩爸喜欢海岛，因为轩爸想瞻望海边林立的礁石，抵达洞头海景房之后，轩爸回顾这一天的心情轨迹："<u>第五天，浙G游的轨迹，经过林坑古村，终于划到了浙江东南极点：洞头海岛。一路青山，踏境瓯江，温州人和渔人生活的气息扑面而来，海阔天高，渔乐一地，海鲜铺陈，穷奢极侈。正是：才别林坑溪水，已浸海上清风！</u>"

烟雨江南之六：坐海船，踏海浪，只为认识海

出行缘起　浙G游第六天，进入此行的重头戏：游览洞头海岛
旅途特色　海船，海浪
轩宝行为亮点　坐海船去海中央，在海边乘风踏浪
地点　浙江温州洞头海岛
时间　2012年6月

　　早饭前，轩宝沿着酒店的健身步道，登上山顶，站在名为"曙光之旅"的营帐前，看眼前的大海。那一刻，海不遥远，海也不孤独，海面上点缀着大小不一、形状各异的礁石。渔船的突突声一如轩爸轩妈印象中的那样，与海浪声一起组成渔民生活的交响曲。

　　轩宝爬到山顶那里看海，轩宝每爬上一块石头，就会说"哎呀，这下看得更清楚了"。轩爸引领轩宝走到东南角，那里有块指示牌，上面写"此处是日出的最佳观赏点"。看到这几行字，轩宝先判断地理方位，然后望向海的深处，然后再抬头看天上的太阳。轩宝的这一系列动作熟练而老到，频繁的旅行令轩宝越来越懂得看

天看山看海看自然。

吃罢早饭，轩爸带轩宝轩妈去洞头岛的半屏景区。"屏"是屏风，"半屏"的意思自然就是一半的屏风，而另一半的屏风据说是落在了与其隔海相望的台湾。半屏的"屏风"是由海边的礁石构成的，独特、伟岸、气势磅礴。站在海边，轩宝看不到那屏风，轩宝必须乘坐海船绕到礁石的另一边，才能见到那"半屏"。海船很晃，因为海浪；轩宝紧张，因为轩宝从小就是一个太珍重生命的孩子。所以当轩爸在前面不断地慨叹礁石之美的时候，轩宝的注意力其实一直在海船和海浪上。到后来，轩宝似乎已经能从即将到来的海浪的大小，判断海船摇晃的程度了；而一旦对海浪稍有认识之后，轩宝的情绪就放松下来，轩宝的眼睛终于随着轩爸的大呼小叫，见识到了礁石的壮美。礁石巨大，跟它们相比，海船上的人真是渺小；而跟大海相比，即使被称作"海上第一屏"，那些礁石也只是海边的一堆装饰而已。

就这样，轩宝算是到海的中央去过了。虽然轩宝不喜欢坐海船，但那是欣赏半屏风景的唯一方法，那也是轩宝旅行途中的一段经历。男孩子，多多经历海风海浪，终究是有好处的。

也正因为有了上午在大海中漂荡的经历，下午在大沙岙海滩，轩宝发现了脚踏实地的好处。虽然起初轩宝对不断地翻滚到岸边的海浪还是有些顾忌，但毕竟轩宝是用双脚站在岸边的，即使脚下的石子偶然会因为海水的冲击而松动或者下陷，轩宝才不怕呢，脚下再用点力，再站得稳一点就行了。十几二十分钟后，轩宝自认对这岸边的海浪有了充分的了解，于是，轩宝走向离海中央更近、离岸边更远的海水里。白花花的海浪打到轩宝的腿上、身体上，轩宝说"好舒服"，轩宝开心地尖叫，轩宝甚至对着海浪说："你们再来呀，你们再来一个大浪，我给你们打高分。"

坐海船，踏海浪，轩宝慢慢地认识了大海。虽然在之前的旅行途中，轩宝在普陀山的千步沙，在舟山的大清山海滩都见到过大海，但这一次的洞头海岛行因为历时更长、轩宝认识力提高等原因，而在轩宝的心头留下了更清晰的概念。轩宝说："大海，原来就是这个样子的呀！"

见到轩宝开心，见到轩宝在海边玩得那么尽兴，设计整个浙G游线路的轩爸自然喜不自胜。对于这一天，轩爸如此总结："浙G游第六天：海风生活精彩铺呈：曙光之旅，海天一色染晨曦；半屏海礁，颠簸船行一帘奇景；望海楼，民俗万花筒，东南第一楼。午餐，海鲜面一生不忘。下午大岙石滩，轩宝情倾大海，浪石萦绕亮满分，兴奋异常。今晚全国海钓高手云集开元，姜太公为邻入眠，梦接大门岛，谱未来灿烂余生！"

诚意　正心　**下篇**

烟雨江南之七：悠悠长长、清清澈澈的楠溪江

出行缘起　浙G游第七天，楠溪江向来是个吸引人的名字
旅途特色　盛夏之中的竹筏漂流
轩宝行为亮点　自从上次在安吉荷花山经历了刺激的橡皮艇漂流后，轩宝原本对"漂流"恐惧了，而竹筏漂流那么优雅，那么和缓，令轩宝对楠溪江心生亲切之情，所以，轩宝给当天行程的关键词是"在楠溪江里洗脚"
地点　浙江温州楠溪江
时间　2012年6月

　　楠溪江，名字听起来很美的江。轩宝的浙G游既然游到了永嘉的林坑，游到了温州的洞头，那么沿路流淌着的楠溪江自然是要去看一看的。

　　楠溪江该怎么玩？如果是纯粹意义上的玩江，最好的玩法当然是乘坐那一叶竹筏闲闲地漂在江上。正午时分，结束了黄梅雨季的江南上空，太阳火辣辣晒下来。船工问轩宝一家，"要不要撑把伞遮太阳"，轩宝家三个人异口同声地说："不要不要，就晒晒太阳吧！"城里人，好不容易到了不见高楼只见炊烟的大自然里头，怎么舍得再遮天蔽日呢？

　　竹筏起航，悠悠地漂荡。轩妈和轩宝坐在竹筏的第一排，头几分钟里，母子俩都要熟悉船性，熟悉水性，所以轩妈的右手紧紧地攥着轩宝的左手。几分钟后，轩宝和轩妈都确定：楠溪江是一条很淡雅很悠闲的江，因为江面足够宽，所以江水中鲜有波涛；偶尔看到江水中央有一堆的小石子，江水流过那堆石子，就发出潺潺的声音。轩妈觉得这潺潺的水声相当于楠溪江上空的鸟鸣，清澈空灵，这声音让原本平铺着流淌的楠溪江拥有了站立、飞翔的生命感。

　　楠溪江如此地悠悠，如此地清澈，轩宝和轩妈决定脱下鞋子，把脚伸入到江水里去。轩妈先伸脚，哇，清清凉凉，真惬意；轩宝接着伸脚，旋即摇头晃脑地叫："好舒适，好舒适！"

　　船工在船尾掌握方向，不时地把竹竿插入江底；轩宝和轩妈各伸一只脚在江水里，作状如船桨般地划船。其实这竹筏不用划，人家是顺流而漂，顺流而下；轩宝的脚在江水里扑腾，翠绿的江水中不时跳跃出轩宝白花花的小脚，那一刻，轩爸轩妈的楠溪江，因为轩宝的欢声笑语，呈现出最美的风景。

　　楠溪江很美，岸边青山连绵，清澈的江水潺潺地涌动，一小时的竹筏漂流，真有"两岸猿声啼不住，轻舟已过万重山"的感觉。竹筏之旅结束之后，轩宝觉得还不过瘾，

83

轩宝还想跟楠溪江亲密接触一下，于是，轩宝走下江边的石头台阶，坐在最底下的石阶上，这一次，轩宝把双脚都伸进了楠溪江。

骄阳似火，轩宝的双脚享受着清凉的江水，脖子和背部却被太阳烧烤着，当轩宝站起身打算离开时，轩妈发现，轩宝裸露在外面的皮肤一下子变红了，太阳真是厉害，短短的一个多小时，就在轩宝的身上留下了深刻的印记。轩妈告诉轩宝："可能到晚上，或者明天，宝宝的皮肤会有一点点痛，宝宝不要害怕哦，这是太阳晒的结果。"轩宝说："没关系，男孩子么，就是要黑一点才帅气呀！"

晚上回到酒店，轩爸问轩宝楠溪江游的关键词，轩宝说："在楠溪江里洗脚"，轩妈听了笑出了声。"楠溪江里洗脚"，多么世俗的动作，多么亲切的总结。想想也是啊，即使再美如仙境的风景，也是通过人的体验而存在于每个人心中的，而轩宝的楠溪江就是供他清洗小脚丫的一条江，楠溪江的江水透过轩宝的小脚，把清澈，把自然的精华送给了轩宝。旅行中的轩宝时时都在收获呢！

烟雨江南之八：神仙居的美大约在冬季

出行缘起　浙G游第八天，被"神仙"的名头吸引
旅途特色　神仙居仙女池，景星岩电梯
轩宝行为亮点　轩宝的一天关键词是"景星岩电梯"。山水是风情，建筑也可以是风情，而在山水之中见到建筑，轩宝的满足感与现实感是最最合乎他年龄的感受
地点　浙江台州市仙居县神仙居，景星岩
时间　2012年6月

这一天，要去神仙居和景星岩。对于神仙居，轩爸很期待，"仙人居住的地方"，到底会美到何种地步？轩宝期待的则是景星岩，在轩爸送给轩宝的浙G游宝典里，轩爸特地写明："景星岩需要乘坐电梯上去"，轩宝想象不出，在巨大的岩石里面，居然会有电梯，那电梯又到底会把自己送到几楼去呢？

在神仙居，前面的一段路很平坦，游人可以尽情地观赏两边的岩石；而到了山路那一段，路就变得艰难起来，台阶窄小，两边没什么扶手，再加上不时飘浮而下的细细雨丝，轩宝一家的上山路就走得异常缓慢。而风景其实就是要慢慢地看，慢慢地想，慢慢地品味，才会显出真正的味道。在仙女池边，轩宝和轩妈一边探头研究那池子的深度，一边享受着那曾经吹拂在仙女身上的凉风。轩宝问："以前真的有神仙在这里洗澡吗？"轩妈答："肯定有啊，否则怎么会叫仙女池呢。"只要愿

诚意　正心 下篇

意相信，轩宝生活的世界就是一个拥有仙女的世界。

　　轩爸轩妈看景星岩，为的是享受那上山时的十八弯山路，享受那四四方方、仪表堂堂的岩石相。轩宝呢，当然是冲着那独一无二的电梯而去。两代人，看世界的角度不一样，各花入各眼。尽管如此，轩妈还是经常提醒轩宝抬头看，提醒轩宝看前方，提醒轩宝看天看地，即使轩宝拥有自己的视野，但轩妈还是想着要让轩宝明白大人们眼中的美。

　　轩宝说景星岩的电梯比想象中低一点，轩爸说景星岩比想象中更巍峨，轩妈说站在景星岩上，看下面那深绿浅绿的梯田，真是好喜欢。自然的，人文的，俗世的，出世的，轩宝一家三口全都看到了眼睛里去。

　　晚上吃完饭，轩爸问轩宝当天旅行的关键词，轩宝想都不想地答："景星岩电梯。"对于旅行小达人轩宝来说，好山好水不那么稀奇，高高的电梯反倒令他期盼、赞叹。山水是风情，建筑也可以是风情，而在山水之中见到建筑，轩宝的满足感与现实感是最最合乎他年龄的感受。如此情怀，轩爸轩妈尊之重之。

烟雨江南之九：小城市的大长城

出行缘起　浙G游第九天，让没有爬过万里长城的轩宝，走一段江南长城吧
旅途特色　临海的"江南长城"，令轩妈欢喜异常
轩宝行为亮点　走在江南长城上，轩妈想到了单调，想到了刻板，也想到了安全，想到了禅味，想到了由禅意带来的大欢喜；轩宝耳闻目染，为自己平日规律的生活节奏找到了指南针
地点　浙江临海江南长城
时间　2012年6月

　　到了临海，仔细研究一本名为《山水临海》的风景介绍，轩妈才知道，临海曾经是台州府城，而那段江南长城则拥有千余年的历史。

　　@宏波的远方：今天我们到了临海。临海位于浙江省中东部。北连三门县，南连温岭市，东连台州市，西连仙居县。这个浙G游还真是好玩呢（2012/6/28）。

　　轩宝没去过万里长城，轩宝不太明白古时候长城的作用。轩爸告诉轩宝，那是

有一种育儿叫旅行

保护家人、攻打敌人的有力武器。轩宝走在江南长城上，一步一步地走，有时往上，有时往下，感受那超过他身高的城墙带来的安全感。

轩宝向来喜欢规律的生活节奏，在外人眼里，这种喜欢甚至到了刻板的地步，但轩爸却对轩宝的规律与刻板持乐观的支持态度。轩爸说："庙里的生活，和尚的生活就是很有规律的。规律能帮助人清心寡欲，生活方式单调了，人就能往心里去挖掘丰富的东西。"

轩宝在江南长城上行走，眼前又出现一长段的台阶。耀眼的阳光下，满头大汗的轩宝说，"妈妈，我们猜一下，这里一共有多少级台阶"，于是轩宝、轩妈各设定一个数字，然后为了分出胜负，轩宝和轩妈奋力地往前、往上攀登，身上的累，身上的汗水成为实现目标的助缘。等到站在那段台阶的最高处，轩宝和轩妈再回头望，曾几何时，身后那漫长的、单调的阶梯，早已灰飞烟灭。

轩宝行走在那逼仄的空间里，往前看，前方的路依然漫无边际；抬头往上看，天蓝云白，太阳耀眼着。追随白云，轩宝的小脑袋想象着城墙外的世界，想象着临海城区里被这坚固的长城保卫着的人们。

临海，小城市拥有大长城，于是，那里的一切都可以成为大大的欢喜。皆"大欢喜"，像极了轩爸轩妈对于轩宝人生的期盼。

烟雨江南之十：一秤定乾坤

出行缘起 浙G游最后一天，寻找完美的句点
旅途特色 紫阳古街上的一杆手工秤，对于行走了十天的轩宝来说，具有非凡的乾坤意义
轩宝行为亮点 浙G游结束，密集的景点，不间断的行走，令轩宝的地理知识飞速增加；而轩宝心灵的丰厚又岂是文字可以记录的呢？
地点 浙江临海紫阳古街
时间 2012年7月

临海的江南长城之下，有一条一千多米长的紫阳古街，多年之前，这里就是临海的市中心，就是江南长城奋力要保护的地方。多年之后，古街依然有人居住，古街依然烟火浓密，古街里集中了临海最好的手工艺人。

轩宝一家选择在太阳初升的清晨，走进紫阳古街宁静的街道。此时，古街上的能工巧匠刚刚开店开灶，准备一天的生计。一路走去，轩宝看到最多的是做手工点

诚意　正心　下篇

心的店家，马蹄酥、羊脚酥、荷花饼、海苔饼、冰糖饼，都是一些听着很普通，吃起来也朴实的点心。轩宝看到有家挂着百年店招的点心铺，据说手艺已经传到了第四代。轩宝问啥意思，轩妈举例给他听："你看现在的店主人好像四十几岁的样子，如果他是第四代，那么他爸爸就是第三代，他爷爷是第二代，他曾爷爷就是第一代。也就是说，这饼的做法是从他的曾爷爷那里一直传到他这里的。"轩宝听懂了轩妈的话，轩宝活学活用，轩宝说："那么如果他的儿子做老板了，就是第五代了。"

轩宝背过《三字经》，那里面提到过"九族"，轩宝也专门"研究"过九族之意；而浙G游的第十天，轩宝在紫阳古街上，因为那些流传百年的手工点心，想象出了"九族"的时间跨度。

除了点心铺子，紫阳街上还有好几家手工制秤店。记得出游前，轩爸就告诉过轩宝："那条千米古街上的手工秤很有名，到时候宝宝可以去看一下，宝宝不是对数字感兴趣吗？"就这样，轩宝跟着轩爸走进了一家名为"蔡永利"的制秤店，店主悠闲地坐在那里，看到有客人进来，微微点一下头，然后就转开眼神，并不急着介绍、推销自己的秤。轩爸看了柜台里的各色秤具，然后挑了一把小秤，问店主，"这是手工做的吗？"店主答，"我们这里都是手工的。"轩爸再问，"这把秤能秤到多重？"店主说，"十五斤，你试试吧！"

店主装上秤砣，然后告诉轩爸各个刻度的标示，轩妈把自己的包包挂到秤钩上，轩爸慢慢地移动秤砣线，轩宝期待地看着秤的两头渐渐平衡。一杆小小的手工秤，把轩宝一家三口的注意力聚集到一起。手工秤很好用，也很实用，轩爸对店主说："我就买这杆秤吧！"店主说了一个价格，轩爸也不还价。轩爸这人，向来无比地尊重、佩服从事精密工艺的劳动者。

买完秤，轩爸说："最后一天，买一把秤回家，很有意义，也是个好兆头。"其貌不扬的手工秤，因为公平公正的秉性，拥有着定乾坤的功力。

轩妈把手工秤放进包包里，包包的分量增加了，轩妈肩上的重量增加了。回头看走在身后的轩宝，这个天秤座的小男孩，会不会因为这杆秤而多少知道一些公平公正，知道一些人生之中的均衡得失呢？

浙G游一圈游下来，轩宝说这是他人生之中最最抹不去的一段回忆。这一路上，轩宝看到那么美丽的浙江山水，看到那么丰富的人文历史，尝到各地美食，也学会了对着所有的服务员姐姐说一声"谢谢"。这十天里，轩宝的体重迈入新台阶，轩宝的地理知识增加许多，轩宝还清晰地感觉到自己那颗敏感的心灵里面，装进了好多的东西。轩爸轩妈看在眼里，乐在心里。轩宝的膀子更厚了，轩宝的心灵更宽广了。

至于究竟厚实多少，究竟宽广多少，就用紫阳古街上的一杆秤来衡量吧。现在的轩宝也许关注的只是秤上面的那些刻度，而过不了多久，轩宝的小脑袋就会开始

有一种育儿叫旅行

思考这杆秤的材料，这杆秤的制作工序，甚至会努力地想象"蔡永利"主人的双手精心打磨这杆秤的画面。手工艺者为着现实的生计而艺术地创造着产品，现实的生存与美好的生活，人生其实可以这样地均衡。

轩宝的浙G游以一杆手工秤收尾，看似不着边际，其实"一秤定乾坤"，真的是个好兆头呢！

去把记忆叫醒吧

出行缘起	浙G游后，轩宝和轩爸商量着要对浙江的城市和景点进行"检漏拾遗"
旅途特色	在轩宝小脑袋里植入的旅行记忆，经过不断重复，不断行走，终于生根，终于发芽
轩宝行为亮点	随轩宝的指引，行程中再回到临海，激发记忆
地点	浙江三门，天台山，桃渚海滨
时间	2012年7月

自浙G游结束后就一直等待着的轩宝一家，开启了轩爸所谓的"三天桃"之旅。

轩宝喜欢轩爸起的旅程名称，"三天桃"这名字轩宝也叫了好一阵了，轩宝知道，"三"指三门，"天"指天台山，"桃"则是桃渚风景区。轩爸计划中的"三天桃"需耗时四天三晚，其中三门住一晚，临海住两晚，订好酒店之后，轩爸恍然大悟似地说："原来'三天桃'是为了让儿子再次回到临海，强化、重复他对那里的记忆！"

在轩宝长大的过程中，轩爸一直跟轩妈强调"重复记忆"的重要性。对轩宝这样的小孩来说，凡事不求多，不求广，但求不断地重复，不断地在同一个点、同一件事上面，往深度去挖掘。其实，做父母的，肯定都知道小孩在开始认知周围的世界时，对单调、对反反复复的依赖。无论是认识一个字，一种水果，一首歌，轩宝必定对那字，那水果，那歌反复地提问，要求轩妈反复地、用同样的语言、语气回答同一个问题。稍大一些之后，轩宝又喜欢对同样的问题以自问自答，或者自问然后自答前半句话，轩妈接后半句话的方法，强化对某件事情、某样东西的认识。对于如此枯燥、如此单调的认知方法，轩妈偶尔会觉得烦，但是怎么办呢？这就是轩宝认识世界的方法，这就是轩宝长大的方法。

轩爸了解轩宝重复记忆的特点，每次设计旅行路线，都喜欢以老带新，比如住在熟悉的酒店，游玩新的景点。两年前的暑假，轩宝在安吉先后住过十几天，每次都住在大竹海旁的农家，每天早上就从那熟悉的农家小院出发，然后去到芙

诚意 正心 下篇

蓉谷，去到藏龙百瀑，去到江南天池，去到荷花山等地方；去年轩宝又恋上了青山湖的风景，轩宝先后四次住在青山湖，然后从那里出发，去东天目，去西天目（登仙人顶），去神龙川，去大明山，去白水涧等等。因为反复的认知，轩宝熟悉了青山湖，然后轩宝就对着青山湖抒情，轩宝在微博上写："青山湖是个梦，我还要来好几次！"

回到熟悉的临海酒店，轩宝的喜悦无需多言。看到轩宝在其中自在地徜徉，轩爸轩妈再次体会到：山不在高，有仙则名；旅行目的地不在多，有魂则灵。在天台山国清寺的清心亭，轩妈看到了四个字，"得少自在"。这几年，轩宝的旅行半径不长，往往都是离家四小时之内的车程，但正因为这份短途，这份临近，轩宝始终自由自在着。

"三天桃"以老带新，在熟悉的酒店的背景下，轩宝玩了天台山的琼台仙谷和国清寺，玩了桃渚景区的龙湾海滨和桃渚古城，玩了三门的多宝讲寺。一圈玩下来，轩宝对三门，对天台，对临海的认识更加宽广。

轩爸写了一首"三天桃"的结诗，轩爸给轩宝看，轩宝慢慢地看，轩宝都看懂了。四天三晚之后，轩宝又长见识了！

"琼台仙谷抖惊艳，一泓碧水垫八仙，神来转筒经幡悟，多宝讲寺省沧海。龙湾风兮浪起沙，桃渚孤城失尘烟，人间绝味趋龙虾，东湖锁绿傲江南。荣庄开席呈美宴，糟羹麦饼馋垂涎，三天桃旅秀卷云，国清禅寺压轴献。元月括苍续登高，临海锦绣看无厌，江南山水助生长，阿弥陀佛佑轩颜。——「三天桃之旅」诗结。"

与牛对话

出行缘起	浙G游后，轩宝和轩爸继续对浙江的城市和景点进行"检漏拾遗"，桐庐就是这样的一站
旅途特色	坐牛车，与牛对话，而人生之中，只要怀有谦卑的心，再普通的风景、再普通的际遇也会收获感动
轩宝行为亮点	第一次坐牛车，第一次与驾车人对话
地点	浙江桐庐新沙岛
时间	2012年8月

轩爸说这次去桐庐玩，对心灵最有撞击的是坐了一回牛车。或许对于在农村长大的孩子来说，坐牛车太稀松平常，但城里人轩爸，再加上轩宝和轩妈，坐在牛车上的心情真是太激动了。

有一种育儿叫旅行

当然,轩宝的激动跟轩爸轩妈的还不能比,轩宝还小,对轩宝来说,这世界上有太多太多的事情,都是人生中的初体验,包括坐牛车,虽说是第一次,虽说跟骑马的体验不一样,但轩宝的人生,不就是要这样,经历很多的第一次吗?!

坐在牛车上,轩宝的注意力更多地停留在赶牛老伯的双脚上。老伯赤着脚走在泥泞的牛道上,一手用绳子牵着他的爱牛,老伯往前走,那头牛也往前走。轩宝眼睁睁地看着老伯的双脚被泥巴弄脏,轩宝先是问轩妈:"他怎么不穿鞋?"然后又自言自语:"今天晚上睡觉前,他可一定要把脚洗干净啊。"

老伯为什么要光着脚走路呢?怕弄脏了鞋子洗起来不方便,还是想跟他自小养大的那头牛拥有相同的、对于泥土地的体验呢?对于这个问题,或许大部分的人会选择前面一个答案,但轩爸和轩妈都以为,在老伯的潜意识里,他一定是为了让那头牛不孤独,不寂寞,才选择光脚走路吧。

牛车回程的路上,车上的人少了,老伯也坐上了车,一路回答着轩宝和轩爸的各个问题。见到有人对这头牛感兴趣,老伯很开心,老伯一直在笑,而他的双脚则一直蜷缩着,离开车厢地面有点距离的样子,大概是怕弄脏了牛车,也怕弄脏了像轩宝这样干干净净的、从城市里走出来的小孩子。

轩爸问老伯关于这头牛的一切,比如年龄,比如体重,比如每天的饭量,比如跟老伯的关系。老伯如数家珍:这头牛十二岁了,在牛的世界里,算是中年之龄;它每天要吃八十至一百斤的青草,它还不到产奶的年龄,它从一岁起就听得懂老伯的话,它开心时,就会在草地上蹦跳……

问完这些实际的问题,轩爸又问老伯:"那你对它有感情吗?"老伯说有,老伯说这话时,语气很平淡,老伯的意思就是:对牛有感情,那是一件顺理成章的事,这还用问吗?

牛车走到了终点,轩妈起身谢谢老伯,轩宝跳下了车,然后回过头,一本正经地嘱咐老伯:"你今天晚上睡觉前,一定要好好地把你的脚洗干净哦!"老伯答应了,轩宝再问轩妈:"妈妈,你估计他洗得干净吗?"轩妈点头肯定,轩宝松了一口气,轩宝觉得只要老伯伯把脚洗干净了,就一定能睡个好觉。在牛与牛老伯之间,轩宝明显地更加关心老伯的生活质量。

离开"悠哉牛车"之后,轩宝一家三口的心里都是满满的。人生之中,只要怀有谦卑的心,再普通的风景、再普通的际遇也会收获感动。而轩宝

诚意　正心　下篇

就在这样的旅途之中，在轩爸轩妈恰当的感动的影响之中，一路成长着，一路"游"向二年级。

"好爸爸，你带我去东海大桥吧"

出行缘起　周末，轩宝想去上海的东极（东海大桥）看一下
旅途特色　普通的大桥，因为加入了经度的知识，而呈现出"轩式"意义
轩宝行为亮点　终于来到上海的最东端；轩爸原本以为"小洋山港"属于上海，轩宝纠正，"它属于浙江嵊泗"
地点　上海临港新城，东海大桥
时间　2012年9月

周六，轩爸带轩宝去临港新城玩，到了国家级的中国航海博物馆，轩宝很开心，满馆子地飞奔，人家空调开得很低（因为里面有很多珍贵的展品，温度高不得），里面的工作人员都穿了西装外套，轩爸轩妈都觉得冷冷的，轩宝却满脸满头的汗。轩爸不停地叫轩宝，"不要这么兴奋好不好"，轩宝答："宝宝开心呀！"

轩宝为啥这么开心呢？除了辛苦上学五天之后，终于迎来周末的原因之外，更重要的是，在玩博物馆之前，轩爸答应轩宝，等一下带轩宝去东海大桥！

东海大桥有啥好看的？没有；东海大桥的那一头有啥景点吗？也没有。所以，如果换作是像轩爸轩妈这样的成年人，如果不是开着集装箱卡车到洋山港装卸货，绝对不会特地开车到东海大桥跑一圈。可是，现在提出这要求的是八岁的轩宝，八岁的幼儿在思维方式上，当然跟理智的、势利的成年人不一样。

轩宝为什么那么想去东海大桥呢？理由非常地"轩式"，那就是，要去上海的最东头看一下。轩宝说自己家的位置是东经121度10，滴水湖的位置是121度54，临港新城的智选假日酒店是东经121度58（酒店沿海而建，轩爸特地带轩宝去酒店的平台看海），而东海大桥的位置是在临港新城的东南方向，轩宝判断，如果走完东海大桥的话，东经度一定会超过122度。

为了看到iphone手机上的指南针显示当前的东经度超过122度，轩宝非常非常想去东海大桥走一遭。轩爸起先没弄懂轩宝的目的，因为轩宝光顾着沉浸在关于东经度的美好研究之中，来不及向轩爸清晰地阐述自己的想法；待到轩爸终于弄明白轩宝的想法，再看到轩宝以期盼的眼神望向轩爸，并且说出那句"好爸爸，你带我去东海大桥吧"，轩爸忍不住笑出了声，轩爸忍不住答应了轩宝的请求，轩爸说："宝宝的想法还真是独特呀！"

有一种育儿叫旅行

所以说，因为轩宝，轩爸轩妈看到了长达32.5公里的东海大桥，轩爸边开车边感叹："中国人造桥的功夫真是厉害，宝宝想想看，这桥是怎么造的？桥墩怎么深入到海底呢？"东海大桥两边的景致似乎好过杭州湾跨海大桥，虽然桥的两边都是滔滔的海水，但东海大桥沿线的海域，有许多的轮船出没，而且这片海域上还有风力发电设施，那一个个扇状设施随风转动，为原本单调的大海增加了人情味。

轩宝在车子里看着海水时黄时绿，看着那一排排的风力发电器；轩宝又时而低头注视手中的iphone，终于等到超越东经122度的那一刻了，轩宝如释重负。轩爸问轩宝："今天玩得开心吗？"轩宝回答："当然开心！"

东海大桥开到了尽头，轩爸说索性去那里沈家湾客运码头探探路，因为从那里，可以乘船到达浙江的嵊泗岛。一路上，轩爸说"这个小洋山岛还是属于上海的"，轩宝却说"不对，这里已经算是浙江了"，父子两个争不出所以然，最后就去问客运码头的工作人员，皮肤黝黑的工作人员说："这里算嵊泗。"轩宝赢了，轩爸甘心服输，轩宝早晚要超越轩爸，因为人类总是不断地在进步呀！

@ **宏波的远方**：南汇嘴，风景美，沪最东，松到南，75分，离洋山，比较近，洋到松，一百分，嵊泗岛，很漂亮，南博物，东西多，洋山岛，东经度，122，创纪录（2012-9-8）！

旅行途中讲得失

出行缘起	国庆假期，暑假浙G游时在丽水小住，喜欢那里的环境，再去一次
旅途特色	由假期引发的人生得失论
轩宝行为亮点	轩宝本来不舍得假期即将结束，但是听了轩妈的一席"得失谈"，豁然开朗
地点	浙江丽水云和梯田
时间	2012年10月

10月2号下午，轩爸开着小S，载着轩宝和轩妈一路驶往云和梯田风景区。一千多年前，畲族人开始在这块土地上耕种梯田，梯田沿山而建，从海拔200米一直到1400米。高山梯田因为季节更替的关系，四季风貌、颜色都不同；轩妈问当地人哪一季的梯田最美，检票口的小伙子说："我最喜欢的是冬天，下雪以后，那时最好看。"十月黄金周正值秋季，高山梯田的色彩以金色为主，那沉甸甸的、成熟的稻穗啊，真的让人不想收回眼光。

见到那片金色的梯田，轩宝两眼放光，轩宝先是大叫一声，然后用手机拍照，

诚意　正心 下篇

再发到微博上，配上一句话——云和梯田怎么这么美。在欣赏梯田的两层木制平台上，轩宝来来回回地走，从上走到下，再从东走到西，各个角度地欣赏，轩宝甚至说："要是能走到梯田里面就好了！"

离开梯田，轩宝有点不舍得。小S往山下开去，轩宝说："现在离梯田越来越远了……"轩宝好不惆怅，轩妈便开导他："虽然离梯田越来越远了，但是离丽水的宾馆越来越近了，回到宾馆可以泡澡休息，今天玩了两个地方，蛮累了。你要记住，每件事情都可以从'得'和'失'两方面来看，我们虽然'失'去了云和梯田，但是'得'到了宾馆房间，'得'到了休息。"

轩宝向来喜欢听道理，尤其喜欢听这类逻辑性强的道理。轩妈这么一说，轩宝来了精神，不断地叫轩妈再举各种'得'与'失'的例子。

比如，轩爸一路辛苦地开山路，轩爸'失'去了时间与体力，却'得'到了站在高处往下看的梯田风景；

比如，欢快的假期越来越短，已经'失'去了三天，但是却离下一次出游又近了三天；

比如，轩宝在学校上学，'失'去了时间与一定程度的自由，'得'到了越来越多的知识；

比如，轩宝要多吃蔬菜，虽然会'失'去一些美味，却能'得'到健康；

比如，轩妈不上班，'失'去了上班的乐趣，'失'去了赚工资的机会，但是'得'到了陪伴轩宝的时间，'得'到了尽心照顾轩爸和轩宝的时间；

再比如，吃午饭时，轩宝调皮地要求服务员姐姐帮他去楼下大堂问酒店的房价，姐姐特地跑下楼问好了价格，告诉轩宝，轩宝'得'到了关于这个大酒店房价的信息，却'失'去了对服务员姐姐的"慈悲心"，轩妈说："服务员姐姐已经够辛苦的了，宝宝却还要她做工作以外的事情。"

……

下山的路上，轩宝一路听着轩妈举例说明人生的各种得与失，越听越有劲，越听越开窍；听着听着，轩宝忘记了先前对于云和梯田的不舍得，轩宝开始尝试自己判断人生的'得'与'失'。

轩宝说："小波离开了连云港的老家，她失去了她的爸爸妈妈，却得到了我。"

凡事都有得与失，因为人生本就是得与失的过程。眼见轩宝已经理解了"得失"，轩爸索性讲了一个更抽象的得失例子。轩爸告诉轩宝："人生下来之后，一天一天地长大，像宝宝现在这样，一天一天地长重量，长脑子，但是宝宝想想看，人生的终点是什么？是死亡吧？所以我们每过一天，其实是离死亡近一天，离失去生命近一天，这是不是也是'得与失'的关系啊？"

轩宝沉思，轩宝努力地用他现有的逻辑力判断轩爸的话，想来想去，轩宝觉得轩爸的话太有道理了，虽然不愿承认，但人生真的就是这样，所以轩宝说："对的，比如下一秒钟，宝宝比现在大一秒钟，但是离死亡也近了一秒钟。"对于抽象的人生道理，轩宝学着用自己容易理解的数字和时间来解释，讲完之后，轩宝感觉自己一下子长大不少呢！

旅行途中，因缘际会，天时地利，轩妈对着轩宝讲了一通"得与失"，轩宝的人生之旅会不会因此而更加开阔一些呢？

退一步，海阔天空

出行缘起 国庆假期回程，为触发记忆，再去临海住一晚，顺便游玩括苍山
旅途特色 由假期引发的人生"退一步，海阔天空"论
轩宝行为亮点 旅行途中，见到行为高尚的旅人，轩宝被感染，想要学习
地点 浙江台州临海括苍山
时间 2012年10月

轩爸开车带轩宝和轩妈到括苍山的米筛浪山峰，那里既是括苍山顶的最高峰，也是二十一世纪中国迎接第一缕曙光的地方。山路很窄，轩爸驾车一路蜿蜒着，慢慢地往上走。沿途的景色很美，前半小时经常能从群山的缝隙中看到山下金黄色的稻田，后半小时则一直被云蒸霞蔚的山景吸引，车越往上，云跟山就更加缠绕。此时，山下稻田带来的民生感已经荡然无存，留在轩宝一家人心中的，唯有那飘飘欲仙的升腾感。离天空越近，心就变得越加地澄澈透明。

终于到山顶了，终于见到了那块高高耸立的曙光碑。轩宝下车，觉着冷，就在长袖衫外再套一件短袖衫。因为冷，轩宝缩紧着身子，五官也全部皱在了一起，虽然有损形象，可是轩宝真是特别兴奋。兴奋一：到了浙东南第一高峰；兴奋二：终于尝到了深秋的寒意。

在山顶停留片刻之后，轩妈冷得发抖，于是呼唤意犹未尽的轩宝和轩爸快点上车，快点下山。轩宝开心地奔回小S，虽然停留的时间短暂，但轩宝的心因为那一块曙光碑而伟岸着。

下山，依然是狭窄弯曲的山路，轩爸说跟上山比起来，下山感觉好开不少，只

诚意　正心　**下篇**

是碰上两车交会时，必须慢下来，尤其在一些特别狭窄的路段，如果看到前方有车驶来，轩爸就不得不先停下来，等待对方通过后再前行。这样重复几次之后，轩宝有些不耐烦，轩宝说："爸爸，你不要停呀，你管你开呀！"轩爸就告诉轩宝："万一出事的话，大家都慢呢。"

又一个急转弯，轩爸下山，看不到对面有辆车转弯上山，因为山路角度的关系，对方也看不到轩爸的车。好在双方车速都不快，在快碰头时，及时地刹住了车。这时，两辆车中必须有一辆车要倒退一点，让另一辆车先通过。轩爸刚准备倒车，对方先倒了，对方让轩宝家的小S先通过，轩爸摆手向车主表达感谢，然后对轩宝说："这个叔叔很好的，他知道他往上开，倒车比较容易；而我们的小S是往山下走，要倒车的话，还要踩油门，难度高一点，所以他就自己麻烦一些，倒一下车，让我们先通过。"而轩妈接着轩爸的话告诉轩宝："宝宝也要做这样的人，凡事不能只想着自己，也要学会为别人着想，刚才那个叔叔，他就为我们着想，给了我们方便，虽然他'失去'了一些时间，但是他'得到'了我们对他的感谢和尊敬。"

听到轩爸轩妈这样讲，轩宝对那位叔叔肃然起敬了。刚见识过伟岸的曙光碑，刚与天空那么接近过，再看到开车行为如此高尚的叔叔，轩宝的思路一直逗留在"高海拔"的空间里。为他人着想，给予他人方便，然后使自己的人生高尚起来，轩宝觉得这样的人生也是他想追求的。轩宝默不作声地思考着轩爸轩妈的话，看到突然间安静下来的轩宝，轩爸轩妈知道，这次的旅行，除了"得失观"，轩宝又学到了"退一步"的高尚之处。

轩爸对轩妈说："所以说做父母的，还是要尽可能多地跟孩子在一起，跟他一起经历了事情，发生了事情，才能拿事说事，才能就事论道，这样小孩才会印象深刻。如果没有一起发生的事情，跟小孩讲空道理，效果就不会这么好。"

就这样，轩宝每天都在学习，每天都在成长，每天都在为获得人生更高的幸福度努力着！那么，轩宝的幸福是什么呢？对于这个长假期间很热门的话题，轩宝的回答是："幸福就是旅行！"

一群鸭子的前世今生

出行缘起　周末，去熟悉的苏州西山走一走
旅途特色　由太湖边的一群鸭子，感受生命的古老与新鲜
轩宝行为亮点　学着用拟人化的手法，编写一段小鸭子的故事
地点　江苏苏州西山
时间　2012年10月

有一种育儿叫旅行

秋日的周末，轩宝走上苏州西山明月湾古村的那一处老码头，悠闲地坐在当年绑船绳的石墩子上晒太阳。

这是轩宝今年第二次踏上这片古老的、向着太湖延伸的老码头。堆砌码头的石板非常地古老，因为早已被废弃，所以古老的石板缝隙里，不时冒出往上窜伸的杂草。正是太湖的捕蟹季，码头上堆了不少捕蟹的网子。这码头虽然已经不能再让船只靠近，但作为堆放杂物、生计物的场所，还是很体面的。

码头当中有大树，既然码头是古老的，那么那棵树也一定古得可以。因为古老，因为久远，所以那树已经长成了参天大树，足够把码头的两边都笼罩在树荫之下。不过轩宝不需要老树的遮阴，轩宝喜欢太阳，轩宝喜欢在太阳的照耀下成长，轩宝的心啊，一直都是那么阳光明媚的。

一群鸭子游过来了，头鸭"嘎嘎"地叫，像极了轩宝他们学校里的集合号。集合号一响，头鸭往前游动，后面悠悠地跟着一群鸭子。这群鸭子体态小小的，毛色褐中间白，或褐中间黑。鸭子们慢悠悠地游，就在离码头很近的水域，就在轩宝的眼皮子底下游。

湖水清澈，鸭子游得真欢快。轩宝手舞足蹈地看鸭子，轩宝看见鸭子的两只小脚在湖水里使劲地划水，那个频率可真够快的。轩妈告诉轩宝："宝宝明年暑假学游泳，两只脚也要像小鸭子这样划水，所以宝宝现在好好观察它们吧。"

轩宝听轩妈的话，仔细地观察鸭子的划水动作。轩宝不谙水性，所以特别担心着鸭子们在湖上的安全。

看到轩宝关注鸭子的生存，关注鸭子的生命，轩妈索性继续"拟人化"。轩妈唤轩宝坐在自己的腿上，然后跟轩宝头靠着头，讲述那群鸭子的故事："这群鸭子肯定是二（1）班（轩宝所在的班级）的小朋友，现在正好是下课时间，老师让它们到教室外面放松一下，宝宝刚才不是看到它们是从岸边走下来的吗？它们的教室就在岸上，现在它们是在操场上呢。"

轩妈这么一开头，轩宝就接着往下讲鸭子的故事。轩宝说："妈妈你看，那边那群白色的鸭子，看上去是不是大一些，宝宝估计它们是四年级的小朋友；那么三年级的在哪里呢？哦，在岸边上呢，妈妈你看那边是三年级的鸭子，可是它们为什么不下水呢？"轩妈说："肯定是他们的老师说现在是二年级和四年级的放松时间，三年级的还不能去，否则操场上人太多了。"

轩妈的这句话还没说完，那群三年级的鸭子里有两只游下了水。轩宝见了马上说："哎呀，那两只鸭子太皮了，不听老师的话，自说自话先下水了，就像宝宝班上的小冯和小李。估计他们的'何老师'马上要批评他们了。"

轩宝津津有味地跟轩妈讲着鸭子的故事，轩宝一抬头，看见二年级组的鸭子越

诚意 正心 **下篇**

游越远了，轩宝说："哎呀，糟糕了，它们不能游到小旗子外面去的呀，那是校门外了呀，嘎嘎，快回来，快回来！"正当轩宝万分担心的时候，小鸭子突然折回了头，不再往"校门"外去了。看来小鸭子们训练有素，就像轩宝和他的同班同学一样，一年多下来，学校的规矩都已经学会了呢。

轩妈的双腿被健壮的轩宝坐麻了，轩妈叫轩宝站起身，轩宝依依不舍的样子，轩宝说："妈妈再坐一会儿嘛，我们一起再讲讲小鸭子的事。"轩妈忍"麻"答应了，因为，轩妈很喜欢跟轩宝在一起，走进鸭子生活的时光，走进鸭子生活的世界。

轩宝看着鸭子们，轩宝虽然不会想到它们的前世今生，但轩宝一定会鲜明地感受到它们的活力，感受到它们的生命力。鸭子虽小，生命的意识依然强劲。轩宝近距离地观察着一群非人类的、顽强的生命体，微小如鸭子，却敢于在偌大的湖水中前行，一点一点地往前游，终于游完了对它们而言相当漫长的一段距离。那一刻，轩宝的世界因为这群鸭子而平添了男子汉的豪情。

轩宝自己撰写的第一个故事

轩宝行为亮点 轩宝写下第一个旅行故事
时间 2012年10月

轩妈接轩宝放学，到轩宝教室门口时，看到轩宝正埋头在一张纸上写着什么。这孩子在写什么呢？轩妈看不清楚，轩妈往前面的讲台看看，发现是上美术课的潇潇老师站在那儿，老师要求小朋友把当天的画作交给她，轩宝前后左右的小朋友都拿着画纸走上去了，唯有轩宝依然认真地在那张纸上"奋笔疾书"。

轩妈走到轩宝身边，低头看轩宝在写什么，轩妈才看了一眼，就大吃一惊，原来轩宝在写这个呢！（见右图）

轩妈问轩宝为什么要写这个，轩宝兴致勃勃地答："我要到讲台上跟小朋友讲这个故事的，可能还要到全校小朋友面前讲这个故事呢！"原来西外小学部正要开展讲故事大赛，上两个星期，何老师就在班级里进行了初选，然后选出了代表班级出赛的小小故事王。据轩妈所知，这个故事王并非轩宝，那么他为什么还要准备呢？

轩宝说："何老师说的，只要小朋友愿意，

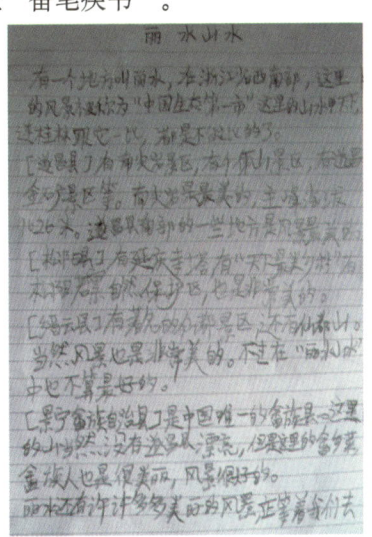

有一种育儿叫旅行

可以再到讲台上讲故事的,我上次讲了冼星海的故事,那个不是我自己的故事,我想讲一个自己的故事,所以就先写下来。"轩宝一边说,一边翻过那页纸,哦,原来反面还有呢,轩宝说:"妈妈,你再等一下,还有最后一句话写好就好了,"说完,轩宝就低头在那里写:"谢谢大家,我的故事讲完了。"

看到轩宝的这个手写故事,轩妈的第一个反应是:"哇,这孩子,写字怎么这么流利,这么老练了呀。"轩妈看到过轩宝的同班同学的字迹,也很熟悉轩宝写功课时的字迹,规规矩矩,一笔一划的。但是轮到轩宝自主写故事,轩宝心中想说的话不停地涌上来,轩宝飞快地写,所以那纸上的字啊,真有些龙飞凤舞的感觉呢!

回到家,轩妈仔细地看轩宝写的这个叫作《丽水山水》的故事,发现故事的结构很完整,从第一段的总体介绍(尤其是那句"中国生态第一市",清楚地强调了丽水最大的特点),到接下来的分地区介绍,再到最后的那几句("丽水还有许许多多美丽的风景,正等着我们去看呢!"),叙述的条理真是很清晰。

再看故事的具体内容,主要就是对丽水的分地区介绍。去过丽水两次之后,轩宝对那里的区域划分,各个区域里的旅游景点了如指掌,从遂昌到松阳,从缙云到景宁,从南尖岩到延庆寺塔,从仙都景区到"天下最美乡村",轩宝把自己的脚步去到过的地方,如数家珍般地写下来;写到景宁地区时,轩宝一定想到了那个令人失望的"畲乡风情"景区,但轩宝又"不忍心"说那里的景色不美,所以轩宝转而突出那里的民族特色菜肴,突出美丽的畲族姑娘,这可真是一种很聪明的写法呢。

轩宝告诉轩妈,因为时间限制,关于丽水,其实还有好多地方没写到呢,比如云和梯田,比如龙泉宝剑,比如青田石雕,比如庆元百山祖,怎么办呢,轩宝只能在故事的末尾用一句"丽水还有许许多多美丽的风景"来概括,来吸引听故事的小朋友,亲自到那里去看一看。

综观轩宝一蹴而就的这个故事,轩妈觉得语言很流畅,叙述够清晰,一些转折词用得很妥当(比如'当然'的后面接了'但是')。第一段的总述中,把丽水拿出来跟大家都很熟悉的桂林山水比较,应该算是超越轩宝年龄的一种比较高级的写作方法。而整个故事中唯一的不足,就是语言还比较单调,某些词语反复地出现,比如"美丽"两字,希望今后轩宝能尝试用其他的词语,或者其他的写作手法(包括比喻等)来描写自然的美景。

对于轩宝人生中第一个自己撰写的故事,轩爸轩妈都有惊艳的感觉。为了鼓励轩宝,轩妈特地在这里详细地分析轩宝的这个故事,轩妈想让轩宝骄傲地记住:"当我读小学二年级的时候,我曾经写过一个很棒的故事!"

6 山水人文，凝固情趣 （8岁－9岁）

我的旅行我做主。这一年，轩宝走得离家更远，旅行途中，轩宝开始自觉地关注更多的博物馆、纪念馆，关注人文类的东西，关注民生

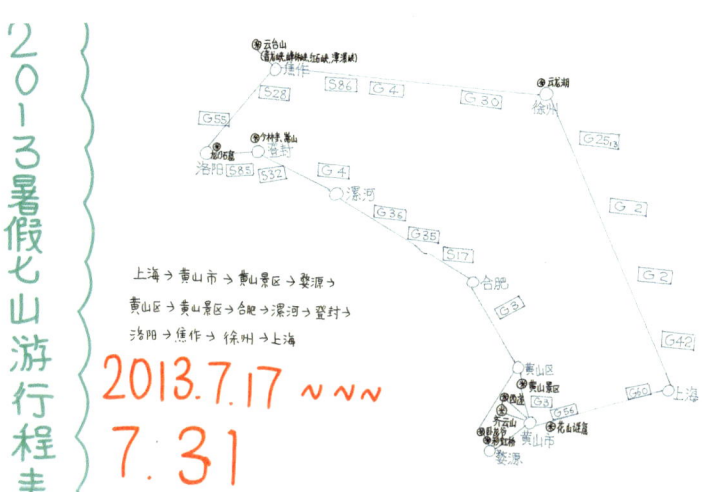

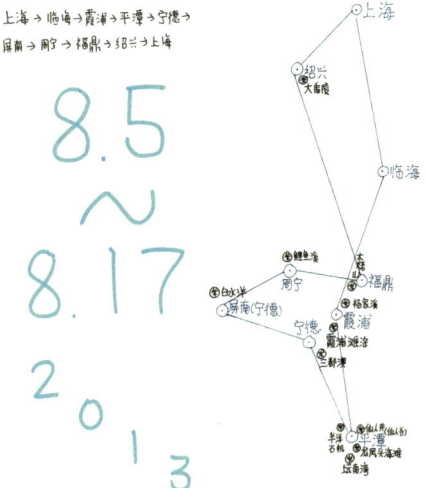

轩宝手绘地图

印象大红袍

出行缘起 元旦假期，轩宝熟悉的"跨年游"，走入武夷山
旅途特色 轩宝第一次踏足福建，就看到了与江浙一带不同的人文内容
轩宝行为亮点 初入福建，了解福建人的饮茶人生，了解因茶而生的"慢生活"
地点 福建武夷山
时间 2013年1月

跨年游的最后一个夜晚，轩爸"采访"轩宝："2012年你最开心的事是什么？"轩宝答："旅行多。"而旅行小达人轩宝的2013开篇游，则比上一年走得更远，这一回，轩宝走到了福建的武夷山。

岩茶是武夷山的特色茶。武夷游的第一天，当轩宝随轩爸轩妈从虎啸岩走到一线天景区时，沿途的岩茶园让轩宝最直观地知道了什么叫岩茶。在一块块岩石下面，茶叶树整齐地生长，寒冬时分，茶叶树虽未散发清香，却以其深绿色的弥漫、无孔不入的弥漫令人欣喜，令人叫绝。

岩石之间、茶田之间的游步道很窄，轩宝走几步，抬一下头，看见前方又耸立着两块岩石，因为光照的关系，那两块岩石呈现着阴阳的格调：被太阳沐浴着那一块岩石，颜色是浅灰色中泛着红光，而照不到太阳的那块岩石，则裸露着黑色的躯体，述说着自然力的宏伟。轩爸用手机拍下那不同色彩不同层次的岩石与茶田，却发现镜头里的世界终究不如眼睛里的世界，所以轩爸告诉轩宝："宝宝的眼睛就是最好的照相机。"

珍贵的大红袍母树长在岩石之上，因为离地面比较远，离天空比较近，所以几百年来，她享受着得天独厚的、恰到好处的雨露滋润。她的根深入在矿物质丰富的岩石砂里，她的叶承受着来自上天的涓涓瀑布，终于成就最醇厚、最绵密的绝世好茶。

轩宝抬头看那株大红袍茶树，轩宝心里想：她们怎么那么不起眼？再一想，她们怎么跑到岩石上面生长呢？再接下去想：到采茶时节，采茶女又是怎么把那一片片珍贵的茶叶采下来呢？

轩宝走在茶园里，沿途随处可见武夷山旅游的标志性口号——慢步513，快乐121。"慢"是生活在茶区的武夷山人最突出的品质。而正是这个"慢"字，他们才能收获珍贵的岩茶，然后品味出真正的茶滋味。

当地人讲话是慢条斯理的，当地人吃饭也是慢慢地咀嚼，慢慢地享受。慢生活俨然就是武夷山人最熟悉最擅长的生活方式。跟当地人聊天，即使是讲到了他们最

诚意 正心 **下篇**

自豪的茶叶，他们的语速依旧缓慢着，因为讲茶叶是件快不得的事，快了，怎能真正地品出茶香呢？

武夷游归来，轩宝意识到了福建跟浙江地域文化的差别，轩宝看到了福建人的"慢生活""茶生活"，轩宝觉得很有趣；轩宝说从今年开始，每次出门旅行，人文内容将占据10%的比例，除了美食，除了美景，轩宝渴望了解更多跟人类的文化生活有关的东西。

看山看水看人文

出行缘起 春节假期，轩爸说去皖南住几天，来一次深度游
旅途特色 南北地理分界线，九华天池小矮人部落等
轩宝行为亮点 旅行归来，轩宝选出了此行的三大心水地。旅途之中，轩宝开始欣赏不一样的人文风情，对大自然有了敏锐的轩式鉴赏力，带给轩爸轩妈更多的惊喜
地点 江苏淮安南北地理分界线，安徽池州九华天池，安徽铜陵乌石乡
时间 2013年2月

刚过去的这个寒假，轩宝在江苏玩了九天，先后走过镇江、扬州、淮安、溧阳和常州；轩宝又在安徽玩了八天，虽然一直驻扎铜陵，但每天跑到池州市、黄山市、芜湖市，令轩宝对皖南的山水赞不绝口。

回到家，轩爸轩妈问轩宝："寒假里走了这么多地方，印象最深的是哪里？"轩宝想了一下，然后说："一共有三个地方，一是淮安的南北地理分界线；二是九华天池的矮人部落；三是乌石乡的那条路。"

轩妈听后，在心里由衷地感叹："这三个选择可真是典型的轩宝式选择啊！"

对八岁的轩宝而言，所谓的名山大川，是别人的定义；轩宝有自己的小世界，轩宝有自己的爱好，所以，轩宝能清楚地选出自己最喜欢的风景。

记得出发去江苏前，当轩爸向轩宝宣布，此行主要是看人文风景时，轩宝就问："什么叫人文风景"，轩爸说："就是因为人类活动而产生的美景。"在淮安，当轩宝来到了中国南北地理分界标志时，酷爱地理的轩宝，被眼前那一道红蓝色分隔桥，弄得心潮澎湃，轩宝瞬时感受到了人文景观对心灵的冲击力。

南方，北方，淮河以南，淮河以北，北方文化，南方文化，北方饮食，南方饮食，北方气候，南方气候……中国南方北方的区别真的就从这一条分界线展开吗？答案虽然是否定的，但在轩宝的心里，当自己从分界桥的红色端（南方）冲向蓝色端（北方）

时，似乎感到风大了，温度低了，湿度也下降了。轩妈说没这么明显吧，轩宝却说："妈妈，你仔细地感觉一下，北方好像真的冷一点唉！"

那一天，在那座简单的红蓝色分界桥上，轩宝从南方奔向北方，再从北方奔回南方，来来回回地，轩宝不知道奔跑了多少次。而每一次奔跑过后，轩妈看到轩宝脸上的神情更兴奋，轩宝的脸红了，轩宝的头发湿了，轩宝开始气喘吁吁了，轩宝终于不再奔跑于南北方之间，轩宝的身体回到了南方的界线内（轩宝住的酒店在淮安的南方界），心却拥有了足够的勇气，等待未来的某一天，去北方的土地驰骋。

也许这道南北地理分界标志，令轩宝感受到了人文风景的伟大，所以，在皖南走了八天之后，首先浮上轩宝脑海的，就是池州九华天池某座孤岛上的矮人部落。

九华天池，养在深山无人知，奇石，秀湖，令轩爸轩妈一路走来，大呼过瘾。在天池的一座小岛上，居住着一群小矮人。看这些矮人，每人得额外支付60元的门票，轩爸征求轩宝的意见，轩宝说："要看，要看，要去看！"于是，轩爸嘱咐艄公在矮人岛停船。

因为正逢春节假期，矮人岛上只有6个小矮人值班，4男2女。轩宝小心地走入绿树成荫的小矮人生活区，先看到茅草小屋，然后隐约听到人声，再从树缝中看到晃动的人影；再走近一些，听得清他们的说话声了，原来小矮人说的也是中国话呢！

轩宝走近小矮人，在轩爸的引领下，跟小矮人交流。轩宝问人家年龄，问人家身高，问人家来自中国的哪里，再问人家买衣服到底是买童装还是买大人的衣服……看着比自己还矮的二十多岁的哥哥姐姐，轩宝觉得好奇极了，轩宝还觉得有一点点的紧张，毕竟这可是一群跟普通人不一样的人呀。

尽管跟普通人不一样，渐渐地，轩宝发现，只要沟通，只要交流，不一样的人也能相识，也能相知。离开前，轩宝被善良的小矮人邀请一起拍照，轩宝站在小矮人中间，看到小矮人脸上的笑容，轩宝也笑了，轩宝摆出了剪刀手，轩宝说："有一个小矮人，也摆了剪刀手。"

旅行途中，轩宝游山，玩水，看人；旅行是学习，是积累，是增长见识，是丰富感受，一路走来，轩宝对山水不再陌生；同时，对于清新的乡间空气，轩宝培养出了敏感的品鉴力。

那天，离开黄山脚下的太平湖，轩宝被一块写有"太平湖湿地公园"的牌子吸引，央求轩爸把车开进了蜿蜒的村庄小路，结果，轩宝邂逅了一段"最美山路"（轩宝语）。在乌石乡舒溪村口，一边是清澈的湖水流淌，一边是有棱有角的层层山峰，而在山与湖之间，一大片田地平铺在那里。轩宝走下车，深呼吸，然后大叫，"这里的空气太好了，我都不想回去了！"

诚意　正心　下篇

　　田地的一头有几位村民在聊天，轩宝走上去跟人家搭话，轩宝夸人家的空气好，村民们真自豪。

　　也许是被那条最美山路吸引，也许是迷恋那里的空气，此后的几天里，轩宝一直要求轩爸再走一次那条路。轩爸说那条路不知会通到哪里，沿线也没什么景点，轩宝说"那就随便开开呀，看看山里的美景呀。"后来，轩宝自己看地图，发现那条乡道在历经许多的蜿蜒之后，可以连接省道，然后抵达宏村，这下子，轩宝有了非去不可的理由了，轩宝把地图上的线路比划给轩爸看，看着轩宝期待的眼神，轩爸决定改变原先的计划，按照轩宝指定的路线出发。

　　轩宝说这是一条神秘的路，也是一条最美的山路。这条山路足足开了两个半小时，轩宝的眼睛也足足看了两个多小时的山景、水景。轩妈说这是一个不用买门票的景区，轩宝听了很得意，因为这"景区"完全是轩宝自主开发的呀！

　　轩爸每次设计旅行计划时，总在想什么是最适合轩宝的山水风光。而这一次轩宝的三个心水地，虽然都不在轩爸原先的设计中，但如果回头看这两年的旅行积累，就会发现，轩宝的这三个心水地也是水到渠成的选择。人生常常有惊喜，轩宝常常带给轩爸轩妈惊喜。为了这样的惊喜，轩宝和轩爸轩妈要继续加油！

　　@ 宏波的远方：

　　今天我们来到了安徽省的铜陵市，铜陵市位于安徽省中部偏南，城区距长江9km，至池州市的九华山风景区（自然保护区）仅60km，至黄山风景区约140km左右。从我们家到铜陵市车程约5个小时，430km，住在安徽铜雀台国际大酒店，下午玩了铜陵县的天井湖4A级风景区，晚上的菜也超级好吃哦！今天一天真是太开心了！（2013/2/10）

　　徽州区在黄山市中部，与黄山区相连，距黄山景区约45km，徽州，非常美丽，山水接合，再加古城，是皖南独特的风景。我们从铜陵出发，开车到徽州，约150分钟，玩了一个徽州·呈坎古村，好玩度：6000。（满分：10000）。大概差个5km，就到黄山景区了！（2013/2/11）

　　汤口镇位于黄山市黄山区南部，黄山市中部偏北，镇中心距黄山景区14km，是黄山山最高的1个镇，平均海拔815m，翡翠谷是汤口镇其中的1个景区，我们在翡翠谷玩了1个半小时，然后去了太平湖，最后去了一个神秘的地方：安徽省 黄山市 黄山区 乌石镇 舒溪村。在我心目中，它是中国最美乡村。你们知道为什么吗？（2013/2/12）

　　今天是"最艰难的一天"。因为，我们早上8:30离开铜陵，驱车90分钟，到太平湖出口下，然后在"最美之路" 039县道上行驶了约70分钟，到218省道行驶了50分钟，到了安徽黟县的宏村，玩了约2个小时，在218省道上走了60分钟，上G3行驶80分钟，玩了太平湖栈道，刚刚准备再走90分钟回到铜陵，可是，让人意外的事发生了，大堵车！本来预计晚上6点10分可以回到酒店，结果到了7点10分，才坐下来吃饭！不过，今天真是太开心了！（2013/2/15）

有一种育儿叫旅行

放下的姿态

出行缘起 周末，轩宝主张：去张家港看看
旅途特色 周末行走的意义
轩宝行为亮点 周六的行走，机缘巧合地，令轩宝知晓放松身心的重要性
地点 江苏张家港暨阳湖，江苏泰州黄桥古镇
时间 2013年3月

周六，轩爸如轩宝所愿，带着轩宝到苏南的张家港暨阳湖，以及泰州的黄桥古镇。轩宝在暨阳湖上泛舟，大踏步地飞奔在彩色的勇敢者道路上；午饭时分，轩宝独自走出面对着湖水的餐厅，一步一步地下到离湖水最近的木栈道上，轩宝的身后有碧绿的湖水，有哗哗的喷泉，轩宝觉得真开心，轩宝叫轩妈："快帮我拍张照吧，我要放到微信上，给老师看。"

轩宝爱吃黄桥烧饼，所以到黄桥古镇是顺理成章的选择。面对着多少年前的灰墙黑瓦，轩宝彻底地放下了过去五天来积攒在小脑袋里的单词、课文、数字、英语对话等等，轩宝一点也没想到学校里的那些事，没想到周末作业，没想到默写，没想到计算。周末，就是轩宝放下固定化的学校生活，调整身心的时候。

回程的路上，轩妈担心轩爸还要开两个多小时的高速公路，轩妈担心轩爸太累，轩爸却说："你不上班，你不了解我和宝宝的心情。周末我们就是要完全放下工作或者上学的环境，彻底地休息。睡觉只是最基本的休息，像这样换个环境，开开车子是转换频道休息法。这一路上，我一点也不会想到单位里的事，宝宝，你是不是也不想功课上的事呀？"

轩宝肯定地点头。轩宝原本没想到出门游山玩水也是一种休息，因为轩宝的双脚、轩宝的身体是累的，现在听轩爸这么一说，才知道周末的行走，其实是一种相当积极的、有益于大脑的休息方式呢。

周末的不学习，是为了上学日高效率地学习。一路上，轩宝听轩爸轩妈聊周末的休息方式，聊放下的姿态，再从微信上看到自己的老师跑到西湖边休息；从微博

诚意 正心 下篇

上看到霖姑姑在餐厅里点一份甜品一份冰淇淋闲坐,于是,依稀仿佛地,轩宝有点点明白"放下"的意义了。

周日,轩宝专心地做着周末作业,不声不响地,字迹端正地,态度非常认真地做。轩爸说:"宝宝昨天玩好了,今天就再也不会想出去玩的事了。"轩妈则是深深地体会到了前一日"放下"的必要。该放下则放下,不拖泥带水,彻底地放下之后,彻底地休息之后,轩宝才能够以如此用心的姿态,完成周末作业。

一样的蟹苗,不一样的味道

出行缘起 周末,为了轩宝的旅行爱好,不畏辛苦的轩爸提议去阳澄湖

旅途特色 春季的阳澄湖,非常安静,正适合思考"为什么同样的蟹苗,投放到阳澄湖里,就会长成不一样的大闸蟹"

轩宝行为亮点 认识了菜籽荚;像《远方的家》里的记者那样,《宏波的远方》也走入居民家采风

地点 江苏昆山阳澄湖

时间 2013年4月

周六到了阳澄湖,因为天气冷,加上风大,轩爸对轩宝说:"我们就车游吧,开车把阳澄湖逛一遍。"这么一逛,轩宝对阳澄湖有了最直观的印象,轩宝在自己的微博里用两个字定义阳澄湖:大美,其中的"大"字就是物理意义上的"大",而非形容词。轩宝说:"阳澄湖有120平方公里。"那湖水一望无际,就在轩宝的眼皮子底下翻腾着。周末离开城市里的水泥森林,跑到阳澄湖畔亲水亲湖,轩宝真是兴奋呀!

周日天气转好,吃完早饭后,轩宝先到酒店对面的月季公园玩。公园里有湖水,有小岛,有月季花,还有许多种类的果树。空气非常好,轩宝自在地享受着跟大自然亲密接触的时光。轩宝俯身捡起地上的一片落叶,说:"这是世界上色彩最多、体积最大的一片树叶,大家仔细看一下。"

后来,轩宝一家走到湖中心的一座小岛,轩宝走在环岛路上,不断地跟轩爸确认:"现在我们是朝南走吗?朝西南了吗?"或者"现在肯定是朝正南走,因为太阳光直接照到额头了。"东南西北,天地乾坤,即使只是一座微小的岛,也自有其明确的立足之地。

离开月季公园后,轩宝坐快艇到了阳澄湖中央的莲花岛。码头上站了不少拉生意的农家乐老板,轩宝跟着轩妈一起随意地跟一位阿姨闲聊起来。

轩妈以为油菜籽是细嫩的豌豆荚，阿姨说："那是刚结籽的菜籽呀，现在是嫩绿的，等到变成黑色的，就能榨油了。"轩宝笑轩妈："妈妈，你好无知呀，怎么把菜籽说成了豌豆呀！"纯朴的农家乐阿姨却说："你们城里人不知道这个，很正常的。"

轩宝觉得那位阿姨很有学问，所以一路跟着阿姨，跟阿姨聊天气，聊降水量，聊这个季节可以吃到的蔬菜。阿姨告诉轩宝："现在我们自己种的包心菜（卷心菜）很好吃的，甜甜的，水分也多。"轩宝马上开心地说："啊，卷心菜是我最喜欢的蔬菜了。"轩宝对轩爸轩妈说："我们就到阿姨家吃午饭吧！"好呀，那就去吧。轩宝走进厨房，点了卷心菜，点了韭菜炒鸭蛋，轩爸轩妈点了湖虾、湖鲫鱼。等菜的时候，轩宝好期待呀，轩宝问轩妈："现在我们是不是跟《远方的家》一样，马上要品尝当地的美味了？而且刚刚我一直跟那个阿姨聊天，感觉像在采访她吧！"

哈哈，九岁不到的轩宝竟然有了"采访"意识了，这可得归功于《远方的家》呀！

轩宝记得《远方的家：北纬30度中国行》里有一集就是介绍这座莲花岛的，当时主持人也跑到一户农家吃饭呢。饭菜上桌了，轩宝学人家主持人的样子，闻一下，浅尝一口，然后大声赞扬："嗯，这虾肉真鲜，这韭菜又香又嫩。"

轩宝吃得很香，午后的阳光照进农家小院里，轩宝一家的餐桌就沐浴在灿烂的阳光之下。阳光照射进那一盘盘新鲜的菜肴里，于是，那虾那鱼那菜那米饭，显得格外地活色生香。

轩爸又跟阿姨聊大闸蟹的事，阿姨说了每年三月把蟹苗投进阳澄湖，然后每天去湖里洒玉米粒等过程。得天独厚的湖水条件，加上蟹农们的辛苦劳作，才能酝酿出金字招牌的阳澄湖大闸蟹。

这么说来，蟹苗是不分优劣的，只是因为生长在阳澄湖这个良好的环境中，那些蟹才拥有了阳澄湖的味道，鲜嫩之中流溢着丝丝的甜美。

什么叫春光烂漫，什么叫春色满园呢？何老师跟小朋友解释着这些"春"字词，轩宝就会想起那满目的油菜荚，想起地里的那一颗颗包心菜，想起刚刚开出了白色小花的豌豆树，以及那波光粼粼的阳澄湖。对于春天，轩宝或许就比其他小朋友多了一层丰富的享受呢！

诚意　正心　**下篇**

走进大丰知青纪念馆

出行缘起　五一假期，轩爸提议去江苏大丰

旅途特色　无论是大丰麋鹿园，还是知青纪念馆，轩宝都觉得陌生，觉得好奇；而走近之后，轩宝的人生又多了一重体验

轩宝行为亮点　年初，轩爸为这一年的旅行定下了"凝固轩宝人文情趣"的主题，而要激发人文情趣，纪念馆、博物馆是最好的所在。轩宝原本对这些纪念场馆没有太多的兴趣，但是走着走着，轩宝熟悉一些了，因此，也会生出一些亲切感

地点　江苏大丰知青纪念馆

时间　2013年5月

　　大丰，曾经是多少上海知识青年挥洒青春的地方。轩爸说非常想去那里看一下，轩宝说不想去，轩妈告诉他："知识青年，就是高中毕业或者初中毕业后，就到农村劳动的那些青年人。"

　　轩宝听说当年的知青生活非常艰苦，轩宝才不要看苦难的东西呢，轩宝说"要去大丰港"，轩爸坚持："先去知青纪念馆，黄昏时去大丰港，看夕阳下的大丰港。"

　　轩宝还是不愿去，轩爸就说："或许宝宝这辈子也会碰到这样的事呢？等宝宝十八岁的时候，国家规定，所有高中毕业生都要离开爸爸妈妈，去农村劳动呢？所以宝宝先去看一下，体验一下，想象一下，不是很好吗？"

　　知青纪念馆位于一条田野小路的深处，那条小路非常美，笔直的、土质的路两旁，整齐地站立着青翠的大树。轩爸说这些树一定都是当年知青们种下的，现在树长大了，树叶可以遮天了，树和路组成了一幅最美妙的画。

　　轩宝也觉得这条路美，轩宝下车拍照，轩爸说："果然是知识青年造出来的路，那么笔直。"轩宝接着说："如果是没有知识的人去修路，肯定是弯弯曲曲的吧！"

　　走进纪念馆，轩妈跟轩宝一起先看文字介绍。轩宝的小眼睛总是捕捉着文字中出现的数字：比如，某人几岁到大丰，在大丰劳动几年等等；轩妈则挑介绍当年生活的文字看：土坯房、茅草顶，一把花生米几人分享，两根胡萝卜被掰成几段；每次固定的去元华浴室洗澡的日子，知青们脸上洋溢着最幸福的笑容……轩妈把这些关于生活的文字指给轩宝看，轩宝仔细地看，轩宝觉得不能相信，但又想，既然是写在纪念馆里的，就肯定是真实的。

　　轩宝的脚步放慢了，轩宝讲话的声音放低了，历史，history，his-story，关于某个"他"的故事，就这样走进了轩宝的世界。

有一种育儿叫旅行

轩宝走到当年的厨房和食堂，轩宝看到盛菜窗口的小黑板上写着当天供应的饭菜：烂糊肉丝、红烧茄子……轩宝松了一口气，轩宝说："幸好，这几个菜都是我爱吃的。"在糟糕的环境里，努力地搜索一点亮色，搜索一点令自己喜悦的东西，这大概就是当年生活在大丰的知青们能够坚持下来的原因之一吧。

轩宝边走边看边想象，轩宝想如果真的像轩爸说的那样，"宝宝也要过这样的日子怎么办"，轩宝对轩妈说"那宝宝肯定过不下去的"，轩妈说："不会过不下去，无论如何都要过下去的。"轩妈一直相信：人具有很强的生存适应力。

轩宝坐在当年知青们点灯看书的书桌前，翻看他们看过的一本书。在纪念馆一角的院子里，有好几棵当年知青们从上海移植到大丰的树，其中有一棵紫藤花树，正值花期，紫色的花满满当当地盛开在树冠上面。淡雅的紫色，浓郁的老上海味道。想家的时候，知青们大概就在这棵紫藤花下诉说心事吧。而当年享受着知青亲情的紫藤花，被知青视作上海象征的紫藤花，如今孤零零地站在院角里，承受着孤单与分离，却也因着这份悲怆的情绪，那树上的花儿开放得愈发饱满。

这次假期出游，轩宝先后参观了知青纪念馆和海盐博物馆。虽说这两个展览馆更适合成年人参观，但轩宝终究还是看到了一些他能看懂的东西。对轩宝而言，看历史，听过去的故事，就是最好的"珍惜当下"的教育。

"妈妈，今天有一件很重要的事"

轩宝行为亮点 轩宝立下人生理想：长大后要去地图出版社工作
时间 2013年5月

轩宝回到家，做功课，没过几分钟，突然抬起头告诉轩妈："妈妈，今天有一件很重要的事。"

于是，轩宝开始讲那件很重要的事："今天何老师给每个小朋友发了一张纸，叫我们写我们的理想，就是长大后想做什么。何老师说我们一定要用很端正的字迹写，宝宝写得很认真，字的大小完全一样的。宝宝写的理想是'长大后要去地图出版社'。我看到班上很多小朋友都说想当画家，尤其是女孩子。"

"我长大后要成为……"轩爸轩妈也经历过这样的畅想、憧憬年代，现在回顾那时的岁月，那时的理想，那时的举动，总是觉得幼稚，觉得小时候的理想就是空想。这世上有多少人，经过十几年二十几年，还会记得自己小时候那看得比天还大的理想呢？！

可是，轩宝和他的同学们依然把昨天书写理想的事情看得无比重要。轩宝说："小

诚意　正心 下篇

朋友都写得很认真，小居说要做科学家，小瀚写得最不好，他说要当志愿者。"轩妈说："当志愿者不是蛮好吗？当志愿者的意思就是帮助困难的人呀！"轩宝说："对呀，那我们现在就可以帮助别人，现在就可以当志愿者，不用等到长大后。"

轩宝觉得所谓理想，就是现在看来遥不可及、却是心中最神圣的那个目标。"长大后要成为……"轩妈记得，从小到现在，对于这个问题，轩宝先后许过这些愿望：长大后要当爸爸，长大后要当老师，长大后要当天气预报员，长大后要当地理学家，而昨天，轩宝把自己未来的理想更加具体化，"长大后要到地图出版社工作。"

平日轩宝喜欢看地图，地图册是轩宝最珍爱的宝贝，然后，爱屋及乌，轩宝特别佩服地图出版社的人。轩宝每天利用空余的时间看地图、画地图，每次画地图，轩宝认真得不得了，轩宝觉得画地图是一件神圣而庄重的事情，所以首先要挑选一张绝对平整的纸，然后呢，铅笔要尖，标示景点、高速公路入口的红笔要时刻在旁边待命；画的过程中，万一画错了，轩宝马上用橡皮擦，擦完之后，如果那张纸还是保持平整的，那么轩宝会继续画下去；否则，轩宝就要另拿一张纸，全部从头来过。

轩宝对自己画的地图相当苛刻，所以，虽然轩宝每天都画，但并非每天都有成品出炉。总是要隔个两三天，轩宝才会完成一张自己觉得满意的地图。每当这时候，轩宝会松一口气，然后说，"终于画好一张完美的地图了。"轩宝追求完美的个性，在画地图方面，算是发挥到了极致。

轩宝觉得地图世界里面有无数的宝藏，看也看不完，学也学不完；受轩宝影响，轩爸轩妈现在也开始经常看地图了。昨天晚上，轩爸看着墙壁上的世界地图，忍不住感叹："太平洋真大！"听起来很幼稚的一句大实话，如果把它跟世界观、宇宙观联系起来，就会觉得那也是一种人生的感悟。

这世界到底有多大？这天空到底有多高？幼儿园的时候，轩宝就问过这样的问题；这几年，轩宝几乎利用一切业余时间行走在江南大地上，走了那么多的路，到地图上一看，却发现，江浙一带还有那么多的地方是自己未曾走到过的。轩爸说："人这一辈子到底能走多少路，能看到多少的世界呢？"快到知天命的年龄了，轩爸轩妈想问自己这样的问题。

轩宝也问自己这样的问题，轩宝得出的答案跟轩爸轩妈的不一样。轩宝觉得，即使地球那么大，即使天边那么远，自己一点一点地积累，总能把这世界看个够，因为轩宝有的是时间，轩宝还有那么多那么多的未来时光呢！

看地图，画地图，创作地图，长大后到地图出版社工作，今天的轩宝把自己的未来设计得如行云流水似的，洋洋洒洒，充满豪气。虽然未来有很多的未知数，虽

有一种育儿叫旅行

然轩宝的理想可能会随着年龄的增长而再次变化，但因为今天的这个志向，轩宝学会了把目光投向自己生活的地球，投向身后的世界，投向无边无际的宇宙，如此锤炼而成的世界观，必定是很厉害的生存法宝吧。

今天早上，轩宝五点多就醒了，醒来之后，轩宝突然想到了云南，于是，从书柜里找出云南地图册，仔细地看；这一看，不知轩宝又把地图上的哪个点看进心里去了。

暑假青岛游之一："我们去青岛吧"

出行缘起 放暑假了，暑假旅行的第一站原本想去黄山，可惜天气不好，轩宝提出要去青岛

旅途特色 从上海自驾去青岛，七百多公里

轩宝行为亮点 这次的目的地，又是轩宝在省时度"天"之后，自己定下的

地点 山东青岛

时间 2013年6-7月

上周末，轩爸原先的打算是去黄山，可是临出发前几天，轩宝看天气预报，发现皖南大雨如注，山区还有塌方的危险。轩宝是个多理智多小心的孩子呀，虽然非常想看黄山，但是天气不帮忙，轩宝说："黄山去不了了。"那么去哪里呢？轩宝心里想着青岛，马上再查一下那里的天气，然后大叫一声："哇，青岛的天太好了，决定了，就去青岛吧！"

@宏波的远方："兴奋！期待！还有三天，我们就要去青岛喽！远一点也没关系啦！我查过天气预报了，青岛天气好得快晕倒了！多云的天气，最高气温二十三、四度，最低气温十九、二十度！和上海这种不是阴沉沉，就是下雨的黄梅天比，简直就是仙境得不能再仙境了！虽然只有短短的4天（6月28日至7月1日），但还是超级无敌棒的！"

"远一点没关系啦"，轩宝最喜欢坐在车上一路看过去，除了看风景，轩宝还喜欢看高速公路沿线的指示牌。去年到过连云港之后，轩宝记住了G15沈海高速沿线从松江到连云港的所有出口；这一次，轩宝要把记忆点延长，轩宝要把从连云港到青岛的那几个站点连接上去。

跟成年人相比，才读完小学两年级的轩宝词汇不多，但凡形容一个美丽的地方，目前的轩宝最常用到的词语就是"仙境"，仙境一定非常美丽，而比仙境更仙境的地方，"就是仙境得不能再仙境了"的青岛，轩宝觉得自己即将成为世界上最幸福的人。

因为是临时决定去青岛的，因为是轩宝生命中首次踏入山东境内，家里没有准备，

诚意 正心 **下篇**

家里的地图存货不足，出发前一天，轩宝央求轩妈："我们去买一本吧。"可是超市里没有找到单独的山东公路地图册，轩宝着急了，怎么办？轩宝说："在进入山东之前，我一定要先看到地图册的。"轩妈说："没关系，我们到路上的服务区买吧，等过了连云港之后，一定会有山东地图的"。后来，轩宝果然在浦南服务区找到了《山东省高速公路图》。当时，轩宝刚从洗手间出来，拐到旁边的杂志铺，一眼看到那本地图册，轩宝一声尖叫，吓得还在洗手间的轩爸连裤子都没穿好，就跑了出来，轩爸还以为轩宝碰到坏人了！

地图册到手，轩宝心定了，轩宝心满意足。轩宝翻看地图册，夸人家"这本地图册真新"，轩妈笑他："刚买的，当然新了。"轩妈知道轩宝的潜台词，轩宝心里就是想找到合适的语言赞美那本地图册，一时之间找不到，于是，只能用"新"夸人家呢。

6月22日刚放暑假时，对于暑假旅行，轩宝对轩爸提出了几点要求，那天轩爸在微博上把轩宝的原话记录了下来：

"今年暑假我的旅游有几个要求：❶ 不跟旅行社；❷ 不坐飞机，必须自驾，看路牌；❸ 景色要好；❹ 必须爸开车；❺ 必须总天数不少于15天。"

或许在旁人看来，从上海自驾去青岛，实在太远，实在不可能。先不说开车的人比较累，轩宝才九岁不到，能在车上坐足8个小时吗？轩宝的回答是：我能，我可以，我最喜欢这样。

而开车的轩爸的想法是：自己累一点没关系，自驾游出行，走得踏实，轩宝看得真切，轩宝实实在在地看到了脚下的每一寸土地。多年前，徐霞客用双脚走遍中国；现如今，轩宝就借助自家车子的四个轮子，把中国的山水装进眼睛里，装进小脑袋里，装进越来越大的心胸里吧。

暑假青岛游之二：在八大关捏个泥塑

出行缘起 青岛行的第一站，轩爸建议去八大关
旅途特色 在八大关看老建筑，在海滨浴场，体验海水的力量
轩宝行为亮点 见到青岛海边万千风情的礁石，并且捎回一尊自己的泥塑像
地点 山东青岛八大关，海滨浴场
时间 2013年6月

轩宝在《远方的家》之《沿海行》介绍青岛的那一集里，看到过海底隧道，轩宝最想看隧道下面那块"此处距离海平面82.8米"的牌子。

有一种育儿叫旅行

胶州湾海底隧道下面果然有那块距离海平面82.8米的牌子，轩宝亲眼见到了，一阵兴奋。因为喜欢"研究"地理，因为喜欢"研究"海平面、海拔高度等数据，轩宝觉得即使是如此简单的一块牌子，对他而言，也是蕴含着重大意义的。而因为重大，后来几天里，即使数次见到这块牌子，轩宝依然保有着最初的兴奋、最初的欢喜。轩宝真的是个简单而纯真的孩子。

青岛八大关很开阔很有派头，即使面对着相对热闹嘈杂的海滨浴场，即使马路对面人来人往，海的这一边，路的这一边，八大关的那一座座多年前的洋楼依旧不动声色地站立在那里，高大的树木掩映着它们，精美的铁门保护着它们。从围墙的缝隙望进去，洋楼无声无息地，一派岁月静好的模样。

轩宝对这样的老建筑没有太大的兴趣，轩爸轩妈却喜欢，想着下次要找一个清晨，或者黄昏，漫步在八大关的每个角落，享受那份厚重的、岁月的礼物。

轩宝喜欢八大关对面的海滨浴场。在一块可以下海的区域，不少当地人在海水里嬉闹；轩宝因为没穿泳裤，只能往有礁石的地方跑，而即使是不入海的礁石，也足以令轩宝惊叹。

人们喜欢大海，人们喜欢在海边驻足，大抵是因为广阔的大海能给人豁然开朗的感动。轩宝也是这样，轩宝赞叹那一片海："太大了，望不到边！"轩妈问轩宝："是不是觉得有一种很透气很透气的感觉呀？"轩宝用力地点头。

轩宝往那一片礁石的方向跑，即使不小心摔了一跤，还是马上站起来，继续往前，一直走到不能再走，一直走到最靠近海水的那片礁石群为止。抬头看，轩宝发现海边的礁石多数分成两层颜色，礁石的上半层（或者上面的三分之一层）颜色鲜艳，礁石的下半层颜色暗淡。轩宝不解，轩爸告诉他：礁石的下面被海水浸的时间长，颜色就深，礁石的上面浸不到海水，颜色就浅。轩宝再低头看脚底下的礁石，发现石头里嵌满了白色的贝壳，往后退几步看，那礁石犹如镶满了银色的星星，特别漂亮，特别耀眼。

在礁石之上，望向大海，吹着海风，呼吸着大海特别的味道，轩宝说："青岛人真舒服，青岛天气真好，青岛的天空太蓝了！"

离开海边，轩宝沿着台阶往上走，突然发现了一样新奇的玩意儿：一位77岁的老人正在用泥巴为一位叔叔捏泥塑呢。轩宝一下子被吸引住了，轩宝驻足，轩宝央求轩爸轩妈："宝宝也要捏一个。"

可是，为顽皮的、开心的、处于极度兴

诚意 正心 **下篇**

奋状态之中的轩宝捏泥像，实在是一个挑战。轩宝坐不住，轩宝不住地用各种姿态逗乐老人，逗乐经过的游客。

二十几分钟后，老人勉为其难地完成了轩宝的泥塑，轩宝一看，大叫："我哪有这么胖，我脸上哪有这么多肉，你重做，你一定要把我做得很帅！"围观的路人笑轩宝："你脸上的肉就是这么多呀！"

轩爸轩妈看泥塑，一致觉得老人抓到了轩宝活泼的神态，达到了艺术创作中神似的标准。而在老人泥塑的过程中，轩宝以他的童真为自己、为轩爸轩妈、为路人带去了无以言喻的快乐。那二十多分钟的时间，轩宝跟他背靠着的海滩，融合成了一副完美的海滩嬉戏图。

暑假青岛游之三："崂山比想象中更美"

出行缘起　青岛行的第二站，登崂山
旅途特色　青岛有崂山，崂山伴着大海，青岛是山海之城
轩宝行为亮点　下山之后，用文字出色而完整地描绘了崂山的美
地点　山东青岛崂山仰口景区，巨峰景区
时间　2013年6月

因为时间的关系，轩宝只能花一天的时间在崂山上。轩爸事先做足功课，专挑最精华的部分玩。轩爸先带轩宝到仰口，那是崂山最东面的一块区域，在仰口山顶的天苑（sky garden），可以俯瞰仰口湾；而通往天苑之路，必须经过一个觅天洞，洞里的路相当惊险刺激。

觅天洞里有一段路，是需要打着手电筒走的，否则就是一片漆黑。轩爸猫着腰走在最前面，探路加上照明，轩宝在中间，寻着轩爸的足迹，一步一步的。洞里有些地方很窄很矮，一米三十几的轩宝也必须弯下腰才不会撞到头。惊险刺激的山洞之路并不长，但却对轩宝的心智是一次极大的考验。轩宝不喜欢黑，不喜欢看不清脚下的路，轩宝一路走一路叫，好不容易走出山洞，轩宝松一口气。

轩宝虽然不喜欢这样的路，但山顶的景色却是令轩宝万分欢喜的。站在仰口山顶，望向眼前的大海，望向大海的深处，大海是蓝色的，天空也是蓝色的，轩宝说："这下子看到了海天一色。"

在巨峰，从缆车站往上，还要爬四五十分钟的山路才能抵达山顶。一路上，轩宝手举着GPS，走几级台阶，就察看一下海拔高度。休息时，轩宝不忘向周围的人炫耀："看，我这里有一个好东西。"路人被轩宝的"高调"吸引，纷纷探头看轩

有一种育儿叫旅行

宝手上的宝贝，有个叔叔甚至央求轩宝把 GPS 借给他拍一下照，叔叔把 GPS 上显示的海拔高度拍下来，发给自己的朋友看。登山途中，海拔高度令人平添成就感。

当然，登巨峰，目的是看青岛的山海风景。攀登的路上，轩宝跑到每一个伸出去的平台上欣赏风景，直到最高峰上的那一大片平台，站在那里，轩宝说："不想走了。"

轩宝不想走，因为那里看出去的风景确实像仙境。轩宝喜欢看飘浮在海面上、缠绕在山峰间的云海，轩宝一口气拍了十几张照片；轩妈喜欢看大海中那若隐若现的小岛，小岛孤零零地在海的中央，有点凄苦，又有点孤傲，那冰冷的气质是最吸引轩妈的；轩爸呢，就喜欢看广阔的、望不到彼岸的大海，看着那样的大海，轩爸的心境也变得好大好大。

轩宝看了又看，轩宝说："崂山比想象中更美，崂山是仙境中的仙境"；轩宝还是不想走，轩宝边看边告诉路人："这里比上海好多了，上海根本看不到这样的风景"；轩宝对轩爸轩妈说："我们再看一会儿吧，再看一会儿再下山，舍不得走。"轩宝在崂山顶，看到了大海，看到了海中的小岛，看到了云海，看到了雄伟的山峰，看到了山脚下的海滩。轩宝说："青岛的山峰是雄伟的，海滩是一望无际的，城市是热闹的。"轩宝急急地说着自己的感受，即使不那么精确，轩宝还是尽力诉说自己的感受与感动。

在青岛崂山，轩宝看到了优美的风景，轩宝也看清了自己对山的喜欢，对海的向往。爬山的过程虽然有一点点累，到了山顶，轩宝就说，"累是值得的，看到了好的风景，马上就忘记了刚才的累。"晚上回到宾馆，轩宝写微博，对于崂山，轩宝的文字真是充满了感情。

@宏波的远方："青岛这座城市，高山、大海、城市都有，所以，青岛是我跑到现在让我印象最好的地方了。今天我们到了青岛崂山巨峰游览区，在山顶上 (1038 米) 往下看，用我的话说，就是：比仙境还仙境一千亿倍。用妈妈的话说，就是：我心中的梦幻之境。用爸爸的话说，就是：已经不是仙境了。往下看，远处有一望无际的大海，山下有云海，还有高高的雄伟山峰。实在太太太好了！"

诚意 正心 **下篇**

暑假青岛游之四：潮涨潮落之间

出行缘起 青岛行的第三站，银沙滩
旅途特色 青岛的沙滩是轩宝的神往之地
轩宝行为亮点 在大海边，第一次清晰地记住了潮涨与潮落
地点 山东青岛银沙滩
时间 2013年6月

傍晚五点，正是最适合玩银沙滩的时间。海浪渐小，潮水往海的深处退去，沙滩呈现出一片最广阔的样貌。

轩宝奔向那一个个海浪之中，一阵海浪翻卷过来，轩宝兴奋尖叫："耶皮，耶皮，耶皮！"（不知道啥意思，轩妈只是照着原音写下来）。海水凉凉的，海水也很清澈，轩宝的小腿浸润在透明的海水之中，脚趾头肆意地扒拉细细的沙子。海浪过来时，轩宝叫"耶皮"，海浪退下时，轩宝细心地感受脚底的细沙随海水流逝而产生的移动感。

而当轩宝在黄昏时分尽情玩耍于潮落之后的银沙滩之时，轩宝压根没有想到，这片宽阔的沙滩，如果涨潮了，又会是怎样的景象呢？！

在青岛的最后一天，吃完早饭，轩宝按照自己排好的计划，再次奔向银沙滩。早上八点，轩宝来到沙滩旁，放眼一看，咦，沙滩怎么变小了？那天曾经肆意驰骋的广阔海滨，现在只剩下窄窄的一条。

轩爸说：涨潮了。轩宝定睛看，原来这就叫作涨潮呀！海浪一浪接一浪地拍打翻卷，一层一层，不间断地；每一层海浪打过来，轩宝挖的沙沟就被淹掉一些，到后来，轩宝挖的速度完全跟不上海水上涨的速度，轩宝不得不弃沙沟而不顾，退到离海更远的地方，把自己的双腿深深地埋在沙子里。

虽然不能太靠近海水，涨潮的海边依然有令轩宝兴奋尖叫的时刻。轩爸租来一辆四驱沙地车，载着轩宝在沙地上驰骋。

轩宝告诉轩妈："太刺激了，妈妈，

有一种育儿叫旅行

你也应该去开一下。"玩过沙地四驱车之后,轩宝猛然觉得自己的童年真是太精彩了!

潮起潮落之间,大海留给轩宝不一样的空间,不一样的天地。从文字上看,潮涨潮落只是对一种自然现象的描述;而从轩宝的眼睛看出来,潮涨时分,可以在相对狭窄的沙地上,捡贝壳,捡石子,开沙滩车;而当海水后退之时,则可以跟海水更亲密地接触,离陆地远一点,离漫无边际的大海近一点。两种情形皆好玩,两种情形皆有大欢喜。

轩宝的人生就是如此。只要凭着一颗欢喜的心,居家、旅行皆开心,上学、放假皆开心。即使这一次的青岛行已经成为往事,轩宝仍然拥有此刻正在哼唱《开门大吉》的尽情尽性与欢喜。

洞里自有乾坤:从花山谜窟到龙门石窟

出行缘起 2013年暑假,七月玩山,八月玩水

旅途特色 "七山行"中的两大洞窟,令人联想到轩宝小脑袋里的乾坤,令人联想到育儿过程中,对轩宝大脑的"格式化"

轩宝行为亮点 走在花山谜窟,联想到了以前去过的龙游石窟,见多,必能识广

地点 安徽黄山市花山谜窟;河南洛阳龙门石窟

时间 2013年7月

2013年轩宝小学二年级结束后的暑假,按照事先商定的计划,根据七月爬山的主题(八月的主题是涉水),轩爸带着轩宝到安徽、河南(途中在江西婺源停留两天),先后攀登黄山、嵩山、云台山、齐云山。

而在爬山的间隙,轩宝跑到了花山谜窟和龙门石窟,跟随轩爸轩妈一起,探究石洞里的乾坤。

在回上海的路上,轩妈跟轩宝聊天,轩宝告诉轩妈:"这次出门玩的时间一共十五天,是宝宝旅游史上的最长时间。现在觉得第一天玩的花山谜窟是很遥远的事情了。"真的很遥远了吗?会不会遥远到忘记了呢?轩妈问轩宝:"那么宝宝还记得花山谜窟的事情吗?我们玩了哪几个窟?"

轩宝说当然记得,"35号窟最大,2号窟最漂亮,24号窟是在水下的,要坐船进去的";轩宝还说:"洞里的平均温度是15度,好凉爽!"

轩宝的回答勾起了轩妈对花山谜窟的记忆:35号窟的面积有一万多平方米,里面曲径通幽,巨型石柱撑起了一个洞窟世界。轩宝在石窟里边走边看,不时地把眼

诚意 正心 **下篇**

前的情景跟上次去过的龙游石窟作对比。2号石窟营造得相当精美，石桥，流水，很容易让走在洞里的轩宝想象自己曾经去到过的那些江南水乡；而24号石窟竟然需要划着小船前往，洞里的世界相当精巧，其中有两段路程甚至需要坐在船上的轩宝俯下身子才能通过，轩宝惊呼：真是太神奇了！

轩妈最喜欢看轩宝在谜窟里穿行、探索的样子。洞里很黑很暗，轩宝不知道下一步会看到怎样的情形，未知的世界引领着轩宝不断地前行，寻找通往光明世界的出口。

而看似格局随意的谜窟，其实隐藏着不为人知的乾坤。因为没有文字记载，所以到目前为止，没有谁能确定花山谜窟的建造者以及它的用途。

轩妈跟在轩宝身后，在谜窟里穿行。看着轩宝融入看不到尽头的、黑暗洞窟的背影，轩妈特别想走进轩宝的小脑袋，走进那个小脑袋里的世界。轩妈想知道，彼时彼刻，花山谜窟究竟给予了轩宝什么样的映像。

除了跟龙游石窟进行对比，除了感叹洞里温度适宜之外，除了对于某些意料之外的景象发出惊讶之外，对于花山谜窟，轩宝没有说出更多的体会。然而，那一段黑暗中的探索，一定会在轩宝的小脑袋里留下痕迹。

几天之后，轩宝到了洛阳的龙门石窟。当一眼见到居于石窟之下的那一座座佛像之后，轩宝的第一反应是："原来龙门石窟是在户外的，不是像花山谜窟那样，在一个巨大的洞里面的。"

因为是在户外，因为是顶着三十几度的高温瞻仰那些佛像，对于龙门石窟，轩宝惊叹的心情明显少了。尽管如此，在游玩的第一阶段，轩宝还是仔细地欣赏了那些石刻。

如果说花山谜窟和龙门石窟代表着一明一暗两个洞天世界的话，那么，对于轩妈而言，先后走过这两个石窟的轩宝的小脑袋，就是一个明暗相间的丰富世界。对于那个世界，轩妈了解的或许只是其中的很小一部分，就像轩妈在花山谜窟里看到的，

也只是视线所及的那一小部分；在轩宝的小脑袋里，还有太多的东西是轩妈不了解的。而即使不被人了解，甚至不被轩宝自己所了解，那个小脑袋依然自有乾坤，依然遵循着自身独特的成长规律。

轩宝行走着，行走在他最喜欢的旅途中；每跨出一步时，轩宝以为那只是往前走到目的地的必需；殊不知，

有一种育儿叫旅行

那小小的一步,却在他的小脑袋里弯弯曲曲地行走了好长一段路。如果说轩宝走过的花山谜窟、龙门石窟自有乾坤的话,那么轩宝的小脑袋也正在格式化着,正在乾坤着。轩爸轩妈饶有兴味地围在轩宝的身边,欣赏并且赞叹!

跟水龙共舞:从卧龙谷到青龙峡

出行缘起 2013年暑假,七月玩山,八月玩水
旅途特色 "七山行"以山为主,而山总也离不开水的陪伴。在峡谷里,就有从天而降的瀑布,令人惊喜
轩宝行为亮点 原来走在辛苦的山路之上,就是为了寻找山的尽头处,那水流的精彩。轩宝说这样的辛苦真值得
地点 江西婺源卧龙谷;河南焦作云台山青龙峡
时间 2013年7月

轩爸告诉轩宝,"这次暑假旅行的主题是'七山八水'",意思是七月份的出行以登山为主,八月份则主要玩水。话虽如此,在"七山"的行程中,每当下到山底或者峡谷底,不期然地,轩宝就会遇到水,然后走入水中,跟水花共舞。

在江西婺源的卧龙谷里,轩宝跟轩妈两个走在前面,被瀑布的声音引领着,被景区里的游览线路图指引着,一门心思要走到卧龙谷的最深处:大龙瀑。结果,不知什么原因,大龙瀑风姿不再,唯有与它隔谷相望的望龙瀑咆哮着。

在寻找望龙瀑的路上,看着一个个跟龙有关的指示牌,轩宝对轩妈说:"这个世界上其实没有龙这种动物的,对不对?那么为什么中国的很多景区里,只要是瀑布,它们的名字里面都会出现'龙'字呢?"因为没有真实个体,所以人类就可以恣意地想象,把所有美好的、强大的品质,赋予到龙的身上。那些瀑布,或者瀑布下方的深潭,似乎皆与龙的行踪有关。于是,一路追随着龙瀑们的轩宝,心灵被龙瀑的

力量撞击了,身体却依然轻盈得在龙潭里,自由自在地跟水龙共舞。

后来在焦作云台山的青龙峡里,在峡谷尽头的九龙瀑下,轩宝足足跟水龙共舞十几分钟。

而几乎是与水龙贴身共舞的经历,令轩宝觉得过去一路上的辛苦与颠簸太值得了。看着轩宝无比灿烂的笑脸,轩妈再故

意问轩宝:"我们走那么多路,坐两次缆车到这里,值得吗?"轩宝用力地点头,再点头。

一路汗流浃背,或是往上抬起沉重的双腿,或是控制往山下走的节奏,轩宝一路辛苦着,找到了水龙,然后跟水龙激情地起舞,感受自在奔放的时刻,纵情释放喜悦的心情。这样的旅程因为身体与心情的起伏崎岖,而深深地留在了轩宝的小脑袋里。旅途也许辛苦,过程也许坎坷,但是前方总有美好的东西等待着。昨天轩妈试图探索轩宝小脑袋里的乾坤,今天,轩妈又眼睁睁地看着那个乾坤里加入了一段戏剧性的、跟水龙共舞的经历,而轩宝的身心就在这样的不断添加之中,变得强壮与丰富。

@**宏波的远方**:今天,"宏波的远方"摄制组来到了河南省修武县的云台山景区(核心)。今天我们玩了三个景区,分别是:红石峡、泉瀑峡和潭瀑峡。红石峡,里面的石头都是红色的,连台阶都是红的!接着我讲泉瀑峡。我们刚刚下巴士,到了(北纬35.14度,东经113.19度),"不吉利"的事发生了:我走在路的边缘,正好有一块是凹下去的,一不小心,就摔了一跤。膝盖这里有点出血,皮磨破了,不过一点关系都没有!男子汉大丈夫,这点小事算什么!潭瀑峡境内有很多瀑布,其中,一个是"情人瀑",一个是"丫字瀑"。还有其他很多的小瀑布(2013/7/29)。

横看竖看都是山:从黄山到嵩山

出行缘起　2013年暑假,七月玩山,八月玩水
旅途特色　"七山行"的主题景区:黄山、嵩山
轩宝行为亮点　喜欢爬山,更喜欢登顶之后的成就感
地点　安徽黄山,河南登封嵩山
时间　2013年7月

7月18日是轩宝"七山"游的第二天。这一天,轩爸说要带着轩宝从黄山南大门进山,征服黄山的最高峰莲花峰(最险峻的天都峰关闭了)。黄山那么美,无论春夏秋冬,都吸引着大量的"朝圣"者。因为人多,在上山的缆车站排队,轩宝先是有些怨言,等到了山上,黄山独特的云、雾、松和奇石扑面而来时,轩宝马上来了精神,不断地叫,不断地拍照。轩宝在心里说:"黄山,我终于来了!"

那一天,山上的云雾很浓厚,莲花峰上雾茫茫的,站在通往莲花峰顶的山腰上,不少旅行团的游客在思忖到底要不要登峰,神气的爬山小将轩宝在一旁说:"到了黄山,怎么能不登上莲花峰呢,那可是黄山的最高峰哦!"

有一种育儿叫旅行

轩宝义无反顾地登山，有几段山路很陡峭，轩宝说"那个角度最起码75度，最陡的大概要89度了"，可是啊，既然开始了登山，又怎么会有退路呢？轩宝爬爬停停，累的时候，或者有一点害怕的时候，只要看到迎面过来的那些从莲花峰顶下来的人，看到他们脖子上挂着的代表登顶成功的纪念金牌，轩宝就又鼓足了勇气，轩宝的心思是："我要登上黄山的最高峰，拿到那块金牌，开学以后给同学们看，他们一定羡慕死了！"

登顶成功之后，最先吸引轩宝的并不是从顶峰看出去的山色，而是那块记载莲花峰高度的石碑，轩宝用手机拍下了那块石碑，当晚就把那张有象征意义的照片当作自己微博的头像了。

几天后，轩宝又来到了嵩山。虽然轩宝知道"五岳归来不看山，黄山归来不看岳"，游完黄山，再登嵩山，轩宝仍然觉得很开心，很骄傲。因为天气和时间的缘故，那一天的嵩山行，轩宝一家并没有走到原定的目的地三皇寨顶，但轩宝觉得到过嵩山了，见到嵩山的石头和山峰了，自己那颗小小的、爱好登山的心就满足了。

在嵩山上，轩宝一路走来，看到的都是成垂直皱褶状的山体，这是嵩山最独特的景观。轩宝说："跟其他的山相比，这里的石头都是竖着排列的！"

再回顾黄山上看到的山体，那些奇峰秀石就明显圆润许多，石头的纹痕也相对地呈水平状排列。

嵩山是竖着的山，黄山、云台山是横着的山，横山竖山都是山，横看竖看都是山；只要是山，必定拥有着上亿年的故事；而轩宝爬山看山，不问山的出处，不慕山的虚名，只要是自己爬过的山，只要是自己登过的顶，那就是最好的山，最好的风光！

@宏波的远方：公元2013年7月17日早上7时20分，有史以来最长的一次旅行——皖豫游，正式开始！今天，"宏波的远方"摄制组来到了徽州古城——黄山市。我们午饭、晚饭都吃了徽菜。徽菜，除了毛豆腐、臭豆腐、还有放梅干菜的饼、烧饼，其他我都爱吃！早上，我们从上海到黄山市的路上，G56杭瑞高速临安-黄山市段，放眼望去，满目苍翠！吃完午饭，我们驱车半小时，到了屯溪区的花山谜窟，令我印象也很好哦！（2013/7/17）

诚意　正心 **下篇**

如果时光可以倒流：从西递古村到齐云道观

出行缘起　2013年暑假，七月玩山，八月玩水
旅途特色　"七山行"的古村、古道观景区：西递古村，齐云道观
轩宝行为亮点　轩宝虽小，但走过的古村和古迹多了，自然就对古村产生亲切感；对古人们的精神生活产生认同感
地点　安徽黄山市西递古村，齐云山
时间　2013年7月

在西递，轩宝印象最深的是衬托着徽州老宅子的蓝天白云，轩宝觉得，那一片世界只有三种颜色，分别是黑白蓝：天空是蓝色的，云朵和老宅子的墙壁是白色的，而老宅子的屋顶则是黑色的。很简单的三种颜色，却向轩宝传递着强大的人文磁场。轩宝见到好几个美术学院画画的学生，每次见到，轩宝就驻足，蹲下身子，靠在写生的学生旁边，尽量循着他们的视线欣赏古村的景致，看着看着，轩宝就说："嗯，这个角度看，真的好漂亮，你画得还蛮好的，你还蛮厉害的嘛！"

时间是西递的宝，岁月使西递成为现在的、令人怀旧的古村；而那些流逝掉的岁月，其实都是由古村老宅子里的每一户人家、每一代人去填满的。对于故地重游的轩爸轩妈来说，十几年的岁月在两个人的脸上留下了痕迹，却也给两个人送去了生命中最圆满的轩宝。

说到底，古村诉说的其实是一个一个的、人的故事，就像行走在轩爸轩妈身旁的轩宝，即使是如此普通不过的一个孩子，他的喜怒哀乐在经过岁月的洗礼之后，某些片段、某个瞬间或许也会成为让人感慨的故事。所以，轩爸轩妈无限地珍惜轩宝。

在到西递古村前，轩宝还到了齐云山，山上遍布着各种古老的道观。如果说古村是世俗生活的化石，那么道观则是古人们精神生活的道场。

@宏波的远方　齐云山景区位于安徽省黄山市休宁县境内。距休宁县城约15公里。齐云山山清水秀，横江在山下流过，真的是山水画廊。齐云山主峰海拔585米，比黄山莲花峰低1279米。齐云山有山水，也有道教。一天门、二天门和三天门都有。西递位于黟县境内，是皖南古村落的其中一个。古村里老房子依然非常完好地保留着。（2013/7/19）

有一种育儿叫旅行

齐云山上的天空也是纯净的蓝色，但奇怪的是，在那里，天空似乎可有可无，轩宝的眼睛总是盯着那些石刻、那些铭文。在中国人的精神世界里，呼吸不依靠天空的存在，只要有信仰，人就活得潇洒自如。

在古村和古迹面前，只要有心，就能隐约地感受古人的生活和心愿。而因为愿意感受，因为可以感受，现代人的精神世界就可以丰富而充足。轩宝虽小，但走过的古村和古迹多了，自然就对古村产生亲切感；对古人们的精神生活产生认同感。对个人而言，历史的细节其实就是透过这样的方式，折射到现代人的生活之中；而领悟与否，就全凭每个人的努力了。能够在西递古村欣赏美院学生的画作，能够在烈日下蹲下身子看蓝天黛瓦的轩宝，一定可以！

少林欢喜地：从少林寺到少林药局

出行缘起 2013年暑假，七月玩山，八月玩水

旅途特色 "七山行"里的少林寺，轩妈对其中的碑林、塔林、树林最是喜欢；当然，最喜欢的还是少林寺的精神意义对轩宝的庇护

轩宝行为亮点 对轩宝来说，少林寺不仅仅是"又一处"古迹、古刹，少林寺代表着少林功夫，代表着轩宝在登封看到的苦练少林功夫的同龄小朋友，代表着一种强壮有力的男子汉气概

地点 河南登封少林寺

时间 2013年7月

不同于其他大部分中式庙宇以黄色建筑为主，少林寺的建筑主色调是红色的，暗暗的红色。这颜色不如黄色那般给人跳跃感，但却充满了对人生、对生命的肃穆感。

生命是庄严而肃穆的，走在通往少林寺大殿的那条砖石小道上，轩宝的两边或是被灰黑色的石碑包围，或是被高耸入云的大树环绕；轩宝抬头望向大树的顶端，夏日的阳光从树枝中间洒落下来，轩宝的脸庞上就有了生命跃动的轨迹；轩宝眯一下眼睛，继续前行。而在那前行的过程中，那一块块的石碑则用浸透着生命力量的故事，为轩宝保驾护航。

诚意　正心 下篇

　　轩妈拉着轩宝细读石碑上的文字，叫轩宝跟石碑一起拍照。轩宝倚靠在石碑前，脸色瞬间肃穆起来。轩宝常听轩爸讲佛教意义上的"人生之苦"，这些石碑正是记录了一个又一个因为遍尝苦味而拥有了最坚强的生命力的故事。轩宝在少林石碑前汲取坚强的力量，然后问轩妈："宝宝这个样子，是不是很帅啊！"

　　少林寺的精髓除了大殿里供奉的佛像之外，那庙宇之上的一砖一瓦，那寺殿之间的一树一井，都在诉说着岁月无法磨灭的生命力。轩宝走过佛像，走出大殿，靠在一颗遒劲的老树干前，朝气鲜活的身体与充满岁月痕迹的树干在一起，那一刻，轩妈眼睛里的轩宝，仿佛拥有了武林中的"吸食大法"，轩宝要把树干中那些最坚硬的品质，吸收到自己的生命之中。

　　轩宝就这样在少林寺的碑林和树林中行走，无声地行走。跟其他的庙宇相比，少林寺的香火似乎不那么浓烈，因为它背靠着雄伟而广阔的嵩山，再多的香客，再浓烈的香火，在如此广阔的背景之下，终究只是沧海一粟；更何况，在轩妈的眼中，少林寺的碑林、塔林和树林，它们三者构成的气场远甚于佛殿、佛像和香火所散发出来的佛教意义。旅行途中，轩爸经常跟轩宝讲到人文景观和自然景观的差别，轩宝总是说，"宝宝更喜欢自然景观"；而在少林寺，"林"不再是自然景观中的树林，而是融入了佛教文化的碑林和塔林，人文意义在自然形式中散发出永恒的光芒。

　　在不少人的眼中，庙宇是个悲情、悲壮的地方，僧侣们在庙宇里以俭朴、枯燥的生活换来对人生的彻悟。可是少林寺的僧人们却说少林寺是个令人欢喜的地方。

　　他们说，少林欢喜地；他们说，即使是简单地吃斋饭，那个斋饭堂也是修行的好地方，"淘米尽沙明祖意，搬柴运水见禅心"。轩宝就在那"少林欢喜地"静坐，轩宝的头上戴着"少林寺"遮阳帽，能够跟少林欢喜地如此地接近，轩宝觉得自己真是帅气！

　　如果心里能够一直把少林当作欢喜地，那么再烦再难的情势之下，也可以坚持下去。就像少林寺方丈、少林寺的僧侣们不得不在商业大潮的喧扰之中，顽强地生存，顽强地宣传少林佛法的真义一样，当他们真正参透了生命的禅义之后，喧闹不喧闹，那又怎样？！或者说，能在喧闹之中静心修行，那才能真正地达到"少林欢喜地"的无上境界。

　　轩宝也是这样，旅行结束，快要开学了。轩爸对轩宝说："宝宝应该放假也开心，上学也开心。"轩宝在自己的房间里，画一张地图，再默写一篇语文课文，遇到那个"戳"字没写出来的，就订正，连续写四遍……夏日的时光悄悄地溜走，轩宝的暑假快要欢喜地结束了。

心之旅 有一种育儿叫 *旅行*

有风、有浪、有意境的海边礁石群

出行缘起 2013年暑假，七月玩山，八月玩水

旅途特色 "八水行"里的礁石景区，礁石经年累月与海浪相拥，终于练成如今壮美的存在

轩宝行为亮点 面对礁石，面对着始终跟他在一起的轩妈，轩宝意识到了自己的不完美，轩宝第一次在美好的风景前，流泪了

地点 福建省平潭岛仙人谷、仙人井

时间 2013年8月

@宏波的远方：今天，我们"宏波的远方"摄制组来到了福建省的平潭县。平潭，是我国的第5大岛，还是我国离台湾最近的地方。最近的地方距台湾仅68海里。接下来讲发生在平潭的怪事：

❶ 我们在S1522平潭支线高速上，到了一个收费站。要收费了，可在小屏幕上却显示：153元。这时，我、妈妈想：高速上收费怎么可能会有"3"呢？其他的收费站都会最后一个数字是"5"或者"0"。真是够与众不同的啊！

❷ 我们站在沙滩上，看着大海。刚看了0.0000001秒钟，就发现：平潭的海蓝得吓人！比天空还要蓝多了！这就说明，平潭的海水很干净，一点污染都没有呢！

❸ 我们是下午一点半到海滩的，那时的海滩，还是比较小的。我在很外面玩沙子，也玩得很开心。然后呢，慢慢地退潮了，我们就把鞋子放在海边，继续玩海。

❹ 后来，大概过了40分钟，我们又要去拿鞋子了。那时，已经退潮了将近100米！我们没有感觉到退潮了这么多，就沿着海边找鞋子。后来，几乎把整个靠海的地方都找遍了，还是没找到。我们那时已决定去县城再买三双鞋子了，可是就在这时，我们在远处看到了一个蓝色的东西，结果，竟然是我们三个人的鞋子！我们都大吃一惊！（2013/8/8）

福建平潭岛上，既有绵延数十里的海滩，也有各种奇异的礁石风景。离开上海前，轩宝看过《远方的家》，在《边疆行》系列里，轩宝特意挑选介绍平潭岛的那一集看，也正是从那集片子里，轩宝熟悉了仙人井、半洋石帆等礁石景区的名称。

轩宝觉得仙人井的名字很浪漫，而且那是海边的礁石形成的自然海井，所以轩宝非常想去一探究竟。而其实，抵达仙人井所在地之后，轩宝发现，与仙人井相伴的仙人谷更加迷人。

因为耸立的礁石，大海在此处不再宽阔；海浪一波接一波地拍打在礁石上，日积月累地，礁石被锤打得光滑而鲜亮。趁着海潮不算太大，轩宝牵着轩妈的手，走入被海水浸泡的礁石里。礁石阻挡了海浪宽广的去路，但海浪不退却，总是能在几

诚意 正心 下篇

块礁石的缝隙间找到流淌的口子。而或许是因为战胜了逼仄空间的缘故，每一个充破礁石阻隔的海浪，总是很激情地喷灌在轩宝那浸在海水里的双脚双腿上。轩宝的阻挡让海浪翻得更高一点，浪花在轩宝的脚面飞溅，轩宝大声尖叫。

风和浪让海边这几块巨大的、坚硬的礁石变得灵动，变得鲜活了。轩宝和轩妈紧紧地站在一起，那意思是，"宝宝要跟妈妈一起度过风浪"。就这么偎依着，几分钟后，轩宝流泪了。

十几分钟前，在到仙人谷之前，轩宝因为太醉心于查看手机上的地图，而没有及时回应轩妈的下车呼唤；等到轩妈连续呼唤后，轩宝又显得不耐烦的样子，当时轩妈就批评轩宝："怎么可以这么没礼貌呢？太不尊重妈妈了。"看到轩妈有些生气的表情，轩宝后悔了，可是自尊心使然，轩宝没有当场认错。

等到在"有风有浪有意境"的仙人谷底，面对着一阵接一阵的海浪，面对着无声无息的、冷静的大自然，轩宝的心情平静下来，轩宝的理智也回来了。轩宝的掌心一直在接收着轩妈传递给他的温暖，轩宝实在太后悔自己先前的行为了，所以，轩宝哭了。

轩妈把流泪的轩宝更紧地搂在怀里，轩妈说："没关系，宝宝现在后悔了，说明想明白了，说明懂事了，以后不会再犯这样的错误了。"轩宝马上点头，可是又有些担心以后自己在某种情绪的支配下，再次犯错，所以就对轩妈说："以后万一我又这样了，妈妈要马上提醒我，好不好？宝宝还小呀！"

轩妈郑重地答应轩宝，轩宝继续埋头在轩妈的怀里，擦一下泪水，表达一下内心的愧疚，同时也要证实轩妈依然爱着不够完美的他。轩妈一边轻拍轩宝的后背，一边抬眼看着前方，轩妈发现，轩宝的泪言泪语，轩宝的柔弱举止，令那一刻的仙人谷礁石呈现出一种略显壮美的意味。

在轩宝的成长道路上，偶尔地停一下，偶尔地退一下，偶尔地被海浪打翻船，只要能再站起来，只要能再往前走，轩宝就会越来越优秀。

旅行回来后，轩宝有意识地、用心地纠正着行为上的偏差，虽然步子不太大，轩爸轩妈仍不忘反复地表扬轩宝，轩爸轩妈相信，好孩子就是这样长成的！

有一种育儿叫旅行

鲤鱼跃龙门

出行缘起	2013年暑假，七月玩山，八月玩水
旅途特色	"八水行"的尾声篇，来到了安静的鲤鱼溪，"鲤鱼跃龙门"是个好兆头
轩宝行为亮点	除了山，轩妈发现，轩宝也很喜欢群山之间的开阔地，喜欢在那些开阔地上的好人家。在鲤鱼溪，轩宝流连忘返
地点	福建省周宁县鲤鱼溪
时间	2013年8月

在福建宁德的周宁，有一个安静的水岸小村，村里的人世世代代围绕一条溪水而居而生，这布局跟我们常见的江南水乡、江南古镇布局一致，但是在周宁小村的那条溪水之中，还生活着几千尾的鲤鱼，而这些鲤鱼的祖先甚至可以追溯到八百年前。

因为有鲤鱼，所以那条小溪被叫作鲤鱼溪；因为有鲤鱼，所以那个小村被开放成旅游景区。当轩宝的"八水游"游到周宁时，鲤鱼溪成为轩宝非常喜欢的一个地方。

溪水一如既往地流淌，窄窄的溪流，清清的溪水，欢腾着的鲤鱼，那一幕流动的场景虽不激烈，却让人感受到了潺流不息、生命不止的意味。溪流两岸的人家平静地生活着，或者架个炉子在门口制作光饼，自己吃，卖给游客吃，也让鲤鱼们吃。

在经历了颇为壮观的"七山八水游"之后，命运安排轩宝在鲤鱼溪重拾安静、平静的一颗心。八百多年来，这些鲤鱼靠着跟村民的和谐相处，寻到了一处生存空间；而它们的生存也为村民们带去了敬爱自然、敬爱生命的意识，村民们跟鲤鱼相敬如宾，时间一长，鲤鱼成为村民们生命的一部分。

轩宝那颗少年的、易动的心，正是被这份平静祥和的氛围打动了，所以轩宝在鲤鱼溪，迟迟地不想离开。轩宝虽小，但生命世界的各种精彩都不能错过。鲤鱼溪的祥和安静既是都市成年人追求的理想环境，也同样会打动如轩宝般的、活泼的孩子的心。

鲤鱼溪归来，轩宝的"八水游"接近了尾声；再过两天，新学期要开始了，在这样的时刻，回味在鲤鱼溪的那几个小时所感受到的内心的平静与满足，就会让轩宝对新学期产生跃跃欲试的冲动。蓄势，为的是一触即发；正如鲤鱼们之所以在那座拱形古桥边上下飞跃，是因为它们的体内储存着产生新生命的力量；而带着对鲤鱼溪美好回忆的轩宝，无论是那脑袋，还是那心灵，都将从下星期一开始，把天地方圆聚焦到三（1）班那个温暖的教室里，好好地学习，快乐地长大。

诚意　正心 **下篇**

行走途中话成长

出行缘起　轩妈生日，轩爸说找个地方走走吧
旅途特色　再游五泄瀑布；邂逅千柱屋（私宅）
轩宝行为亮点　旅行是学习，除了看风景，轩爸一直教导轩宝要观察周围的人，学习别人身上的长处，包括每个人的语音、语调；而轩宝也会用自己的眼睛发现成年人容易忽视的东西，比如千柱屋里的洗发阿姨
地点　浙江省诸暨市五泄风景区，千柱屋（私宅）
时间　2013年11月

　　老师要小朋友写心愿卡，也叫理想卡，轩宝写自己的心愿："长大以后要做个像徐霞客那样的旅行家。"在清一色的"做老师""做科学家""做画家"的心愿中，轩宝的这个心愿算是很独特，老师夸轩宝："你写得真好。"

　　轩宝想做个旅行家，所以轩宝特别喜欢旅途中的时光。旅途之中，轩宝遇见好多人，遭遇好多事，看见好多美景，心里就会产生无数的美好遐想。

　　旅行途中，轩宝在酒店吃早饭，看到邻桌的一群人，怎么全部是居士打扮，轩爸听她们说话的口音，然后告诉轩宝："她们是日本人，一定是去灵隐寺烧香的。"真的是日本人吗？轩宝很好奇，轩宝走到她们桌边，也想听听她们讲什么话，友善的日本人对着轩宝说 morning，轩宝跑回来告诉轩妈："她们没说日语，也没说中文，她们对宝宝说英语，为什么？"

　　因为，英语是世界通用语，"宝宝，你也去跟她们说 good morning 呀！"轩宝再跑回去，一句 good morning 刚说出口，马上引来那一桌子日本人的欢笑。在她们的眼里，小孩是天使，小孩对着她们道一声早安，她们从心底里觉得开心，觉得温暖，觉得必须要对小孩友善地笑，友善地回应，"如果要使自己的孩子生活在温暖友善的环境中，那么自己就要时时刻刻做个友善的、不抱怨的人"，成年人就这样身体力行着，于是，他们为后代创造了美好温暖的环境。

　　轩爸说旅行也是学习，旅行途中，除了自然风景，那些人文的景观也是轩宝成长的养分。从早餐厅回房间的电梯上，轩宝一直在回想着先前跟日本居士的邂逅，回想着她们那一张张的笑脸，回味着因为她们的友善而让自己获得的美好体验。

　　旅行是交流，是分享。后来在五泄的某个小亭子里休息时，轩宝告诉身边的陌生老伯："我去年夏天来的时候，正好是雨季，那时候瀑布很大，我们只到了最下面的两泄；后面的路都被水淹了；今天总算可以看完五泄了。"老伯似乎很喜欢听

有一种育儿叫旅行

轩宝讲，轩宝讲完之后，老伯摸摸轩宝的小脑袋，既是赞许，也是爱抚的意思。而轩宝呢，大概很骄傲自己的经历已经丰富到能跟别人分享的程度，所以脸上流露出自豪的神情。

第二天在老房子千柱屋里面，轩宝又看到了"奇异"的景象：一位阿姨正在洗头发，咦，她怎么不是在洗澡的时候洗，而是就在院子里，在光天化日之下，头往下低着，头发全部梳到前面，然后，有一个叔叔就拿着一只水壶往她的头发上浇水呢？轩宝觉得这样的洗头方式太新奇了。

其实，这不是古老的、传统的洗头方式吗？轩妈小时候不也是这样洗头的吗？那时候，在轩妈身边帮着往头发上浇水的是轩宝的外婆，那时候，洗一次头，既是身体的温暖时光，也是心灵的温暖时光呢。

人生之中有许多的事情，对于轩宝，有些是他无缘再经历的事情，比如像老宅子里的阿姨那样的洗头方式；虽然不亲历，但亲眼看见了，然后再亲口询问了（轩宝一直站在阿姨身边问"舒服吗"），轩宝的心里就又多了一样东西呢。而正是这样不断地加进来的体验，令轩宝每时每刻都在成长。

旅行途中，轩宝的脚每跨出一步，对于山路，对于大地，对于人情世故，轩宝就多了一分的认识。在山水之中，在人群之中，轩宝挺直着身子拍照，轩妈透过镜头看，九岁的轩宝真的不再是个"小宝宝"，而是货真价实的男子汉了。

2013，谢谢"七山八水"

轩宝行为亮点 轩宝说2013年自己生活中最重大的事件就是"七山八水"。三十多天的成长中的旅行，成为轩宝的"立身之本"，成为轩宝精神上的支撑点

在即将结束的2013年里，轩宝正式确定了自己的"旅行者"定位，轩宝的微博名是"旅行家帅哥宏好瓴"；轩宝立下的未来志向是"做一个像徐霞客那样的旅行家"。2013年里，轩宝花费了四分之一的时间（92天）行走在旅途中，尤其是暑假期间长达32天的"七山八水"游，轩宝说那是圆满的行程，也是2013年他最想感谢的大事件。

"七山八水"是轩爸想出来的名称，概括了轩宝暑假期间的旅游经历，七月游山，八月玩水。在七月的游山篇章中，轩宝先后登上了黄山、齐云山、嵩山、云台山；而在八月的玩水篇章中，轩宝去了福建的平潭岛海滩，去了宁德的白水洋，去了周宁的鲤鱼溪，涉水的脚步踩得哗啦啦地响。

"七山八水"这名字既容易记忆，读起来又朗朗上口，很大气的感觉，所以

诚意　正心　**下篇**

2013年里，轩宝常常把"七山八水"挂在嘴边。在轩宝的同学和老师中，甚至是同学的爸爸妈妈中，也有不少人都知道"七山八水"的事情，因为轩宝除了在开学时用PPT的形式向同学们介绍了"七山八水"之外，每次学校里要求写作文，《难忘的一件事》，或者《印象最深刻的一件事》，轩宝总是写"七山八水"里面的事情。轩宝先后写过登黄山莲花峰的经历，写过云台山的美丽风景，也写过三都澳渔岛上的那个令轩妈大腿抽筋的迷宫洞。无论是口头介绍还是文字描述，因为是亲身经历的事情，同时又是非常骄傲的事情，所以轩宝讲（写）起来绘声绘色，轩宝的同学们听得纷纷露出羡慕的眼神。同学们回家之后，就把轩宝的旅行经历讲给爸爸妈妈听，然后央求："你们也带我去旅行吧！""旅行"是一种极具传染性的东西，轩宝的同学们被轩宝这么"反复地张扬"，也渐渐地开始了崭新的旅程。比如好朋友小费，今年暑假去了欧洲的瑞士、法国等地方，接下来的寒假又计划跑到比利时去了，小费告诉轩宝："我要去布鲁塞尔，去看看那个用尿尿救了全城人的小英雄雕像。"（语文课文里的一个故事）轩宝和他的同学们之间互相良性地影响，互相启发着成长，二年级的轩宝让全班小朋友跟着他一起关注天气情况，三年级的轩宝则在班级里掀起了一阵"旅行风"。

2013年，因为有了"七山八水"，轩宝对于自己的"旅行家"定位愈发地自信。几千公里的行程，不坐火车，不乘飞机，全部是用汽车轮子或者是用自己的双脚走过来，那种接地气的、脚踏实地的感觉，既是轩宝最喜欢的旅行方式，也是让轩宝看到更多旅途风景的好办法。"行千里路"之后，轩宝对于脚下的土地胸有成竹，所以那天在建德大慈岩，轩宝跟陌生游客攀谈的时候，当人家夸奖轩宝丰富的地理知识后，轩宝就大方地告诉人家："我是搞地理的。"

"搞地理的"不仅要有丰富的地理知识，更重要的是，心智要日渐成熟。轩宝在上周五晚上的博客里，说自己"又长大了一岁，变得成熟了"。虽然轩宝的"成熟"依旧是成年人眼中的"天真"，但既然会用"成熟"这个词语了，就说明轩宝正在努力地让自己成长。旅行是轩宝最具特色的成长方式，旅行途中，轩宝看山看水看风情，也拥有了更多的与上班族爸爸在一起的时间。

"七山八水"既是轩宝的玩乐事件，也是被轩宝视作"立身之本"的事件。如果说每个孩子都需要某个专长、某个爱好、某首歌、某个分数来令自己显得与众不同的话，那么2013年里的"七山八水"对于轩宝来说，就是令他之所以成长为"旅行家帅哥"的大事件。虽然在"七山八水"之前，轩宝已经走过了很多地方；虽然在"七山八水"之后，轩宝还将走到更远的地方，但唯有这2013年的"七山八水"，才是第一次让轩宝对自己的人生有了清晰的定位。

2013年，轩宝谢谢那走过的"七山八水"。

7 以点带面，走向远方　　(9岁–10岁)

走向远方的旅行倒计时

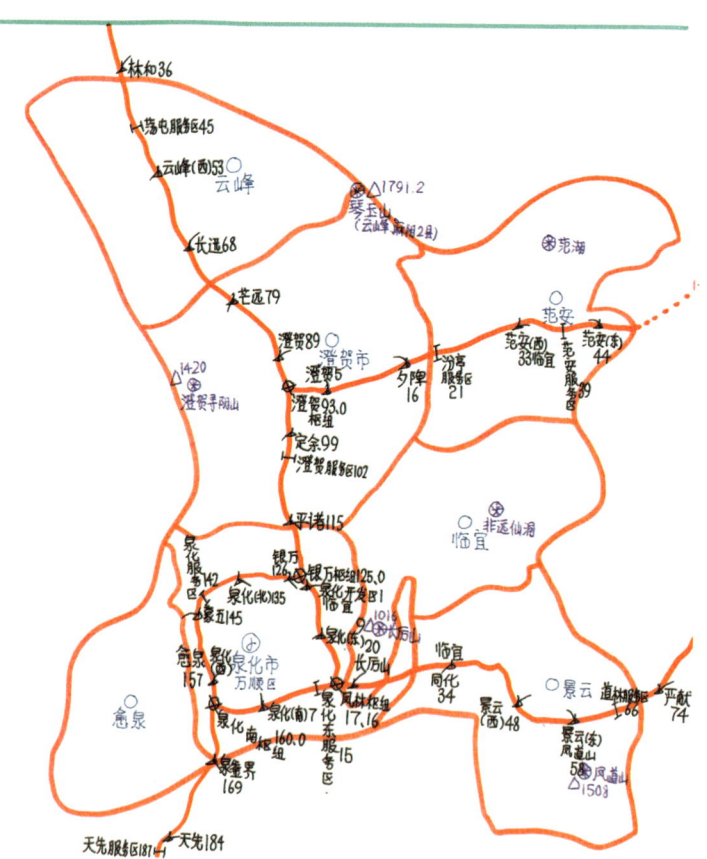

轩宝手绘地图（想象类，非现实）

诚意　正心　下篇

顶天立地的男孩儿

出行缘起　元旦假期，除了宜兴的大觉寺，轩宝说要去江阴的徐霞客故居"朝拜"
旅途特色　轩宝的探天勘地游
轩宝行为亮点　天文、地理，都是轩宝喜欢的领域；所以，当轩宝的脚步行走到紫金山天文台、徐霞客故居的时候，轩宝对于自己未来的旅行人生，有了更具象的概念
地点　江苏江阴徐霞客故居，南京紫金山天文台
时间　2014年1月

2014年的元旦旅行，轩宝一共游玩了八个景点，其中的南京紫金山天文台和江阴的徐霞客故居是轩宝最喜欢的两个地方。天文、地理是轩宝的两大兴趣所在，轩妈觉得这样蛮好，男孩子嘛，研究天文，研究地理，然后就可以成长为顶天立地的男子汉。

江阴的徐霞客故居是此次元旦旅行的设计原点之二（另一个原点是宜兴大觉寺）。轩宝说自己的理想是以后成为一个像徐霞客那样的大旅行家，在家时，轩宝已经读完了这位游圣的传记故事，等到了寒假，轩宝计划要看他那本六十余万字的游记。虽然对于徐霞客故居的地理位置，轩宝早就一清二楚，但总要到现场去看一下，去朝拜一下，才算是真正的"看见"呀！

"晴山堂"是徐霞客为纪念他的母亲而修建的，既阳光又有力量的一个名字，走进那里，轩宝看到四周的墙壁上陈列着当年的书法家、文学大家们为徐霞客（或者是徐氏家族）而撰写的故事。轩宝和轩妈都走近观看，轩宝寻找字里行间的"徐"字，轩妈则是欣赏古人的书法。

这几年轩宝走过不少的名人故居，徐霞客故居是令轩宝最有认同感的一个地方。站在徐霞客的旅行路线图前，轩宝看了很久，既是与自己记忆中的那条伟人路线核对，亦是再次感受当年凭着双脚走遍中国大地的徐霞客的艰辛。

轩宝骄傲地告诉导游阿姨自己那个成为大旅行家的理想，导游阿姨说："徐霞客不是单纯的旅行，他写了六十多万字的游记，他发现了黄山、黄果树瀑布，他还研究水系，他是第一个提出长江是中国母亲河的人，所以，小朋友，如果你要成为像他一样的人，那么你也要写游记，除了写地理位置，还要写风土人情，还要进行地理研究。"轩宝说自己已经开始这样做了，虽然只是一丁点的开始，虽然只是触及到了一丁点的风土人情（比如上次描写诸暨的西施豆腐），但那终究是个美好的开始。

有一种育儿叫旅行

在故居，吸引轩宝眼光的还有那张徐霞客生平表。徐霞客从 22 岁起开始行走，先走江浙一带的山水，然后慢慢地行走到西南部的云南。轩宝对照着回忆自己走过的地方，齐云山、黄山、嵩山去过了，郑州、洛阳、龙门石窟也去过了……对比下来，轩宝很骄傲，也对自己未来的行走更有信心。

而用双脚行走在路上的轩宝，经常地，也会抬头仰望天空，寻找太阳，也寻找星星。因为关注天气预报的关系，轩宝当然也喜欢研究天上发生的那些事情。所以，在南京的紫金山天文台，在郭守敬（中国古代四大天文学家）发明的天体观测器"简仪"前，轩宝停留了半个多小时。起初，轩宝不知道通过那片竖起的小青铜斜片可以获知时间，多看几次之后，再听到旁边的叔叔介绍的只字片语，轩宝豁然开朗了，轩宝兴奋地发现那竟然相当于现在的时钟。而一旦学会看之后，轩宝就舍不得离开了，轩宝看着青铜片的阴影一分一秒地往右移，时间从九点半起，一点一点地流逝，来自天上的太阳透过这样的方式，引领着地球上的轩宝，追随它，研究它，未来再去慢慢地洞察它。

即使岁月流逝，轩妈相信轩宝也不会忘记自己曾经在紫金山天文台的那台简仪前，怦然心动的时刻。轩宝觉得它神奇，若干年后，这份神奇感或许会促使轩宝细究简仪的原理。天空是遥远的，但轩宝一定可以看到。

如果说天文台是轩宝的探天游，徐氏故居是轩宝的勘地游，那么 2014 年初的探天勘地，就在轩宝幼小的心灵里定下了一个垂直的坐标。完成了这样的顶天立地游之后，轩宝心满意足，轩宝信心十足，轩宝说："2014 年一定会一切顺利！"

帅气的宏导航

出行缘起 元旦假期，除了计划中的目的地之外，太极洞是意外的收获
轩宝行为亮点 在旅行途中，轩宝第一次挑战"权威"，成为帅气的"宏导航"
地点 安徽广德太极洞
时间 2014 年 1 月

轩宝生活的年代跟轩爸轩妈的童年期完全不一样了，轩宝生活的时代叫"E 世代"，E 者，internet 网络的意思，网络成为轩宝这一代人获取知识最便捷的途径。

百度代替了《十万个为什么》，导航仪代替了地图、路标、路牌。轩宝一家在外旅行，去一个陌生的地方，即使是一个很偏僻的地方，轩宝从来不犹豫，有了导航仪，再冷门的地方都能找到。

轩爸轩妈轩宝三个人的手机上都有导航软件，它们分属于 app 导航，百度导航，

诚意　正心 下篇

以及高德导航。元旦上午从大觉寺出来，轩宝和轩爸两个人神清气爽地商量下午的目的地，轩爸本来想去宜兴的张公洞，熟知地理方位的轩宝建议："我们已经在宜兴郊区，离安徽的广德很近很近，去安徽的太极洞路程更短。"

轩爸听从轩宝的建议，在手机上寻找去太极洞的路线，结果，不同的导航仪呈现三种不同的路线，最长的耗时一个小时，最短的高德导航则指出了一条26分钟的路程。轩爸对轩宝说："就按高德导航的走吧，爸爸看过了，路线对的。"

吃午饭了。在云湖的中餐厅，轩爸轩妈点菜等菜，轩宝就坐在一边不声不响地继续查看地图。如果换作是成年人，既然已经找到去太极洞的路线，那么，从实用主义出发，就不会费心费神地继续看路线图；但轩宝对地理方位有兴趣，又最喜欢研究路线1、路线2、路线3的相同与不同，所以，轩宝拿着个手机不停地看，放大、缩小，左看右看，然后，轩宝就抬起头，告诉轩妈："其实我们还可以走一条更近的路，比高德导航的路线更近，妈妈，你看，这里不是有路的吗？"

轩宝兴冲冲地拿给轩爸看，轩爸一看之下，马上肯定了轩宝找到的路线，并且说："等一下我们就按儿子说的这条路走，这条路应该距离最短的。"

轩爸这么一说，轩宝既自豪又紧张；轩妈封轩宝为"宏导航"，轩宝一听这叫法，马上欢天喜地地接受。

吃罢午饭，轩宝一家在"宏导航"的指引下出发了。左转右转的，十几分钟后，小S就驶入了安徽省界，然后就看到了咖啡色的"太极洞"指示牌。结果，"宏导航"只花了二十分钟的时间，就把轩宝一家带到了目的地。

轩宝松了一口气，毕竟是肩负导航的重任，毕竟是跟高德导航、百度导航他们打擂台，毕竟是以十岁不到的稚龄跟专业的成年人比武，轩宝的紧张情绪是完全可以理解的。轩宝初次尝试挑战权威，获得了胜利。从此以后，轩宝明白，只要有心，人人都可以变成权威。

而轩妈最欣赏的则是一路上轩宝那专注的眼神。一路上，轩宝目不转睛地看着窗外，看着每个路口，眼神里流露出无限的专注；轩妈在那双认真的眼睛里看到了轩宝大脑的快速转动。宏导航的大脑随着路线的行进而计算着，而推理着，当宏导航在这么做的时候，他的整个脸部看上去是静止不动的，没有表情，没有动作，没有声音。轩妈了解轩宝，当轩宝处于这样的一种状态时，表明轩宝正在非常认真地动脑筋。静水深流，湖水的表面波澜不惊，而在湖水的深处，却孕育着丰富的生命力呢。

轩宝期末考试的第一天，早上轩宝问轩妈："你估计我考得好吗？"轩妈说："肯定没问题的，宝宝的实力在那里呢！"说这句话的时候，轩妈的眼前就浮现出轩宝那天在执行"宏导航"使命时的专注眼神。轩妈知道，面对着期末试卷，轩宝

有一种育儿叫旅行

也会露出这样的眼神。看上去静止不动着，其实，小脑袋里正在非常专心地思考呢。凭着这样的眼神，轩宝一定会成功。

轩爸轩妈喜欢轩宝担任"宏导航"时的状态，有研究心，有专注心，更有责任心。轩宝以这样的"三心"跨入2014年，轩宝会收获更多的人生宝藏。

"我感觉做了一场梦"

出行缘起 寒假的东北游是轩宝几个月前就确定的旅行方案

旅途特色 东北游第一站是哈尔滨，轩宝在哈尔滨见到的第一个景点是索菲亚大教堂。如果说充满异域风情的教堂建筑带给轩宝别样的感受的话，那么教堂前的那群自由觅食的鸽子则象征着轩宝的旅行人生走入了一个新天地

轩宝行为亮点 第一次使用了自驾车之外的交通工具，包括飞机，火车；第一次抵达了零下二十几度的东北，轩宝的心情怎么能不激动？

地点 黑龙江哈尔滨索菲亚大教堂

时间 2014年2月

寒假去东北旅行的动议来自轩宝，路线的策划大部分也是出自轩宝之手，再加上第一次亲密接触飞机、火车（动车＋普通卧铺火车），第一次体验零下二十多度的严寒，第一次感受如刀割般的寒风……这么多的第一次真是太容易令轩宝以为自己刚到北极童话世界逛了一圈呢。

似童话，似梦境，那么那从上海浦东机场起飞，直冲云霄的飞机就是火箭，三个小时不到就把轩宝带到了严寒中的哈尔滨。当飞机加速、拉升的那几分钟，轩宝的脑袋里或许就出现了《神偷奶爸2》里面的场景：格鲁和露西坐在火箭之上，飞速地前进。童话跟现实，动画片与空客飞机，只要有心体会，其实相隔并不遥远。

在哈尔滨，轩宝第一天接触的其实不是雪景，而是索菲亚大教堂。或许，那绿色的"洋葱头"顶，那暗红色的墙壁，那一群一直盘旋在教堂尖顶周围的白色鸽子，曾经只是在轩宝

诚意　正心　**下篇**

的童话世界里出现过。所以，见到索菲亚教堂的第一眼，当童话变成现实景观的那一刻，轩宝和轩爸一起"哇哇"地叫。

轩宝蹲在广场上喂鸽子，才喂了一会儿，那一群鸽子突然飞身而起，飞到蓝天之上，绕着教堂尖顶飞出漂亮的弧线。见此美景，轩宝和所有的游客一起再次"哇哇"地叫；见此美景，轩宝恍然："此景不只天上有"，只要跑到哈尔滨，就能见到这样的美景。

尽管如此，尽管深信自己是在真切地感受着特殊的哈尔滨风情，因为与自己熟悉的生活环境、气候环境反差太大，时不时地，轩宝觉得自己是在做梦；时不时地，轩宝问自己："我是在做梦吗？"即使答案很明显，轩宝还是要再问一下轩妈："我们是在做梦吗？"

身体在真实地感受，心思却把那些感受到的东西极其稀罕着，极其珍贵着，轩宝的东北游开端就是这么美妙！

徒步松花"冰"

出行缘起　寒假的东北游是轩宝几个月前就确定的旅行方案
旅途特色　东北游第一站是哈尔滨，哈尔滨有著名的松花江，可是啊，到了冬天，松花江就变成了松花"冰"
轩宝行为亮点　第一次在冰封的江面上行走，轩宝那欢快而自豪的心情是可想而知的
地点　黑龙江哈尔滨松花江、太阳岛
时间　2014年2月

在寒冷的冬季，松花江水冻成了冰，冰层最深的地方，足足有两米厚。这么厚的冰，非但人可以安全地走在上面，就连马车也能笃悠悠地在松花江上荡悠。

去之前，轩宝没想到松花江会变成松花"冰"，而当出租车司机对着轩宝一再证实，那白花花的宽阔地带就是著名的松花江时，轩宝真是有"做梦"的感觉。

一条浩瀚的江水结成了一块巨大无比的冰块，所以轩宝在自己的博客里，毫不犹豫地把松花江写成了松花"冰"。从松花冰的南岸到北岸，轩宝坐马车，马蹄行走在冰面上，发出相当清脆的"嘚嘚"声。轩宝拉开马车帘，对着外面呼一口气，哇，那气变成了白花花的一大团。轩宝赶紧闭上嘴巴，不一会儿，轩宝觉得自己的眼睫毛湿湿的，轩宝叫轩妈看："妈妈，你看我的睫毛上是不是挂霜啦？"

是的，轩宝的眼睫毛上挂霜了，松花"冰"上面的冷，是从地底下一直延伸到

空气中的冷,轩宝眨一下眼睛,眼睛就湿漉漉的,几秒钟之后,那湿漉漉的东西就凝结成了霜。

松花"冰"是透明的,马车行进的过程中,轩宝下了一会儿车,弯腰捧起一块冰;再跑到冰面上往江底下看,轩宝判断,松花江应该是清澈的,因为,那凝结的冰块晶莹剔透。

十几分钟后,马车抵达松花"冰"的北岸,也就是太阳岛所在地。岛上的积雪足有三四十厘米,轩宝穿着雪地靴,一脚接一脚地踩进雪地里,轩爸轩妈担心轩宝冻坏双脚,隔几分钟就叫轩宝离开雪地,可是轩宝真是不愿意离开呀,轩宝不断地"恳求":"我再玩五分钟,放心,我的脚很暖和。"

后来,轩爸以"徒步"松花"冰"为"诱饵",终于吸引轩宝从雪地里出来,轩爸跟轩宝商定,"我们徒步回到江的对岸去"。

行走在松花"冰"上,轩宝越想越神奇,越想越开心,轩宝掏出手机发微博,叫人家猜自己身处哪里;一会儿又叫人家猜自己使用了什么交通工具跨越松花江。冬季,水流成冰,这个概念轩宝不陌生,但原本只是停留在认识层面的东西,突然地以实物体验的形式出现在轩宝的面前,轩宝的内心欣喜万分。

在冰面上行走才几分钟,轩宝的小脸就冻得通红,但轩宝的手、轩宝的脚都是热腾腾的,因为轩宝的心里升起了一团火,徒步松花"冰",这一份新鲜的人生体验令轩宝在冰天冻地中,前所未有地成长。

完成了徒步松花"冰"的轩宝,以灿烂而温暖的心情走进新学期,开学了,松花"冰"即将回暖成松花江。

哈尔滨的俄罗斯味道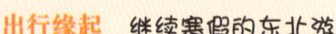

出行缘起 继续寒假的东北游

旅途特色 因为地域的邻近,哈尔滨拥有浓厚的俄罗斯文化,轩宝在哈尔滨初尝高加索美食

轩宝行为亮点 了解高加索美食,体会到所谓美食,就是可以反复回味的好东西

地点 黑龙江哈尔滨中央大街

时间 2014年2月

徒步松花"冰"之后,轩宝从松花江的北岸回到了南岸,南岸的一边就是哈尔滨著名的中央大街的起点。所以,走完了松花"冰",轩宝继续行走在严寒之下的中央大街。

诚意　正心 下篇

中央大街有多冷呢？反正大街中心的一个一个冰雕，全部都那么坚固地、滴水不漏地矗立在那儿。去哈尔滨之前，轩宝自己做过旅游攻略，轩宝知道哈尔滨是冰雕艺术中心，也知道中央大街是哈尔滨最著名的商业、旅游大街。轩宝本来以为冰雕非得跑到"冰雪大世界"才能看到，未料到，中央大街上就有那么多惟妙惟肖的冰雕。

细看之下，那些冰雕作品有人物，有人文场景，也有著名的建筑物，轩宝从一个冰雕里面走出来，再走进另外一个之中。冰雕晶莹剔透，戴着荧光绿色帽子、身穿紫色羽绒服、小脸冻得红彤彤的轩宝穿梭在晶莹剔透的世界之中，显得弱小，又充满着灵动的生机。冰雕硕大、坚硬，占据着轩妈眼中大部分的世界；而轩宝小巧玲珑，正是轩妈眼睛中最中心的那一点。

问轩宝中央大街出名在哪里，轩宝答："俄罗斯风情呀！"轩宝说得对，漫步在中央大街上，道路两旁都是俄式风格的建筑，贩卖着林林总总的俄罗斯商品。

那么，到底俄罗斯味道是怎么样的呢？轩宝走着走着，正巧走到了"塔道斯西餐厅"。轩爸一看餐厅门口的铭牌，马上对轩宝说："我们进去吃中饭吧，宝宝尝尝俄罗斯味道。"

餐厅的灯光是昏黄的，餐厅的椅背是高高的，餐厅里面烧着壁炉，餐厅的不少服务员充满着俄罗斯人的特征：大眼凹凹的，颧骨高高的，头发卷卷黄黄的。

因为正值春节假期，餐厅的生意非常好，餐厅担心应付不过来，所以只供应套餐，三人份的套餐里，有色拉、酸黄瓜、罗宋汤、大马哈鱼排、牛排、炖羊肉和二道小甜品。

轩宝爱吃大马哈鱼、炖羊肉，还喜欢甜品里面的芝士蛋糕和特浓巧克力蛋糕，至于另一道梅红色的甜品，起初轩宝吃不出那是什么东西，问了服务员，才知道那是餐厅特制的红酒雪梨，于是，轩宝再吃一片，品品味道，果然是雪梨呢。

走出餐厅，轩宝说终于知道了真正的俄罗斯味道。轩宝把刚才吃进嘴里的美味再一个一个地讲几遍，回味许久。

而好东西，无论是好的食物，好的音乐，或者是好的艺术品（冰雕），其实都是要在反复地回味之后，才能在每个人的心里生根开花，然后，那些美味、那些美好就能被无限地放大，直至把整个人包裹在那些美好的感觉之中。

自豪的轩宝

出行缘起　继续寒假的东北游
旅途特色　哈尔滨的冰雪大世界，是体验冰天冻地的最佳场所
轩宝行为亮点　在严寒之中，锤炼体力，锤炼毅力，旅行中的经历就是最好的成长养分
地点　黑龙江哈尔滨冰雪大世界
时间　2014年2月

　　在哈尔滨的那几天，轩宝经历的最冷的地方是在"冰雪大世界"。前一天凌晨，从半夜三点到早上六点，哈尔滨下了一场雪，早上，雪停了，风却很大，风把落在地上的雪花一朵接一朵地吹起来，吹到轩宝的脸上，吹到轩宝的脖子里。当时，哈尔滨的室外温度是零下二十几度，"冰雪大世界"里因为都是雪雕和冰雕，所以那个小环境要更冷一些，估计足足降到了零下三十度左右。轩宝一家全部换上了最抗寒的衣服，羽绒服加羽绒背心，羽绒裤，毛皮帽子，滑雪手套，围脖，口罩等等，三个人都只露出两只眼睛。

　　冰雕巧夺天工，轩爸叹为观止，想拍照，拿出手机，却发现手指麻木着，几乎无法触屏；轩妈也想拍照，拿出照相机，刚开机，电池就被冷到没电。尽管如此，轩宝还是爱那冰雪的氛围，爱那冰雪的样子。轩宝试图用雪地靴在积雪上写"宏波的远方"，无奈用不上力，再加上风太大，好不容易"写"出一个笔画，雪花纷飞着，那笔画马上不见踪影。

　　走进"冰雪大世界"，轩宝先学会分清冰雕和雪雕，冰雕晶莹剔透，雪雕通身洁白；雪雕看上去更人间烟火一些，因为孩子们见得最多的雪人就是最普通的雪雕；而冰雕在阳光的映照下，折射出钻石般的光芒，所以，在轩妈的眼中，冰雕似仙子，此物只应天上有。

　　而即使是人间不难见到的雪雕，当轩宝用手去触碰时，还是发现了它们与平日见到的雪人不一样的特质：哈尔滨的雪雕是坚硬的，轩宝用戴着手套的手指头去抠，什么痕迹也留不下。单片的雪花那么柔弱那么浪漫，而当它们汇聚在一起时，却拥有了轻易无法摧毁的力量。

　　"冰雪大世界"里有好多组大型的雪雕作品，其中大部分是孩子们喜欢的卡通组合、童话城堡，轩宝一组一组地看过去，一组一组地走进去，风还在不停地吹，雪花飞进轩宝的围脖里，轩宝的小脸又冰又红。

　　轩宝兴致盎然地在"冰雪大世界"里与雪花共舞，走着走着，轩宝发现了：雪

诚意 正心 下篇

雕作品的线条相对复杂一些，人物造型也多一些；冰雕作品则以方正的冰块堆砌为主，建造出万丈高楼或是古罗马城墙；此外，冰雕还是大部分娱乐项目的隐藏处，比如，轩宝就发现那用冰砌成的冰滑梯"太刺激了"。

轩宝沿着冰楼梯走到滑梯的最高处，犹豫着，估量着，不敢贸然滑下去。轩爸见状，带头往下滑；看着轩爸顺利滑到底部，而滑梯一点也没有受损的样子，轩宝也坐下身子往下滑。这一滑，滑出了"就这个 feel 倍儿爽"的感觉，滑到底部，轩宝笑逐颜开，轩宝一个劲儿地说："好玩，好玩，太刺激啦，我还要去滑！"

后来，问轩宝对于这一天的感受，轩宝说："风真大，太冷了，风吹在脸上，像被刀割一样，吹几分钟，脸就麻木了。"轩爸轩妈夸轩宝的感受细腻而到位，同时也再次觉得，旅行是让轩宝茁壮成长的最佳途径。

参观长春伪满皇宫

出行缘起 继续寒假的东北游
旅途特色 东北游第二站是长春，轩宝说长春最著名的景点就是"伪满皇宫"
轩宝行为亮点 安静地在伪满皇宫里行走，倾听讲解，大致了解了溥仪的一生
地点 吉林长春伪满皇宫
时间 2014年2月

在为期十天的东北游中，轩宝和轩爸轩妈分别给游历过的二十几个景点打分，然后，把三个人的分数相加，选出总分前三位的景点。其中，哈尔滨的"冰雪大世界"凭借其冰天冻地、晶莹剔透、最讨轩宝欢喜的特质，荣登第一名的宝座；而位于长春的伪满皇宫，一个原本以为不会进入轩宝"法眼"的人文景点，也获得了轩宝的好评。

参观伪满皇宫，其实跟参观其他的故居、老宅子一样，走在里面，总是要透过那些依然存在的物什，先想象，然后尝试体会当年房子主人的心情。轩宝一家去过不少的老宅子，虽然那些房子也都萧索着，但唯有在长春的伪满皇宫，空气中弥漫

有一种育儿叫旅行

着一股浓厚的悲凉味，无论如何挥之不去。所以，即使是怀着天真赤子之心的轩宝，行走其间，那小脸也始终严肃着，那眼睛，也一直在细细地察看。溥仪的一生，跟普通的老百姓比，到底有多少不同呢？

晚上轩宝写博客，终于总结出了这位末代皇帝的"与众不同"之处。

@ 宏波的远方："溥仪结了五次婚，可是一个孩子也没有，所以我觉得他的一生其实没什么意思。"

没有孩子，就没有明天，没有未来，生命没有延续，生命少了一份使命感。轩宝身为孩子，知道自己的存在是幸福，知道自己的存在引领着轩爸轩妈努力创造幸福。伪满皇宫里从来没有传来过属于孩子的、充满朝气的声音，所以它只能萧索，所以它只能没落。

后来，轩妈努力地在想，为什么参观完这个伪满皇宫之后，心里有一份满足感？最主要的原因之一就是，身边的轩宝一直悄无声息地跟着导游姐姐走，跟轩爸轩妈一起同步接收着导游姐姐的讲解信息，轩宝安静的表现令轩爸轩妈心定。虽然溥仪的一生不美满，但这个曾经让他"伪装美满"的皇宫里，一砖一石，一桌一椅，一碗一碟，都吸纳了他的气息，伪满皇宫的"形"与溥仪的"神"融合在了一起，伪满皇宫就成了一座有灵魂的老宅子。轩宝应该"看到"了那样的灵魂，所以，轩宝前所未有地安静着。

离开伪满皇宫之后，意味着轩宝一家的长春行也将结束了。轩爸告诉轩宝："今天看到的是清朝最后一个皇帝住过的房子，去沈阳之后，就能看到清朝第一个皇帝住的地方了。"

@ 宏波的远方：今天，我们"宏波的远方"摄制组来参观了：沈阳"9·18"历史博物馆、抚顺雷锋纪念馆。上午，我们到"9·18"历史博物馆门前，就看到了一块大牌子上写着："1931年9月18日，星期五，夜十时，抗日战争正式爆发。我们在展览馆里，看见了当时恶毒的日本人把中国人（特别是东北一带）打得很惨，还看到了抗日女英雄赵一曼勇敢地面对日本人，跟日本人斗争，最终享年31岁。我接着讲下午。下午，我们来到了：抚顺雷锋纪念馆。此纪念馆位于辽宁省抚顺市望花区境内，路线：1、从沈阳出发：先在市区走个10公里左右，接着上G1212沈吉高速沈阳东入口，开17公里后下抚顺西/望花区出口，接着再走地面道路5公里，即到。2、从梅河口或吉林市出发：沿G1212沈吉高速一直往东南开，到抚顺西/望花区下高速，再跟1一样走，即到。我从雷锋纪念馆里学到的知识：雷锋生于湖南望城某村，7岁雷锋就成了孤儿，22岁雷锋就过世了。明天，北陵！（2014/2/8）

诚意　正心 **下篇**

沈阳，看不尽的红墙，讲不完的清朝

出行缘起　继续寒假的东北游
旅途特色　东北游第三站是沈阳，轩宝说沈阳的"一宫二陵"非去不可
轩宝行为亮点　每次轩宝走进那些古老的宅院，即使不自觉，其实也是在走进中国的历史长河之中，而这样不断地走入历史，就会令轩宝的情感与心灵日益丰厚
地点　辽宁省沈阳市沈阳故宫，清福陵，清昭陵
时间　2014年2月

  轩宝看完轩妈写的长春伪满皇宫的那篇博文，说："妈妈，你又写错啦！溥仪结了五次婚，不是六次，张作霖才是结了六次婚呢！"轩宝每天放学回家后就看轩妈当天的博文，最近轩妈一直在写东北的那些事，轩宝最爱看。轩宝的眼睛里容不得半点沙子，上次轩妈把松花"冰"的南北岸搞错了，轩宝马上提出来；这一次，轩妈怎么又把溥仪的结婚次数搞错了呢？

  幸好有轩宝。轩宝正在学校里好好地学习呢，老师要求严格，轩宝适应了，也学会了，所以轩爸"己""已"不分的时候，轩宝的"火眼金睛"一下子就看出来了；而轩妈出错的时候，轩宝也会毫不留情地讲出来。知识代代相传，人类代代繁衍，人类的历史看不完，后代却仍是要去看，要去听，要去学。历史中有知识，有经验，有教训，更有生存的智慧。

  到了沈阳之后，做足旅行功课的轩宝说："沈阳的'一宫两陵'是必去的景点。"'一宫'就是沈阳故宫，而'两陵'则是清福陵（东陵）和清昭陵（北陵）。

  清福陵是努尔哈赤的陵寝所在地，同清朝大部分的皇族建筑相似，清福陵的建筑外墙以深红色为主，装饰上引入了不少藏传佛教的元素，再加上努尔哈赤原本就是一位骑在马背上的勇士，所以整个陵寝弥漫着苍凉的、关外的气息。石雕、御碑、108级台阶、石质祭台、石帛亭等等，几乎都是冰凉而坚硬的物什。踏足其中，"铮铮铁汉"这几个字就一直在轩妈脑海中徘徊。

  后面几天，轩宝去了沈阳故宫，也去了皇太极的陵寝清昭陵。一样的红墙，一样的石碑，一样坚硬的台阶，一样的苍凉坚毅，一样的代代相传。往事如烟，那如烟的往事借助红墙、借助轩宝一步一步的行走，借助轩宝掌心里的白雪，再次弥漫到轩宝头顶上的那一片天空里，古老的气息盘桓在轩宝的眼前和脑际，这样的气息闻得多了，对于历史，对于那讲不完的清朝往事，轩宝就拥有了星星点点的记忆。

有一种育儿叫旅行

未来的某一天，那星星点点的往事，或许会跟轩宝正在学习的某段历史连接上，又或许会跟轩宝正在经历的某个事件相吻合。于是，那讲不完的往事，又将通过轩宝的人生演绎，呈现出最真实的当代意义来。

对于轩宝来说，沈阳的"一宫两陵"就是在2014年的寒假，在冰天冻地之中，被植入到他大脑中的一颗关于历史的种子。

来一次说走就走的小旅行

出行缘起 周末，来一次说走就走的小旅行
旅途特色 早春的溱湖湿地，还有点萧索
轩宝行为亮点 课文里学过梅兰芳，就去梅兰芳纪念馆看一下；老师要求写《春天来了》，那么就去溱湖湿地寻找春的讯息吧
地点 江苏泰州溱湖湿地，梅兰芳纪念馆

旅行，旅行，轩宝喜欢旅行，可是轩宝现在还是个学生，开学了，轩宝没有太多的时间去旅行，怎么办呢？到了周末，轩宝央求轩爸："我们去个近的地方，我们去小旅行吧，小旅行总比没旅行好呀！"

近的地方？去哪里呢？轩爸要求轩宝提出旅行方案，轩宝想一下，然后说："去泰州吧，去溱湖湿地。"轩宝的话音刚落，轩爸就说："嗯，跟老爸想的一样。"

上周末，天气刚刚好，太阳出来了。轩宝周五下午两点放学，背上书包，走出校门，就踏上了小旅行的道路。上高速公路前，轩宝跟轩爸商量怎么开，走哪条高速，轩爸方位感好，对路的记忆力也不差，但是总记不住那些五花八门的S字头的公路；轩宝呢？在这方面可比轩爸厉害呢，即使是再冷僻的S公路，只要看见过，轩宝就记得，轩宝甚至分得清同样一条高速公路，在上海境内叫作S26，进入江苏境内就叫S58了。

泰州的城市建设比想象之中好很多，从高速公路下来后，一条泰州大道宽阔而接地气，道路两旁矗立着不少医药大楼，原来泰州堪称中国的药都呢。

去泰州前，轩宝在百度上查泰州城的历史，也查了一下泰州的名人，轩宝说："我们去梅兰芳纪念馆看看吧，我们上学期的语文课文里已经学到过他了。"泰州多人文景点，梅园（梅兰芳）、乔园、海军诞生地纪念馆等，轩宝都去看了。因为心里带着历史、带着文化去看，所以，即使是再简单、再久远的宅子，轩宝一家看过去，总能看到一些名堂，总能发现一些触动心灵的地方。

诚意　正心　下篇

比如，轩宝在梅园，看梅兰芳的介绍，看梅兰芳的唱戏录像，也看到了梅兰芳的女装扮相。男扮女装，轩宝觉得这样的性别错位真新奇；还有啊，轩宝发现在梅兰芳的四个子女中，唯有最小的儿子梅葆玖还健在，而且梅葆玖的年纪跟轩宝的外公一样，都是81岁呢。

当然，以轩宝的年龄，对于纪念馆、博物馆，终究是不如见到户外的景致那么欢喜。这次泰州行，轩宝最喜欢的是溱湖湿地公园。正巧，上周的学校周记要求轩宝他们写《春天来了》，轩宝说："那我就去溱湖湿地找找春天的气息吧。"

虽然还没入春，虽然连早春都算勉强，但是，"湿地春来早"，"春江水暖鸭先知"，溱湖之上，鸭子成群结队地出现了，有在水里游的，也有在旁边的草地上晒太阳的，春天的脚步已经很近很近。

轩宝去过杭州的西溪湿地，也去过上海的崇明东滩湿地，还在《走遍中国》里看过几十集的《美丽湿地行》，轩宝对湿地有认知，有感觉，也会做比较。轩宝觉得溱湖湿地比西溪湿地开阔、安静，比东滩湿地整洁、蜿蜒。溱湖的水域很大，河道弯弯绕绕的，船娘说溱湖上多的是垛田，垛田把溱湖分隔成一小块一小块的，小船绕过一块垛田，似乎就是进入另一片水世界。这样的布局看在轩宝的眼里，是浪漫，是美好，是可以引发无限遐想的地方。

除了垛田，溱湖上不时可见捕捉簖蟹的簖，那是一种类似竹篱笆的捕蟹设备，到秋天的时候，身强力壮的螃蟹攀上簖墙，成为蟹农的"瓮中之鳖"。因为具有攀簖的能力，所以溱湖蟹肉肥膏美。除了常规的吃法，溱湖人还做成蟹黄狮子头，五元钱一大只，轩宝几分钟工夫就吞下一只，真鲜真好吃，吃了还想吃。

溱湖里面还有好多的鸟类，有来越冬的候鸟，也有如喜鹊般在溱湖定居的。因为把家安在溱湖，所以那喜鹊的窝就比候鸟们的窝更大更结实。轩宝坐在小船里，一边跟船娘聊天，一边看前面蜿蜒的湖道，又不时地仰头看岸边树枝上那密密麻麻的鸟巢，心情真是好得不得了。

冬末初春的溱湖，人烟稀少，即使草没有变绿，但空气之中，已经能感受到春天的温暖；轩宝看到湖面之下的水草，在水中摇摇曳曳的，沉寂了一个冬季的水草们，终于要生机勃发了。

回到宾馆房间，轩宝提笔写《春天来了》。溱湖湿地的美景近在眼前，轩宝下笔如有神，十几分钟的功夫，就完成了一篇三百字左右的周记。轩妈看轩宝的周记，嗯，里面写到了鸭子，写到了小鸟，写到了浪漫的湿地博物馆，写到了含苞欲放的茶花……春的气息扑面而来。

小旅行结束，轩宝有些依依不舍。轩爸跟轩宝约定："周一开始，宝宝好好读书，

心之旅 有一种育儿叫旅行

爸爸好好上班,等到有时间有机会,爸爸会再带宝宝出去的。"好吧,那就在对下一次旅行的憧憬之中,回归平静的校园生活,做一个认真学习的好学生吧。

挤点时间去旅行

出行缘起 周末,轩爸辛苦一点,就能挤出时间带着轩宝去看世界
旅途特色 浙江仙华山,山不高,却有一段很陡的登顶路
轩宝行为亮点 登顶少女峰的路很陡很难走,轩宝去挑战,成功之后,轩宝说"这个经历是我人生中最难忘的经历之一"
地点 浙江金华浙江仙华山,江南第一家
时间 2014年3月

天气转暖,这几天,轩宝经常挂在嘴巴里的一个词是"春暖花开"。春天到了,各色鲜花开放了,轩宝和轩爸都想出门去玩几天。

上学的轩宝和上班的轩爸同心同意地把各自的作业和工作赶完了,于是,周五下午两点,轩宝放学后,"宏波的远方"又出门了,宏队长说:"我们这次是去拍摄第69集节目,题目叫作《仙华山,令人流连的地方》。"

仙华山在浙江金华的浦江县境内,主峰海拔七百多米,传说是轩辕黄帝的小女儿元修得道升天的地方,所以仙华山的主题词是"仙女生活的地方",仙华山的主峰被称作"少女峰"。

仙女得道升天,多么清心多么神圣的传说。带着这样的心境走上通往主峰的山路,轩宝觉得路两边的树干特别地挺直,顺着树枝往天上看,枝枝叶叶在蓝色的天空画布上自在地作画,轩宝说"天蓝得像块蓝宝石",轩妈则尤其喜欢初春时节那刚发出新芽的、看上去仍显空灵的枝头,一枝枝地伸向蓝天,呈现出一种没有任何装扮的朴素的生命力。

仙华山上有造型奇特的山峰,有的像正在祈祷的少女,有的像浓情蜜意的情侣,有的像笔架,有的像香炉。登山的路程其实就是不断地发现美的过程。石头们历经一亿五千万年,风吹雨淋,百折不挠,终于练成如今的姿态。跟坚硬的石头相比,轩宝的心灵或许还是柔弱的,如果一个不小心,脚扭一下,或许还会被石头伤到身体。尽管如此,看着灵巧柔软的轩宝走在坚实坚挺的石林之间,轩妈觉得仙华山是轩宝的安全依靠,仙华山是锤炼轩宝身体和心灵的好地方。

快要到达少女峰了,通往峰顶还有一小段路,轩妈站在那一小段登顶路的起始台阶,往上看,哇,这是一段很陡很窄很险的台阶路。说它陡,是因为那些台阶已

诚意 正心 下篇

经垂直到了八十度角左右；说它窄，则是因为那些台阶很小，只能容得下一只脚踏在上面。轩妈说不去了，轩宝和轩爸两个男人却勇敢地说："一定要上去，一定要登顶！"

轩爸拉着台阶路两边的铁链，一级一级地往上走；轩宝就困难一些，轩宝人小，两只手无法同时拉到两边的铁链，只能拉到一边的，而只拉一边，感觉很摇晃，感觉使不上力。轩宝谨慎地、慢慢地琢磨，不断地调整身姿，寻找相对安全的落脚点。轩爸在轩宝旁边，鼓励轩宝，安慰轩宝，也在最危险的地方，用手托一下、扶一下轩宝。终于，十几分钟后，轩妈仰头看到父子两个登顶成功，轩宝在山顶上不停地向轩妈挥手。轩宝完成了自己登山史上最艰难的一段路。

这样的经历让轩宝爱煞了仙华山。想想也是，仙华山为轩宝提供了突破心理极限、挑战勇气的机会。轩宝说没想到一个短短的周末，在挤出来的这次旅行之中，竟然能有这么大的收获。

春天来了，挤出时间去旅行，有人夸轩宝一家"真会过日子"，轩爸说："日子本来就该这样过嘛。"

如花人生

出行缘起	清明假期，百花盛开，轩宝提议"双花游"，去兴化看油菜花，去尚湖看牡丹花
旅途特色	兴化的油菜花长在垛田里，取名"千垛菜花"，极富特色
轩宝行为亮点	轩宝设计的旅行线路，应时应季，真好
地点	江苏兴化千垛菜花景区、常熟尚湖景区
时间	2014年4月

轩宝爱花，缘由轩宝喜欢天文地理，季节转换到了春天，春天里百花齐放，轩宝眼睛里的任何一朵鲜花，都带有鲜明的季节特色。

清明假期，轩宝先去江苏兴化的千垛菜花田看油菜花，然后来到尚湖参观牡丹花会，轩宝说："这次的清明旅行，就叫作'双花游'。"

大约800年前，兴化农民在河道里取土堆垛，然后在垛田上撒下油菜籽，形成了今日油菜花长在河道里的奇观。千亩油菜花田，在纵横交错的小河道里聚集，亮黄色的菜花迎风摇曳，船娘摇着木制小船，带着轩宝行驶在小河道里，穿梭在油菜花海中。轩宝问"我还是不是在人间呢"，难道此景只应天上有吗？

瘦瘦细细的一株油菜花，因为多，因为聚集在一起，成为花海，给人一种震撼的美。

有一种育儿叫旅行

轩宝站在油菜花海中，轩宝说自己被油菜花"怀抱"了。油菜花长得比轩宝更高，轩宝站在油菜花旁，如花的笑脸跟油菜花海交织在一起，很圆满。

在兴化赏油菜花，除了坐船，除了漫步，还可以登上瞭望塔。塔上风大，吹得轩宝眯起了眼睛。站在高处，往下看油菜花田，轩宝说，"哇，真的跟图片上看到的一模一样"。在兴化，油菜花不只是平原上的那一片亮黄色，而是与水在一起的"水花交融"的美丽画面。小河令油菜花田呈现出立体感，从而产生别致的生命冲击力。这份别致与冲击，被轩宝全盘接受，被轩宝深深地藏到了心中。

走出油菜花田，迎面见到当地农家在卖菜籽油，去年收上来的菜籽，今年刚刚压榨好，是用古老的物理方式压榨的。轩妈拧开瓶盖，凑近闻一下，油很香，是那种熟透了的醇香。轩爸买下一大桶菜籽油，轩宝看着那圆滚滚的油瓶，很喜欢。轩宝想象，自己看到的那些明亮的菜花，到了明年，就蜕变成这深褐色的菜油，花谢了，花不能长久地拥有，而那因花而来的大地的馈赠，却能通过菜籽油的方式流入轩宝的身体，成就轩宝如花一般美丽的人生。

兴化油菜花给轩宝留下了几乎完美的印象，带着这份美满，轩宝再走进常熟尚湖，看那大朵大朵的、艳丽的牡丹花，轩宝又获得了不一样的感受。

或许是因为之前看过CCTV9播出的纪录片《牡丹》的关系，走进尚湖，轩宝一眼就认出了牡丹花，那么大的一株花，那么层层叠叠的花瓣，又是那么鲜丽的颜色，红色，紫红色，粉红色，白色……其中，紫红色的牡丹花开得最多，花朵也最大。轩宝在一朵盛开如满月的牡丹花前停留，试着数它的花瓣，却数也数不清。牡丹花怎么会开得如此热闹呢？这花到底是吸收了多少泥土的精华，才能呈现这么充满张力的美呢？

轩宝知道牡丹花是中国的国花，牡丹花花型大，花色艳，看上去不仅一团和气，而且那繁荣带给人一种永远望不尽的感觉，象征着取之不竭的荣华富贵。在牡丹园里，轩宝的眼睛应接不暇；轩爸轩妈的眼睛追随着花田里的轩宝，穿着鲜黄外套的轩宝，穿梭在红花绿叶里，轩爸轩妈衷心希望轩宝也能像牡丹花那般，花开重重，圆润大气。

轩宝十岁，知道了春天是赏花的季节，也试着迈开脚步，到大自然里跟春花亲密接触。赏花归来，轩宝觉得有些遗憾，假期结束了，而那盛开着的油菜花和牡丹花，再过一个月左右，也要凋谢。怎么办呢？轩宝再想想，"其实也没关系呀"，自己已经记住了鲜花的模样，接下来，只要让心情每一天都像盛开的鲜花似的，充满激情，充满活力，那样的话，自己就能天天过着如花一样的人生了。

诚意　正心　**下篇**

✏️ 桃花潭真美

出行缘起　五一假期，轩宝一家终于来到了一直想去的桃花潭
旅途特色　再次领略徽州文化，并且来到了给人无限遐想空间的桃花潭畔，桃花潭真美
轩宝行为亮点　轩宝喜欢桃花潭，轩宝觉得那个不大不小的潭水，似乎是自己可以把握的；后来轩宝在学校里写作文《我有一件会飞的衣服》，就写了自己飞到桃花潭，遇见李白的穿越故事
地点　安徽宣城泾县桃花潭
时间　2014年5月

@ **宏波的远方**："今天，我们驱车7个半小时，从人间仙境桃花潭回到了魔都上海。这是我们今天的路线：桃花潭 到 新华 到 太平湖 到 黄山区 到 徽州区 到黄山市屯溪 到 歙县 到 昱岭关 到 昌化 到 临安 到 余杭 到 杭州西 到 德清 到 桐乡 到嘉善 到 松江南到我们家。需走的高速公路有：G3 京台高速、G56 杭徽（杭瑞）高速、G2501 杭州绕城高速、S13 练杭高速、S12 申嘉湖高速、G15 沈海高速。我们没想到，在桃花潭北面的G50高速和在南面的G3高速，离桃花潭都很远！今天我们在下面走了1个小时多一点，翻越了上百座山，而且是沿着太平湖一直开！……"

从人间仙境到魔都，从桃花潭到上海，轩宝书写的路线令轩妈眼花缭乱，看完这条线路图，轩妈第一个反应就是："桃花潭真的很深"。

李白写诗："桃花潭水深千尺，不及汪伦送我情。"轩宝随着酒仙加诗仙的足迹来到了安徽泾县桃花潭，结果轩宝发现，桃花潭的"深千尺"并不仅仅在于它的水深，而是路途遥远，离开最近的高速公路口也有一个小时的车程。

尽管如此，轩宝还是说："这一趟走得很值得，因为桃花潭真的很美。"早上起床，利用上学前的几分钟时间，轩宝登录百度旅游，向网友推荐桃花潭，轩宝写桃花潭："山清水秀，四周群山环绕，空气清新，像人间仙境。"上学路上，轩宝问："我有什么办法可以做桃花潭人？我想住在桃花潭！"

147

有一种育儿叫旅行

　　桃花潭是一池秀丽的潭水,潭水缓缓地流,时而呈现波纹,时而又安静得水波不兴;潭水之中零星地突起几块沙洲,那是潭水底部的鹅卵石堆积而成的,早上沙洲突出水面,轩宝可以走到潭水中的沙洲之上;之后,随着水位升高,沙洲渐渐被潭水吞没,到黄昏,那沙洲只露出个尖尖头,轩宝无法再走到潭水之中,唯有那白鹭,一直在沙洲与潭边来回地飞翔。这沙洲与白鹭的画面,正对着轩宝所住的酒店,轩宝从房间出来,几步路,就进入到美丽的景色之中。

　　桃花潭的清晨很美,美在那层薄雾,美在那薄雾营造的婉约氛围。轩宝是阳刚的男孩儿,桃花潭却如柔雅、清丽的女孩,用无可匹敌的柔美,击中少年轩宝的心房。轩宝走在桃花潭畔,走一步看一眼,轩宝觉得桃花潭的美,如影随形,伸手可及;那份美,虽然脱俗,却是亲切的,是轩宝的眼睛能够看懂读懂的美。走着走着,轩宝突然说一句:"美到心里去了。"

　　桃花潭边有千年的古树,那树干粗壮地挺立着,枝条们风姿绰约着,树叶们婆娑起舞,古树头顶着湛蓝的天空,根须则在不为人知的地底下,与桃花潭水痴缠,渐渐地汲取了诗意的因子,把树枝和树叶们的样子打造得美轮美奂。轩宝抬头,看那棵以天空为背景的大树,又觉得美不胜收,拿出手机,拍下来,并且发送到墨迹天气的时景图片里,轩宝说:"这么美的景色,一定会有很多人点赞的。"

　　轩爸说,行走,必有收获。十岁的轩宝走到李白笔下的桃花潭,因为之前的旅行积累,因为之前的期盼,令轩宝看到了桃花潭的美。这世界上,美好的山水虽然不少,但如果没有一颗愿意与山水沟通的心灵,那份美好就是过眼烟云。轩宝说,"我会把桃花潭的美记得很久很久,最起码要记到一百岁。"在行走的路途中,轩宝一边看一边记忆,轩宝心中的美好越来越多,于是,轩宝眼前的世界也会越来越美好。

宣纸的前世今生

出行缘起　五一假期,从宣城去桃花潭,途经宣纸文化园
旅途特色　了解宣纸的制作工艺和程序
轩宝行为亮点　轩宝看到了制作宣纸所要耗费的时间与人力,轩妈告诉轩宝:美好的东西都是需要时间积累的
地点　安徽宣城泾县宣纸文化园
时间　2014年5月

安徽宣城泾县,中国非物质文化遗产宣纸的产地。

诚意　正心　下篇

　　轩宝来到宣纸文化园,首先想要搞清楚的是,为什么泾县的宣纸才是最好的。

　　导游姐姐引着轩宝到院子里的三棵树前,三棵树一棵比一棵小。第一棵,树枝才刚出来;第二棵,树枝长一点,却仍然很细;第三棵,树枝长得有模有样了。姐姐告诉轩宝:这叫青檀树,它的树枝皮是做宣纸最基本的原料。这三棵树分别是一年树、两年树和三年树,做宣纸的青檀树皮必须选用三年的树枝,少一年不行,多一年也不行。

　　听着姐姐的介绍,轩宝觉得神奇。在到宣纸文化园之前,轩宝知道纸张的原材料是森林里的树,但那仅是文字上的概念;而站在那三棵青檀树下,撕下一根树皮,缠绕在手上,轩宝真正明白了纸张与树木的关系。穿着绿色外套的轩宝站在青檀树前拍照,同样是青葱的绿色,同样带给人生机勃勃的感觉。

　　宣纸文化园的四周都是山,山坡上一堆一堆地晒着青檀树皮,导游姐姐说这树皮要在山坡上晒满十个月,之后加入同样经过晒制、捶打的稻草秆,两者混合之后,再挑拣、再捶打,然后,踏浆、漂浆、捞纸、烘干、剪裁等等,所有的步骤加起来有108种之多,文化园中只是展示了其中最重要的几个步骤。

　　而虽然只是几个步骤的展示,轩宝一家却已经看得兴致盎然。宣纸的原材料是纯天然的,宣纸的制作方法是纯手工的,"天然"和"手工"令所有的参观者宛若走进了上千年前,走到那个没有现代化工业喧嚣声的年代,耳边传来的捶打声重复着,单调着,这是人类生产力的强力证明。

　　轩宝站在踏浆缸前,看那位脚穿套鞋的工人单脚沿缸不停地踩踏厚厚的纸浆。透过那有力的踩踏,人类把自身的温度和希冀揉搓到了纸浆里,除了青檀皮,除了稻草秆,除了山泉水,宣纸还有一道最重要的原材料,那就是泾县人的汗水。

　　在捞纸工艺房间,轩宝挽起袖子,为自己捞一张印有小猴生肖的宣纸。轩宝和师傅一起拿着竹帘架,轻轻地到纸浆里来回地捞两下,竹帘上就出现了一张薄如蝉翼的宣纸。之后,再压水、烘干,一张宣纸基本成形。捞纸工人每天的劳动份额是捞一千张纸,轩宝按照每天工作八小时计算,捞纸工人一分钟要捞两张纸多一点。单调而辛苦的工作,看着他们不停顿的身影,轩爸对工人们喊:"向你们致敬,世界文化遗产就是靠你们保存着。"

　　接下来,轩宝再到烘干车间,烘干墙的温度是65度,轩宝看到工人们穿着短袖短裤把一张张宣纸贴

有一种育儿叫旅行

到石灰墙上，烘三四分钟后，再揭下来。才几个回合，工人们就已经汗流浃背了，轩宝问："如果到了盛夏，他们怎么受得了？"

有什么受不了的呢？烘干是宣纸制作的一道工序，是工人们必须要完成的一道工序，而既然是必须的，那么再热再苦，都要坚持做下去。轩宝仔细地看，轩爸对轩宝说："这下子宝宝应该会更加爱惜纸头了吧，绝对不能浪费哦。"

就这样，从剥下青檀树皮，到一张宣纸制作完成，期间因为需要大自然的日晒，需要时间的酝酿，需要一百零八道工序的制作，整整三年的时间流逝掉了。对于宣纸制作者来说，他们用生命中流逝的时间，换来了一张张圆满的宣纸，也换来了轩宝一家人对宣纸的热爱。

轩宝手捧着自己参与了捞纸工序的那张生肖宣纸，轩妈手举着心经抄写宣纸本，母子两个人的心里都被塞得满满的。宣纸文化园不大，导游姐姐讲解的时间也就半小时不到，可是就是这短短的半小时，令轩宝一家真正认识了宣纸；而认识之后，就是敬重，就是热爱，就是想为宣纸的前世今生续写更美好的故事。

离开宣纸文化园，轩宝一家三口仍在回味着那里的一切。历史传统、文化传承，透过一张一张的宣纸，被呈现到了如轩宝这般年龄的孩子面前。旅行很好，轩宝说旅行旅行，重在那个"行"字，轩宝行走着，所以才看到了如桃花潭那般的山水美景，也看到了泾县宣纸的前世今生。从宣城到泾县的路途那么颠簸，可是唯有泾县的土壤才能孕育最适合制作宣纸的青檀树；也唯有坚持不懈的行走，轩宝才能看到更广阔的世界，才能成为独一无二的"宏好甑"。

轩宝心中的第一

出行缘起　端午假期，轩宝一家再游徽州
旅途特色　在绩溪，"邂逅"鄣山大峡谷
轩宝行为亮点　旅行途中，轩宝看时间宽裕，看地图，又觉得顺路，就临时提议去鄣山大峡谷
地点　安徽绩溪鄣山大峡谷
时间　2014年6月

从2013年暑假开始，每次外出旅行，轩爸鼓励轩宝为自己到过的每个景点评分，这样做的目的既是"迎合"了轩宝对数字的痴迷，也给予轩宝独立思考、独立鉴定、独立判断的机会。轩宝很喜欢这个提议，后来外出旅行时，总会主动提起"景点评分"

诚意 正心 下篇

的事情，自己制作评分表，然后反复推敲，写下心目中那庄严的分数。

这次端午假期的徽州行，三天的时间里，轩宝先后走入了七个景点。6月2号中午，轩宝结束了徽州古城以及渔梁坝的游览后，趁着在饭店等菜的时间，为鄣山大峡谷、牯牛降、徽州古城、江村、渔梁坝、龙川、胡宗宪尚书府评分。

轩宝心目中的前三位分别是鄣山大峡谷99分，牯牛降98分，徽州古城94分，其中绩溪鄣山大峡谷以一分的优势，"挤下"轩宝原本期待值最高的牯牛降，一举拔得头筹。

那天，在参观完龙川村和胡宗宪尚书府之后，轩爸的心思是想去千年仁里看一下，问轩宝的意见，轩宝说："去鄣山大峡谷吧，我查过地图了，我知道怎么走，不远的。"轩爸接受了轩宝的建议，轩爸觉得，在同一天的行程之中，既有人文类的景点，又有自然山水类的景点，比较不会产生审美疲劳。

于是，在绵绵的夏雨之中，轩宝一家抵达了鄣山大峡谷。轩妈谨慎，担心峡谷里面天雨路滑，问过售票口的服务员后，得知峡谷里的路很好走，而雨天的峡谷景色也会更加迷人。

进入峡谷之后，前三分之一的路程中，并没有出现太令人惊喜的景色，轩宝一路循着溪水的声音走，水声由轻巧至清晰，至响亮，至一个叫作"主席台"的宽阔地呈现在轩宝的眼前。"主席台"是一大块延伸入溪水中的岩石，表面平坦，人走到"主席台"上，不仅感觉置身水中央，更妙的是，往左前方一看，那里竟然有一块神似毛泽东侧脸的岩石，绩溪人唤它"伟人石"。

"伟人石"纯天然，不知道要经过多少年，流水与风沙才把它塑造成如今眉眼清晰的神奇模样。而鄣山大峡谷的景色，也是要在"伟人石"之后，才渐入佳境，直至激烈地撞击轩宝的胸怀。

水流声越来越大，从峡谷底往上行走，越来越多的、姿态各异的瀑布群出现了。中国人向来喜欢为自然界的山水取一个富有诗意的名字，黄山上的"猴子捞月"、"迎客松"皆是这种诗意的产物；而在鄣山大峡谷之中，这种诗意之举变得相当轻松，因为那里的每块石头、每条瀑布都呈现出丰富的姿态，即使是最木讷的人，只要身处其中，也会焕发出前所未有的诗意来。

轩宝就是被这样的峡谷意境所"怔住"了（轩宝语），在汹涌奔腾之中，瀑布的水透出轩宝最欣赏的男子汉气质，轩宝不停地用手机拍，拍完之后，却对着轩妈说："其实照片拍到的不是全部，宝宝关键是要用自己的眼睛去看，眼睛看出来的是立体的，因为有瀑布的声音，妈妈，瀑布的声音，照片是拍不下来的，对吗？"

在从峡谷底一路往上寻找瀑布源头的过程中，轩宝的注意力主要都集中在水的声音、水的姿势上面。那水，因为被群山环抱，因为被各种各样的石头铺垫，总是呈现着出乎轩宝意料之外的美。如果没有山体，没有石头，瀑布最多只会呈现"飞流直下三千尺"的壮观气势；而有了石头的陪伴之后，瀑布才懂得适时地缓流，适时地"犹抱琵琶半遮面"，然后，急转直下，以万马奔腾的态势，宣告自己的强者地位。

回程的路上，轩宝一家不断回味着郭山的美景，轩宝说："幸亏有我吧，是我建议到郭山大峡谷去的哦。"是的，轩爸轩妈由衷地谢谢轩宝。十岁的轩宝越来越多地在旅行途中扮演起主要的角色，轩宝不再是不起眼的小石子，而是渐渐地成为旅途中的"主流"。轩爸说："宝宝天真而童心烂漫，我们跟着宝宝走，其实就是跟着心的方向走。"

郭山大峡谷，轩宝记住的就是它那种强有力的心灵撞击力。

有一种"六一"叫牯牛降

出行缘起 端午假期，轩宝一家继续徽州行，牯牛降是线路设计的原点之一
旅途特色 华东地区最后一片原始森林
轩宝行为亮点 呼吸无与伦比的新鲜空气，被湖水与瀑布交接的画面震撼，收到了最好的儿童节礼物
地点 安徽祁门牯牛降风景区
时间 2014年6月

2014年6月1日，儿童节，轩宝的儿童节礼物不是新衣服，不是新玩具，也不是饭店大餐，而是来到了轩宝近几个月来一直心心念着的地方：安徽祁门牯牛降风景区。

每次接触到一个新名词、新地名，轩妈的习惯是把那几个字在心里反复地念，琢磨由文字带来的意境。比如这"牯牛降"三个字，轩妈念下来，就觉得那是一个

诚意 正心 下篇

山势嶙峋、岩体桀骜不驯的所在。这几年来，轩宝受轩妈的影响，也会在到达一个陌生的地方前，反复念叨那地名，直到那几个字变成当下的一种生活符号似的；而跟轩妈相比，轩宝更有踏实的一面，那就是轩宝会从各种渠道搜集有关那个未知地方的信息，"牯牛降"，轩宝说，"它既属于祁门，也属于石台，祁门这一边的牯牛降开发好了，石台那边还没开发好，所以我们只能去祁门这一边的景区。"

  游学的概念，对轩宝来说，其实始于确定要到某个地方的那一刻起。五一假期，从安徽泾县桃花潭回上海的高速公路上，轩宝赫然发现S42黄祁景高速通车了，轩宝说："这下好了，我们如果去牯牛降玩的话，不用在下面走一百多公里的山路了，走这条黄祁景高速，下面只要走二十几公里就到了，我们终于可以去牯牛降玩了，听说那是一个仙境呀。"轩爸接受轩宝的提议，把端午假期的目的地从浙江雁荡山改到了安徽的牯牛降，此计划一确定，轩宝就开始了牯牛降之行的倒计时，更重要的是，轩宝查阅了许多有关牯牛降的资料，所以说，即使轩宝的身未动，轩宝的小脑袋已经转动开了，轩宝的心情也已经澎湃起来。

  6月1日，徽州下着时有时无的阵雨，轩宝担心轩爸会因为天气原因取消牯牛降之行，就拿出口袋里的125元，轩宝说："爸爸，这是我这次带出来的零花钱，如果你带我去牯牛降的话，我就把这些钱全部给你。"转过身子，轩宝对轩妈说："妈妈，老爸看我给他这么多钱，他肯定就会带我去了，你想哦，他如果不去，就一分钱也拿不到唉。"

  轩爸对轩宝说："你到过徽州好几次了，你应该知道在徽州文化里，水是很珍贵的，徽州人说下雨就是下金子，所以不管天气怎么样，老爸肯定会带你去牯牛降的。"

  终于，在轩宝无限的期盼中，牯牛降到了。天上下着雨，牯牛降雨雾迷蒙。轩宝一家首先走上了北面的栈道，走了几步之后，轩妈就发现，这牯牛降跟自己原先想象的完全不一样，它不桀骜，不嶙峋，反而是被雨水荡涤得柔情万种。

  据说牯牛降是华东地区最后的一片原始森林，森林里，多的是植物，各种各样的植物，茂密地生长，不时地遮挡着前方的路。行走过程中，轩宝不时抬头张望，轩爸也不时地抬头张望，父子俩怀着同样的心思，想要寻找那块形似"牯牛"的石头，轩妈笑他们："你们把牯牛降想得太小了吧，'牯牛石'一定是在最高峰上，我们现在'身在此山中'，我们的视线被挡住了，怎么可能'识得它的真面目'呢。"

  尽管无法看清牯牛的身姿，轩宝依然不断地抬头，向上看，因为根据轩宝以往的旅行经验，头上的山峰或是姿态雄伟，或是云雾缭绕，无限的风光总是存在于顶峰。可是牯牛降是个例外，至少在轩宝走到的那片区域，轩宝抬头之后，看不到山峰，轩宝看到的依然是那些恣意生长的野生植物。轩宝嫌茂盛的植物阻碍了自己的视线，轩妈却说："可能牯牛降的好就在于它的空气吧，否则怎么会把它叫作原始森林呢？"

有一种育儿叫旅行

牯牛降的美,不止于眼睛看到的;牯牛降的珍贵,其实存在于轩宝的每一次呼吸之中。

轩宝吸一口气,闭上眼睛回味一下。对,牯牛降的空气是可以回味的,它是那么的清新,它从轩宝的鼻子开始,一路清新到了轩宝的身体里,然后,那股子清新味又回升到了轩宝的小脑袋里,接着,再荡气回肠,至轩宝的心窝里。清新的味道一阵接着一阵地袭来,轩宝真正体会到了牯牛降的仙气。

而仙气更有凝聚地。牯牛降的仙气并非聚集于山顶,而是在半山腰的一片开阔地上,那里坐落着善庆禅院的遗址。轩宝走到遗址边上,当年热闹的禅院如今只剩下几块残垣断壁,走近,低头仔细地看,那断壁上的石刻倒还是清晰可见。轩宝又习惯性抬头,就看到四周竹子环绕,竹风习习,而那些竹子又是一律的粗壮模样,如同守护着禅院的卫士似的,即使禅院不复存在,竹子们依然坚守自己的使命。人与自然,其实一直就是这样相依相存的;而大自然,即使曾经有过严厉的时刻,对于人类,它始终宠爱有加。

在经历了清新的空气,并且感受到神圣安静的佛教文化之后,轩宝以为,牯牛降的美到此为止了,却不料,只要再走几步,只要走到牯牛湖(古称观音塘)畔,轩宝就会情不自禁地叫出声来。

牯牛湖的湖水是碧绿的翡翠色,轩宝说:"高山湖水都是这种颜色的,妈妈,你还记得云台山上的那个湖吗?也是这个颜色吧。"轩宝沿着湖畔走,雨下得更大了,湖面上全部是雨滴形成的"翡翠玉盘",一个雨滴酿成一个玉盘,无数的雨滴就酿成无数的"玉盘",大玉盘、小玉盘互相交错,雨滴有气势地哗哗着,这首关于雨的交响曲太好听了。

而尽管湖面上无数的玉盘汇成一副叮咚的景象,只要再走几步,轩宝就会发现,这些叮咚声将被湖水的下一站彻底地淹没。

湖面的尽头,是一处落差极大的深潭,当湖水流到深潭陡壁时,所有的玉盘汇聚成了白色的瀑布,沿着深潭壁飞流直下。轩爸说那一刻,那一地,他看到了阴阳;轩妈则说看到了柔情和激情;轩宝呢,什么也不说,因为轩宝知道,那一刻,无论自己说什么,都将被激情的瀑布水声吞没,那就什么也不说吧。

轩宝只是拿出手机,连续地拍照,前一张把湖水多拍一些,后一张又把瀑布的一边拍得多一点。大自然真神奇,它以

诚意　正心 下篇

一种轩宝意料之外的自然排列告诉轩宝，即使表面看起来是冲突的两者，也可以形成那么和谐的美。

这一份美，因为对比强烈，就成为了一种隽永的美，令人无法忘记。晚上在酒店房间，轩宝写微博客：

@宏波的远方："今天，我们'宏波的远方'摄制组来到了：祁门牯牛降、旌德县江村。牯牛降，华东地区唯一的一大片未开发的原始森林，十几公里外才有人居住，现在开发的景区只是很小的一部分。今年造好了一条S42黄祁景高速，从屯溪到牯牛降的路少走了1个半小时。我们在渚口、牯牛降出口下S42，再开30~40分钟，就可抵达牯牛降。牯牛降景区里的空气相当清新，听说这里的负氧离子达25000呢！景区里还有一个牯牛湖，晴天时波光粼粼，下雨时烟雾朦胧，都很漂亮。沿着牯牛湖畔一直走，便可看到一条壮观的瀑布，从湖里飞快地落下来，真可谓是'飞流直下三千尺，疑是银河落九天'啊！还有云雾缭绕的山峰，令人心旷神怡！"

轩宝的六一儿童节没有五彩缤纷的色彩，没有热闹的电子音乐，却有一个叫作"牯牛降"的地方。那地方，送给轩宝一片绿色；那地方，送给轩宝一曲和谐的自然之声；那地方，送给轩宝一份清净的天气；那地方，送给轩宝一份他最珍爱的儿童节礼物。

从天蓝，到宝蓝，到瓦蓝，到深蓝：轩宝的洱海天空

出行缘起	半年多前，在计划暑假旅行计划时，轩宝马上提出，去云南，去云游
旅途特色	初入云南，初上高原
轩宝行为亮点	洱海勾起了轩宝心中的浪漫情怀
地点	云南大理洱海
时间	2014年7月

轩宝说大理有苍山有洱海，是个浪漫的地方。暑假的"云游线"，大理是必须要去的地方。

从丽江沿丽大高速开过去，一个多小时，大理的双廊到了。导游阿姨告诉轩宝："双廊以前就是个渔村，后来艺术家扎堆来到这里，双廊就变成了一个旅游区，变成了一个特别小资的地方。"轩宝不太明白"小资"的意思，轩宝也不想去弄明白双廊的前世今生，轩宝只想在双廊的洱海畔，好好地看看这个高原淡水湖。

轩宝住的酒店就在洱海畔（海东），从房间望出去，哇，洱海怎么这么美！轩宝激动了，轩宝一边看一边问轩妈："我到底该用波光粼粼形容洱海，还是该用碧波万顷形容呀？"轩妈答："都可以呀，这两个词都贴切。"

心之旅 有一种育儿叫旅行

游完玉几岛,再坐渡轮去南诏风情岛。轩宝沿着小岛的边上一圈走,边走边看洱海,走几步,石头突出去一点了,看出去的角度不一样,洱海马上显出别样的风情。高原淡水湖中的小岛,只要想想它的来历,就觉得浪漫,就觉得风光无限。轩宝走走停停,高原的阳光真厉害,一会儿工夫就晒坏了轩宝脸上的皮肤,轩妈摸着轩宝脸上那红红的小块,问轩宝"痛不痛",轩宝答"没感觉",然后再问一句:"那我是不是还是很帅?"

轩宝觉得自己必须以最帅的模样,出现在洱海之中,那样才配得上美丽的洱海。黄昏时分,轩宝又一次走到洱海畔,往洱海的深处看,然后再抬头看,就发现了洱海最典型的关键字:天空太蓝了,天蓝色,宝蓝色,瓦蓝色,深蓝色……轩宝在博客上用各种不同的蓝色形容洱海上面的那片天。

洱海的天空怎么会这么蓝呢?那个蓝真是太纯净了。仔细想想,一定是洱海的纯净映照着它头顶上的那一片天空,日以继夜地映照,夜以继日地湖水蒸腾,于是,天空就越来越纯净,越来越蓝色。

轩宝走在洱海畔,一遍又一遍地感慨着洱海的蓝色天空;其他的游客们也走在洱海畔,走一步,心也被那纯净的蓝色清洗一下。蓝色原本是天空的色彩,在洱海,蓝色变成了整个世界的色彩。

第二天,在去苍山的缆车上,轩宝往下看,看到了更大面积的洱海,看到了洱海原来是一个耳朵形状的淡水湖。发现了这个"秘密"之后,轩宝觉得洱海更浪漫了:蓝天之下,大耳朵洱海在那里,静静地接收着天籁之音,然后,再把那声音,传递给洱海畔的轩宝。

旅行途中,洱海就以这样纯净的蓝色,深深地留在了轩宝的世界里。

朝圣路上的藏式体验:轩宝的香格里拉时光

出行缘起 云游行程中,香格里拉是轩宝指定要去的一站
旅途特色 轩宝第一次走入真正的高原地区;旅途中,除了风景,轩宝的目光也开始注视当地的人文民俗
轩宝行为亮点 品尝藏民食物,住进藏民家园,领会藏民的精神寄托
地点 云南迪庆香格里拉
时间 2014年7月

香格里拉位于青藏高原边缘的云南藏族迪庆自治州,在藏语中,"香格里拉"代表着"日月之城",因为地处高海拔地区,这里的阳光特别明媚,这里的月色也更加皎洁。

诚意　正心 下篇

　　"云游"出发前，轩宝因为香格里拉的高海拔位置，而喜欢它，向往它；等到抵达香格里拉，发现自己并没有太严重的高原反应之后，香格里拉在轩宝的心目中，就不再那么神圣，不再那么遥不可及。香格里拉变成了一个亲切的地方。

　　因为感觉亲切，所以，当轩宝走进松赞林寺边上的朝圣家园之后，就有了回家般的轻松自在感。

　　朝圣家园是一家藏式客栈，四方形的建筑中央，坐落着一个硕大的院子。阳光掠过松赞林寺的上空之后，折射出不一样的光彩，然后，再从朝圣家园的顶棚照射入这个藏族小院子，轩宝就在小桌子旁回顾着从丽江到香格里拉的线路，喝一壶酥油茶，再吃好多好多的牦牛肉。

　　轩宝说酥油茶很好喝，牦牛奶很香很浓，一口热热的酥油茶喝下去，轩宝说："更加不会有高原反应了，因为这是补充体力和能量的东西。"酥油茶倒在碗里，如果不马上喝掉，就会看到那奶茶的颜色从浅白色变成了浅黄色，轩宝问："怎么会变色呢？"轩妈说："大概是牛奶冷掉后就会变颜色吧，这也说明这个酥油茶里，真的有很浓很浓的牛奶呀。"

　　喝完酥油茶，轩宝开始吃牦牛火锅。用炭火烧着的铜制火锅里，牦牛肉和豆腐、胡萝卜、海带丝、土豆块，还有莴笋块炖在一起，轩宝喜欢不沾任何调料，吃清香的牦牛肉。高原上的牦牛肉很紧致，几乎不夹一丝的肥油；牛肉咬下去有弹性，肉质很香，轩宝一下子吃掉一小碗；然后，又来一碗；然后，再来一碗……

　　藏家的奶奶看轩宝吃得香，脸上笑开了花。奶奶告诉轩宝："我们天天晚上吃这个东西，牛肉羊肉轮着吃；酥油茶一天要喝三次。"轩宝说："你们可真幸福！"说这话时，轩宝抬头仰望顶棚外的天穹，晚上七点了，高原上的阳光依然那么好。轩宝眯起眼睛看太阳，在高原上，太阳每天都要逗留那么久，照得每个人的心里都是那么明媚。

　　吃完藏族特色饭，轩宝继续在小院子里逛。院子的一角，主人家的女儿正在写作业，轩宝凑过头去看，再跟小姑娘搭搭话。小姑娘今年上小学一年级，课本上写着她的藏族名字，四个字的。小姑娘眼睛大大的，梳着两条小辫子，长得真好看。

　　跟小姑娘聊完天，轩宝再去跟小姑娘的奶奶聊天，轩宝问老人家岁数，当听说奶奶只有50岁时，轩宝真是羡慕呀。轩宝说："那么你43岁的时候，你的孙女就出生了；再过最多20年，等你70岁的时候，你们家就四代同堂了呀！"

　　纯净的香格里拉地区，离天空很近的地方，这里的人们心思单纯，眼神清澈；出生，读书，成长，结婚，生子……一切都如顺应天意般地、自然地活着，而自然就给予了他们最美好的人生：知足的心态，以及人丁兴旺的家庭。从奶奶到她的孙子，眼睛都是大大的，眼神都是清澈的，笑的时候，眼睛也都如月牙儿般地扬起来。

有一种育儿叫旅行

回房间睡觉前,轩宝提出再到松赞林寺前走一下,转寺转湖(拉姆央措湖)。晚上七点五十分了,太阳还是那么好,轩宝觉得藏民们似乎生活在一个日不落的地方,轩宝对轩妈说:"到了香格里拉,我也要晚一点睡觉,我要体验藏族人的生活规律。"

站在松赞林寺前,轩宝回想着下午的进寺时光,眼睛望向大殿,望向在大殿屋檐边飞翔的不知名的黑色小鸟;轩宝说:"松赞林寺的建筑真好看。"这时,一位身穿深红色喇嘛袍的小喇嘛从寺院的正门出来,右拐,顺时针地走。小喇嘛的背影有一种特别的吸引力,轩妈想走近去,拍他的背影,又觉得还是远远地看着他,崇敬他更好一些。

几分钟的时间,站立在松赞林寺门前的轩宝,似乎就从初上高原的激动中,从刚才跟藏族奶奶聊天的兴奋中,彻底地平静下来了。松赞林寺就是拥有这样的力量,在它面前,轩宝低语,轩宝沉思,轩宝观察;回到房间后,拿出在松赞林寺中请来的孔雀石佛珠,在灯下看那佛珠里的花纹,然后告诉轩爸:"这是我和妈妈送给你的生日礼物。"

在大理的时候,轩宝觉得洱海唯有跟苍山相依相偎,才最显浪漫的风韵;在香格里拉,在朝圣家园,在藏族小妹妹那清澈聪慧的眼神注视下,轩宝蓦然省悟,松赞林寺就是香格里拉最美的风景。

步步朝上,绝不退缩:轩宝的玉龙雪山征程

出行缘起 云游中最重要的一站:玉龙雪山
旅途特色 轩宝心目中排名第一的地方
轩宝行为亮点 无惧高原反应,无惧寒冷,全身心地拥抱雪山
地点 云南丽江玉龙雪山
时间 2014年7月

云游归来,轩宝告诉轩爸,在此次去到的十五个景点里面,玉龙雪山得分105分,高居第一位。轩爸说:"喜欢玉龙雪山的宝宝,真不愧是个男子汉。"

玉龙雪山海拔5000多米,旅行者能抵达的地方大概在海拔4600米左右。在去玉龙雪山的前一天,轩宝刚刚去了香格里拉的普达措国家森林公园,那里的平均海拔在3500米左右。虽说抵达香格里拉的第一天,轩宝几乎没有任何初上高原的不适感,但第二天早上在朝圣家园的床上起来,轩宝就察觉出了自己身体上的反应:全身无力,精神不振,肚子也觉得不舒服。

在去普达措的路上,藏族导游关照大家,进大门前,要准备好氧气罐,虽然普达措的绝对海拔不如玉龙雪山高,但普达措是在高原地区,整个区域的海拔都高,

诚意　正心　下篇

所以这个地方对人体的影响就会更加明显。轩宝似乎就是这样，车子抵达普达措之后，轩宝的脸色愈发地苍白。

好在普达措的游程有多种选择，走不动路的，可以选择坐观光车，或者观光船，轩妈陪着轩宝，一站一站地坐观光车过去，从属都湖，到高原牧场，再到碧塔海，四个多小时的游览时光，足够母子两个笃悠悠地欣赏高原风光。

在普达措的前半段，轩宝的高原反应相对厉害一些，身体不舒服，眼前的景色自然就显不出它的美态来。轩宝说："普达措没有想象中的好。"轩妈倒是很喜欢这样的地方：恬淡，宽广，幽然。高原湖泊平静地流淌，牧场上，牛们马们低头吃草，轩宝说："这就是'风吹草低见牛羊'的景象。"等到游完大半个普达措之后，轩宝的身体适应一些了，精神也好了不少。轩宝时而跟轩妈肩并肩，看景拍照聊天，时而又跑到轩妈前面去，想更靠近正在吃草的马群，拍下它们自在的身影。这个时候，轩妈就觉得眼前轩宝那灵动的、充满生命力的、自由自在的身影，是普达措里最动人的风景。

也正因为轩宝在普达措的高原反应，令轩妈在出发去玉龙雪山前，心里有点忐忑。玉龙雪山的海拔更高，轩宝可以坚持吗？以防万一，轩妈做足准备，租好羽绒服，再购买了三罐氧气罐。

而或许是因为期盼许久，或许是因为与玉龙雪山前世有缘，踏入玉龙雪山区域后，虽然海拔高度从3100米开始，一路攀升至3600米左右的缆车站，轩宝依然精神抖擞，丝毫不见前一天在普达措的高原反应症状。

要坐缆车了，缆车下来就将是4500米的高度。在缆车行驶的十几分钟里，轩妈嘱咐轩宝多吸几口氧气，为即将踏足的新的高度做好万全的准备。

缆车步步往上，速度比轩宝之前在其他高山上乘坐的都要快；云飘过来了，山体上的植被渐渐地少了，轩宝的心情越来越激动，这孩子，不知因为什么缘由，就是特别地钟情玉龙雪山。

缆车抵达4506米的观景台，轩宝冲到平台上，体验着前所未有的、置身于浓浓云海中的感觉。天气阴阴的，偶尔下一阵雨，云团一会儿飘过来，遮挡住了所有的山峰；一会儿又飘开去，山峰显现，如梦如幻，轩宝痴痴地看，眼睛一眨不眨地看，就是想要把眼前的景象牢牢地刻到心里去。

玉龙雪山，终于到了，轩宝终于见到了玉龙雪山的真实模样，轩宝的心里真是满足；轩宝不断地告诉轩妈："今天我一点高原反应也没有，我是不是很厉害呀，我是不是适应很快呀？"

轩宝的双眼继续注视着玉龙雪山，远望，是它脱俗的山峰；近看，则是那沟沟壑壑的、被冰川雕刻出来的冷峻山体。因为太冷，因为缺氧，雪山上几乎没有植被，

有一种育儿叫旅行

只是一片单一的灰白色；但是跟那些青山绿水相比，轩宝显然更青睐这样的景致。苍凉的，苍白的，苍茫的，苍劲的……在苍穹之下，张扬出最强的力度，激发了轩宝心中那份最原始的、最有精神的、最愿意进取的男子汉心意。

难怪轩宝这样地钟爱玉龙雪山，这或许是一座与轩宝的精神气质最吻合的山体，又或许代表着轩宝想要追求的、绝不轻言放弃的人生目标。

北京，最熟悉的"陌生人"

出行缘起 北京，中国的首都，旅行途中最不能错过的一站；轩爸说：孩子十岁时，最好的礼物是带他去首都

旅途特色 行前自己做北京功略，确定初次到北京必去的几大景点；玩转北京地铁

轩宝行为亮点 长城，故宫，天安门……轩宝看得激情澎湃；北京之行，令轩宝更加热爱自己的国家

地点 首都北京

时间 2014年8月

八月最后的十天，轩爸要去北京开会，问轩宝："趁着还没开学，要不要也去一趟北京呢？"轩宝答："当然要！好啊，要去北京了！"

北京北京，十岁的轩宝知道那是中国的首都，是中国的中心。一直关注天气的轩宝，虽然对于北京的雾霾天心有余悸，也曾经说过"我可不想去北京，那里空气太差了"，可是当机会真的降临，轩宝还是抵不住内心对北京的向往，雀然上路。

过去的十年里，轩宝已经通过无数的途径知道了北京，知道了天安门、人民大会堂、故宫，当然还有那雄伟的万里长城。对小学四年级的孩子而言，北京是在生活中经常出现的"熟人"。

那么，对于北京，轩宝真的熟悉吗？其实不然，否则，当高铁稳稳地停在北京南站时，轩宝就不会那么激动，那么兴奋。

是的，北京是一位经常挂在嘴边的"陌生人"。终于要见到盼望许久的、熟悉的"陌生人"了，轩宝的第一印象是什么？第一个进入眼睛的建筑物又是什么呢？

从北京南站换地铁2号线，抵达前门站，轩宝看到的第一个建筑物是正阳门，很方正很雄伟的城楼，灰砖筑成坚固的城墙，看上去就是豪情万丈的模样；再往上看，城楼的主色调是深红色和深蓝色，稳当而又内蕴丰富。轩宝喜欢这样的城楼，从大理古城到台儿庄古城，轩宝已经数次走上过类似的城楼。而正阳门呢，轩宝说：

诚意　正心　下篇

"它的建筑好像更复杂更精致，大概因为这里是首都吧。"

轩爸轩妈拖着行李箱，想先赶到酒店卸下行李，轩宝却央求："等一下行吗，让我先拍张照，我要拍一下这个正阳门。"于是，隔着马路，轩宝把镜头对准正阳门，认真而虔诚。作为北京城的前门，正阳门是仪式感很强的城楼，见着它，轩宝感觉到了：北京是座有历史有文化有故事的城市。

第二天，轩宝有机会走进正阳门，登上城楼，并且在城楼博物馆里了解关于正阳门的故事。正阳门是老北京人心目中的前门，恰巧也成为轩宝走进北京这座熟悉又陌生的城市的第一扇大门。一粒关于北京城历史的种子，被播散进了轩宝的心田。

轩宝在北京七天，出行主要依靠四通八达的地铁交通。每天早上，轩宝从前门或者是菜市口出发，往北或往南，往东或往西，去颐和园，去故宫，去天坛，去雍和宫……大大小小的景点去了十几个。地铁是轩宝走向旅行目的地的工具，而地铁时光也成为轩宝了解北京城的幸福时光。

车厢里，轩宝的眼睛牢牢地盯着地铁线路图，丝毫不懈怠，轩宝接受了轩妈交给他的指路任务，自然要尽心尽责；同时，轩宝觉得，这地铁图越看越有味道，越看越有内容。轩宝发现，二号线是小环线，十号线是大环线，其他的路线则是各司东、南、西、北之责；而在这些线路图中，天安门赫然占据着中心之位。北京城果然是以天安门、故宫为中心；地铁的环线是方形的，地是方的，天是圆的，天圆地方，当代北京人跟自己的祖先息息相通。

地是方的，象征坚固，象征安全；天是圆的，象征无边无际，象征包容并且滋润万物。轩宝走在北京城里，走进皇家宫殿和皇家园林，看见了这样的"方"，看见了这样的"圆"，找到了北京存在于中国中心的理由。

下午三点钟光景，轩宝穿过天安门城楼，走进故宫。才过午门，望向四周宽阔的广场和厚实的宫墙，轩宝即大叫："真气派！"等到走过太和门，走入太和殿前广场，轩宝才知：故宫故宫，越往里走，越往深处走，才越能体会到一个朝代的辉煌。

故宫，不管是故人的宫殿，还是老旧的宫殿，对轩宝而言，就是一组有故事的建筑，一组能激发小小男子汉中华气质的建筑。乾清宫，养心殿，坤宁宫，御花园……轩宝觉得这是一组复杂的、难记忆的名称，而正因为复杂，就更吸引轩宝。因为一旦记住了，轩宝就会多一个骄傲的理由。

轩宝喜欢抚摸那些玉石栏杆，或者索性在古老的台阶上坐下来。白玉如脂，经过岁月，散发出柔和低调的气息；而那些青石块呢，已经被岁月洗刷成最光滑的模样，与轩宝的身体温柔地接触。地是坚实的，地是四四方方的，轩宝身体下的那一块青石，曾经呵护过多少这个世间的过客。轩宝低头遐想：一代，两代，三代，四代……一直想到数不到头的那一代。

有一种育儿叫旅行

轩宝想不尽那过往的年轮，站起身，挥挥手，不再想，继续走过一个宫殿，又一个宫殿。红墙，黄瓦，红是深邃的红，而黄色呢，则是能透光的明黄色。在故宫，轩宝第一次发现，黄色是一种性格多变的颜色，当它出现在寺院庙宇中时，它低垂耳目，朴实无华；而到了故宫，这黄色就气势夺人，光芒四射。

为什么会这样呢？这就叫作"时势造英雄"。故宫的黄色是象征皇权的色彩，而这皇权，为了庇护天下百姓，岂能不大气，岂能不耀眼，岂能不把最具生命力的光芒，照射到普天之下？轩宝在故宫，感受色彩因为历史而丰富的传奇。

在北京玩到的17个景点里，轩宝为故宫打出的分数是100分，仅比慕田峪长城低3分，排名第二。这样的取向，非常符合轩妈心目中对轩宝的判定：轩宝向来喜欢雄伟的东西，喜欢硬朗的东西，喜欢户外的东西，故宫应该是更适合成年人的地方。轩妈把这样的判定告诉轩宝，轩宝却说："我喜欢故宫的，我们差不多是最后离开故宫的游客，五点半左右，里面几乎没人了，那时的故宫真的太美了。但是，故宫跟长城比，还是要差一点的。"

如果从建筑的丰富性、观赏性角度出发，人们十之八九会觉得故宫胜于长城；而轩宝却更喜欢建筑语言相对简单的长城，清一色的砖墙，道路沿山势起伏，每个烽火台都被严谨地编号，轩宝觉得这样的长城"比壮观更壮观"，这样的长城是北京最值得骄傲的地方。

从功能上看，长城的故事很简单，防御外敌入侵；而从建造史上看，长城的故事似乎讲也讲不完。轩爸陪着轩宝走在长城上，走几步，停下来，从城墙上望出去，判断一下方向；再低头看那一块块整齐的墙砖，轩爸叫轩宝想象：很多年很多年前，工人们完全依靠人力采砖、背砖、砌墙。轩宝使劲地想，想不明白时，就想象自己如果出生在那遥远的年代，在这么炎热的太阳下，走崎岖的山路，背沉重的砖瓦……这么想着想着时，轩宝就觉得自己的祖先太伟大，自己生长在拥有这样的建筑奇迹的国度，真是太好了！

轩爸跟轩宝分析长城精神：奋斗，不气馁……一连串的正能量词语，轩宝听得热血沸腾，听得忘记了疲劳，忘记了炎热。在第十九号烽火台，轩爸轩妈停下了往上爬的脚步，轩宝却不愿停下。轩宝跟轩爸轩妈告别，转身，继续向第二十号烽火台前进。

轩妈远远地、远远地看着轩宝的背影，随着距离的增加，轩宝的身影

诚意　正心　**下篇**

看上去越来越小，后来，要通过辨认轩宝那条夺目的橙黄色裤子才能勉强找到他，最后，轩宝彻底消失在轩妈的视线范围之内。虽然看不见轩宝，轩妈的心却稳妥着。空旷悠长的长城，它太强大了，它一定会用它的强大影响轩宝，鼓励轩宝，为轩宝注入最有力的成长营养素。

果然，轩宝比轩爸轩妈又多"征服"了一个烽火台。重逢之后，轩宝说："下次来，我要走得更高！"轩爸说："好呀，以后我们每次来都要走一段长城，看看儿子什么时候能把长城都走完。"

走过长城，走过故宫，之后，又陆续走进了北京其他几处古迹，在北京的最后一天，从天坛回住处的路上，轩宝说："我已经基本走遍了北京的景点。"这样的话，听在成年人耳朵里，或许会觉得太偏颇，但轩妈觉得，十岁的轩宝，能够有这样的机缘，初步体验北京，初步探访北京，把北京这个"熟悉的陌生人"真正纳入拥有自主认知概念的中国版图之中，就已经是值得庆幸、值得骄傲的经历了。

十岁，刚刚好可以记住北京的地铁网络，刚刚好可以记住故宫的黄色琉璃瓦，也刚刚好可以记住长城上那一块接一块的石板路；十岁，还可以用羡慕敬佩的眼光望向新华门门口的那对石狮子，记住站岗的军人那挺拔的身姿，然后为自己加油打气："为了这了不起的中国，我要加油！"

圆满可以凭一柱

出行缘起　国庆红色假期，轩宝说，"去看丹霞风光"，轩爸说，"红色丹霞庆祝红色假期"

旅途特色　泰宁的水上丹霞风光，是中国最具特色的丹霞风貌

轩宝行为亮点　第一次见识丹霞地貌；被大金湖畔的甘露岩寺震撼，也被旅途中邂逅的同龄女孩的经历触动

地点　福建泰宁大金湖、江西龙虎山

时间　2014年10月

国庆假期快到了，轩宝告诉轩爸："我想去福建泰宁，看大金湖，看水上丹霞。"轩爸研究一下路线，然后说："好呀，丹霞地貌是红色的，国庆节是红色假期，再加上你快十岁了，走这条线路很合适，喜气洋洋！"

有一种育儿叫旅行

于是，轩宝就来到了福建泰宁的大金湖畔，看到了由一根圆形柱子支撑起的红墙黛瓦的甘露岩寺，建筑专家说那是建筑典范，轩爸则说"圆满可以凭一柱"。

国庆丹霞游归来，轩宝在博文里总结七天里去过的泰宁金湖景区（包括上清溪、状元岩、甘露岩寺、九龙潭、泰宁古城等）、鹰潭龙虎山景区，写到甘露岩寺时，轩宝称："……那个甘露岩寺（悬空寺）绝对是令人震撼……"

那么十岁的轩宝，因何而被甘露岩寺震撼呢？

轩宝乘座游船行驶在大金湖上，湖水是温柔敦厚的，衬托着两边丹霞峰峦的坚毅与果敢。轩宝说喜欢大金湖豁然开阔，又说："但是如果没有两边的红色岩石，如果这湖水是一望无际的，倒反而不会这么美了。"

矗立的丹霞石令平坦的金湖水呈现出了立体感，而有了立体感的湖水就令轩宝感受到了源源不断的生命力。游船载着轩宝在充满生命力的湖水上航行，轩宝的心情激动澎湃，直到下船走在通往甘露岩寺的山路上，一转弯，看见那根浑圆的红色柱子，轩宝那颗激动的心，瞬间安定下来。

甘露岩寺仅凭一根柱子，就那么安稳地矗立在那里，轩宝走近柱子，拥抱它，抚摸它，原本激越的心情回归平静。

古人用杰出的智慧让一根柱子稳稳地支撑起悬空于岩石之上的红色庙宇，这既需要建筑学上的精密测量，更需要胆识，需要坚定的信念。跟轩爸轩妈一样，轩宝不太明白这样的"一柱悬空寺"在力学上的可行性，所以轩宝更多地把它与神秘而伟大的信仰联系在一起。精神的力量竟可以强大到创造这样的建筑奇迹，轩宝不得不为这伟大的精神折服；而折服之余，轩宝就会想："或许我的身体里也拥有这样的力量呢，或许我的人生也拥有这样的一根支柱呢！"

轩宝喜欢旅行，轩宝觉得旅行就是自己十岁人生中的一个重要支柱。旅行途中，轩宝欣赏美好的山水风光，也珍惜着在旅途中相遇的陌生人。而人跟人的相遇，也可能成为轩宝成长的重要契机。

在江西龙虎山的仙女岩景区，轩宝邂逅了几个同龄的小姑娘，轩宝说"这是我国庆丹霞游中，最难忘的一件事"。

那天午后两点多，轩宝来到了江西龙虎山景区，准备"膜拜"被称为"大地之母"的仙女岩。通往仙女岩的是一条小山路，山路有台阶，台阶不宽，但比较平整，台阶的两边是茂密的野生林子，遮挡着刺眼的太阳光。

走着走着，轩宝看到前面有两个摊位，摆摊的分别是四个小女孩，其中两个看上去比自己小一些，两个大一些。轩宝好奇："她们怎么也能卖东西呀？她们的大人呢？"于是走近小姑娘的小摊，小姑娘卖的是凉粉，轩宝想套近乎，所以也不问价格，就直接告诉小姑娘，"我要一碗"。

诚意　正心 下篇

小个子女孩一边手脚麻利地盛凉粉，一边告诉围拢过来的轩爸轩妈："这是我们用山上的野生果子做的，清凉解毒，防暑解渴，你们也来一杯吧，两块钱一杯。"女孩子把轩宝的那杯凉粉递过去，并且体贴地帮轩宝加了好几勺白糖（凉粉本来是没有味道的，要加糖才好吃）。

轩宝吃一勺凉粉，滑滑凉凉的，确实有清凉的作用；因为加了糖，多搅拌几下，凉粉里渗出来的水就是糖水。轩宝吃几口凉粉，再仰脖子喝一口糖水，感觉很美味。

这么好吃的东西，只要两块钱呀，轩宝想这东西价廉物美，可是怎么除了自己一家三口，没啥游客光顾小姑娘的凉粉摊呢？轩宝问小姑娘："你们要卖到几点呀？"小姑娘答："把这一桶卖完了就回去。"轩宝探头去看那凉粉桶，还剩三分之一呢，怎么办呀，小姑娘的卖货速度这么慢，如果卖不完，她们就不能回家吗？

此时，轩妈已经了解到这几个小姑娘跟轩宝年龄相仿，四个女孩子中，两个读三年级，两个读五年级，国庆假期，当轩宝在外面旅行的时候，她们就帮着父母外出摆摊，分担家计。

轩爸看那几个女孩子不仅长相清秀，口齿也伶俐，就教她们："你们叫卖的时候先要突出这是用龙虎山上的野生果子做的凉粉，然后要加上城市人爱听的'美容养颜'，'减肥排毒'，最好再加上一句'放屁不臭'……"小姑娘哈哈大笑，又不好意思照着轩爸的广告词念，就一直在那里踌躇着，眼看着游客从眼前一个一个地走过，却没有人买凉粉，轩宝急了，扯开嗓门叫卖起来："凉粉，凉粉，龙虎山野生果子做的凉粉，美容养颜，放屁不臭，大家快来买呀！"轩宝叫了几次，还是没人买，轩宝索性叫喊"快来喝凉粉，凉粉免费啦"！

此语一出，一旁的小姑娘吓得赶紧拉开轩宝，人家是要赚钱的，怎么可以免费呢。可是轩宝的心思是，她们不是说只要把桶里的凉粉卖完了就能回家了吗？那就叫人家免费来吃，这样的话，不就能马上吃完了吗？

轩爸看轩宝"越帮越忙"，就拉开轩宝，叫轩宝先去前面的仙女岩，等到返回的时候，再来看看小姑娘的凉粉卖得怎么样。轩宝答应了，临走前，特意对女孩们说："我先去仙女岩，等一下回来看你们，你们加油哦！"

轩宝的眼睛看着两旁的风景，心思却还逗留在小姑娘们的凉粉桶里。轩爸了解轩宝，教他："你如果真的想帮她们，就拿出十块钱，买五杯，放在那里，免费给其他游客吃，她们还是要赚钱的，她们晚上回家要把钱交给爸爸妈妈的。"轩宝觉得轩爸出的这个主意真好："好的，等一下回去，如果她们还没卖完的话，我就这么帮她们。"

一个多小时后，轩宝返回，急急地奔到小姑娘的摊位，探头看凉粉桶，"哇，太好了，你们快卖完了！"轩宝一边兴奋地告诉轩妈这个好消息，一边诧异着，"咦，

有一种育儿叫旅行

怎么又卖得这么快了呀"。此时，小姑娘的叫卖声"凉粉，一块钱一杯"解答了轩宝的疑问，原来，眼看时间不早，小姑娘开始降价销售了。

轩宝松了一口气，小姑娘们马上能回家了，轩宝也安心地继续接下去的游程。轩爸跟轩宝打趣："几年后，小姑娘肯定都还记得你，因为你帮过她们，还说她们的凉粉是免费的。"轩宝呢，觉得小姑娘是否记得他并不重要，轩宝觉得有意义的是，这几个同龄的小姑娘，用实际行动告诉自己，十岁，除了上学，除了出门旅行，除了跟同学、朋友玩乐，其实也可以为父母分担家计呢。

而更让轩宝感动的是，小姑娘叫卖的时候，她们脸上的神情是快乐的，除了对自己的野果子凉粉充满自信之外，小姑娘觉得能在假期，减轻父母的负担，为家庭贡献一点点力量，既是理所当然，也是相当自豪的一件事情。

后来几天，只要见到路上有卖凉粉的，即使是成年人在售卖，轩宝都会走过去买一杯吃。因为那几个女孩儿，龙虎山凉粉的滋味深深地留在了轩宝的心里面。轩宝说，外出旅行就是学习，品山看水是学习，与这几个小姑娘的邂逅也是一种学习。少年当自强，十岁的轩宝可以适当地、适度地自强了吗？对于这个问题，龙虎山的凉粉女孩用行动告诉轩宝——独立、自强是快乐而骄傲的事！

国庆丹霞游归来，轩宝的脑子里多出了一根甘露岩寺的柱子，也多了几杯龙虎山的野果子凉粉。金秋十月，轩宝正好10岁，轩宝抚摸那根凭借一柱之力撑起圆满天地的柱子，感受它的神奇力量。对轩宝来说，柱子是数字10里面的那个"1"，这个顶天立地的"1"令甘露岩寺有了屹立的可能性，同时也让轩宝隐约看见了精神

追求的强大力量；而那些野果子凉粉以及洋溢在它们主人脸上的快乐笑容则是数字10里面的那个"0"，似无却有的"0"，蕴含着无限的人生内容，在那里面，轩宝看到了自信，看到了独立，看到了奋斗，也看到了温暖。

"圆满可以凭一柱"。轩宝十岁，凭借这十年来的旅途经历和收获，轩宝长成了如今的小小旅行家。旅行中的轩宝走南闯北，吃百家菜，喝百家水，听百家言，看万千景象。走着走着，轩宝思考的问题越来越多，轩宝的小脑袋长大了，轩宝的心胸开阔了，旅行令轩宝比同龄孩子享受到了更丰富、更深刻的精神生活。而因为拥有着宽广的天地，所以当轩宝回到学校，就能透过课本的字里行间，触类旁通地学习，融会贯通地学习，如鱼得水地学习。在旅行中长大的轩宝真是快乐又潇洒！